Roman Kempf

Mönchspfeffer

Roman Kempf

Mönchspfeffer

Pater Abels vierter Criminalfall

LOGO VERLAG Eric Erfurth
Obernburg am Main

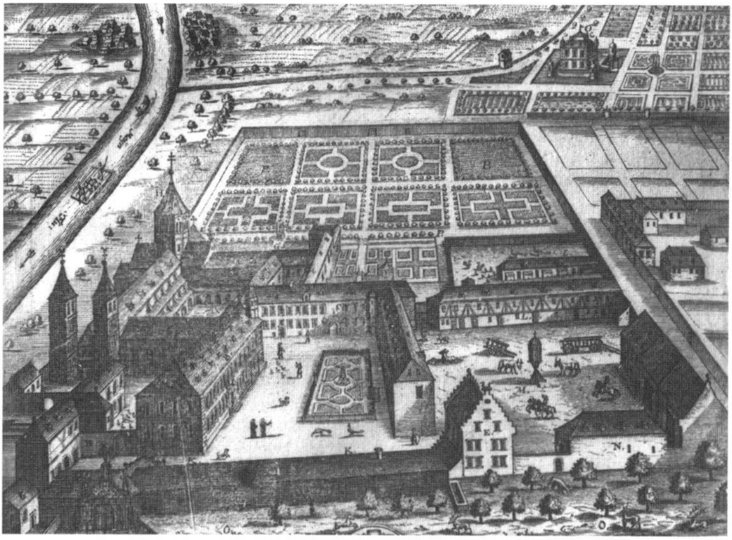

Johann Stridbeck, Benediktinerabtei in Seligenstadt, Kupferstich, 1710

schrieben, dass alles Glück Liebe sei. Vielleicht hatte Paulus ein anderes Glück und eine andere Liebe gemeint als er, doch so genau wollte Abel es gar nicht wissen. Für ihn saß dieses Glück hier vor ihm auf dem Bett und lächelte ihn an. Er sah darin einen Fingerzeig der Gottesmutter. Endlich hatte sie seine Gebete erhört.

Abel griff zum Zimmerschlüssel und drehte ihn um. Dann wendete er sich Marie zu und begann, die Kordel an seiner Kutte zu lösen.

»Was machst du da?«, fragte Marie.

»Hast du nicht gesagt, ich soll meine Kutte gegen den Rock eines Beamten tauschen?«

Marie riss die Augen auf. »Das war ein Scherz.«

»Wirklich?« Abel hatte das Zingulum gelöst und warf es auf den Boden. Dann setzte er sich neben Marie und umarmte sie.

»Eigentlich nicht«, sagte Marie und ihr Strahlen verstärkte die Grübchen in ihren Wangen. Sie ließ sich rücklings aufs Bett fallen und zog Abel mit sich.

Abels Herz begann zu rasen. Kurz schmerzten die Wunden auf dem Rücken, dann spürte er nur noch Maries Mund und Hände. Langsam begann er, die Bänder an ihrem Mieder zu lösen.

Barbara von Wickede

Rabe und Capricorn

Roman am Limes

Geschrieben wird das Jahr 146 nach Christus. Muha, ein germanischer Fürstensohn, flieht in Mainz aus römischer Gefangenschaft. Er sucht den Weg zurück in die Heimat. Auf seiner Flucht trifft er am Limes den jungen römischen Offizier Titus Cilnius Serenus.

Der Limes, geadelt als UNESCO-Welterbe, ist Ort der Geschichten. Barbara von Wickedes literarische Premiere *Rabe und Capricorn* erzählt spannend und bilderreich aus den Lebenswelten von Römern und Germanen zwischen Rhein, Main und Neckar.

Broschur, 232 Seiten, ISBN 978-3-939462-20-0, 2. Auflage

»Spannende Reise in die Römerzeit.« Main-Echo

»Limes als Inspiration.« Frankfurter Allgemeine

»... ein sehr interessantes Buch ... ganz spannend geschrieben ...«

Tagesgespräch im Bayerischen Rundfunk

Roman Kempf

Frankfurter Messe

Pater Abels dritter Criminalfall

Mit dem Miltenberger Mainschiffer Gottfried Wolter lässt Abel einen Lastkahn zimmern, der ihm die Teilnahme am lukrativen Handel der Frankfurter Messe ermöglichen soll. Doch auf der Jungfernfahrt der *Sancta Maria* zur Herbstmesse 1786 nach Frankfurt wird Abels Kompagnon tödliches Opfer eines Überfalls maskierter Erpresser.

Während der Frankfurter Messe sucht Abel im Fischerviertel und in der Judengasse, im Komödienhaus und im Dom nach den Tätern. Die Spur der Maskenbande führt in höchste gesellschaftliche Kreise.

Broschur, 208 Seiten, ISBN 978-3-939462-16-3

»Roman Kempf bleibt seinem Stil treu.« Main-Echo

»Ein Volltreffer ...« Bayerischer Rundfunk

»... mitten hinein in einen packenden Kriminalfall.« Main-Post

Roman Kempf
Schöner Wein
Pater Abels erster Criminalfall

Broschur, 208 Seiten, 5. Auflage
ISBN 978-3-939462-04-0

Hörbuch, 4 CDs, ca. 279 Minuten
ISBN 978-3-939462-15-6

Abel ermittelt nach einem rätselhaften Ritualmord im Miltenberger Felsenmeer. Unter Verdacht steht ein von ihm protegierter Baumpelzer, der versucht, den darbenden Winzern am Main zu helfen.

»... unterhaltsamer Kriminalroman ...« Bayerischer Rundfunk
»Eine sehr bekömmliche Lektüre.« Rhein-Neckar-Zeitung
»... ein spannendes Buch ...« Frankfurter Allgemeine

Roman Kempf
Roter Stein
Pater Abels zweiter Criminalfall

Broschur, 208 Seiten
ISBN 978-3-939462-09-5

Beim Bau des Amorbacher Klosterkonvents verliert Abel seinen jungen Bauleiter durch Mord. Die Spuren des Verbrechens führen in die raue Welt von Bau, Betrug und Macht. *Roter Stein* spielt in Steinbrüchen, in Ruinen und auf Baustellen des Maingebietes.

»... wunderbare Beschreibungen ...« Rhein-Neckar-Zeitung
»... fesselnde Geschichte ...« Fränkische Nachrichten
»... ausgezeichnet recherchiert ...« Main-Echo

Zum Autor

Roman Kempf, geboren 1953, stellt mit *Mönchspfeffer* den vierten Band seiner Krimireihe um den Benediktinerpater Abel aus Amorbach vor. Der Cellerar Abel ermittelt Ende des 18. Jahrhunderts spannende Kriminalfälle im Gebiet von Rhein, Main und Neckar.
Roman Kempf, ein diplomierter Gärtner, lebt in Großheubach am Main.

Impressum

Bibliografische Information Der Deutschen Bibliothek
Die Deutsche Bibliothek verzeichnet diese Publikation
in der Deutschen Nationalbibliografie;
detaillierte bibliografische Daten sind im Internet
über http://dnb.ddb.de abrufbar.

ISBN 978-3-939462-22-4
Erste Auflage 2013
Erstes bis drittes Tausend

Obernburg am Main 2013
Rosenstraße 6
D-63785 Obernburg am Main
Telefon (0 60 22) 7 19 88, Fax (0 60 22) 20 69 41
E-Mail: info@lvee.de, Webseite: www.lvee.de

Kupferstich Abtei Seligenstadt: © Bildarchiv Foto Marburg
Covergemälde: © Christoph Haußner, München
Ch.Haussner@muenchen-mail.de
Druck: AZ Druck und Datentechnik, Kempten
Printed in Germany

I

»Wie alt seid Ihr eigentlich?«

Pater Abel kniff die Augen zusammen. »Sechsunddreißig Jahre«, sagte er vorsichtig. Abt Külsheimer ließ das Gedächtnis manchmal im Stich. Doch wegen dieser Frage hatte der Abt ihn sicher nicht rufen lassen.

»Und wie lange seid Ihr jetzt bei uns?«

Abel überlegte. Man schrieb das Jahr 1787. Er nahm die Finger zur Hilfe.

»Dreizehn Jahre«, sagte er.

»Dreizehn Jahre! Meine Güte. *Tempus fugit*. Wie die Zeit vergeht. Es kommt mir vor, es sei erst gestern gewesen, als Ihr zu uns kamt.«

Abel nickte. Ging es ihm nicht manchmal genauso? Er konnte sich noch gut an seine ersten Monate in Amorbach erinnern. Der Wirtschaftsbetrieb des Benediktinerklosters hier im Odenwald war daniedergelegen. Als neuer Cellerar war er mit Eifer darangegangen, aus Ackerbau, Viehhaltung und Fischzucht wieder einträgliche Unternehmungen zu machen. Und das mit Erfolg, wie er sich nicht ohne Stolz eingestand. Abteikirche und Wirtschaftsgebäude waren nun in gutem Zustand. Zudem war unter seiner Aufsicht ein neuer Konventbau errichtet worden.

Die Stimme des Abtes holte Abel zurück. »Hattet Ihr nicht vor, Ostern nach Frankfurt zur Messe zu reisen?«

Wie so oft, wenn Abt Külsheimer etwas von Abel wollte, drehte er diesem den Rücken zu und schaute durch das Fenster seines Empfangszimmers hinunter auf den Abteihof. Abel wusste, dass der Abt dort nicht viel sehen konnte. Das Gesinde befand sich bereits beim Essen. Bald würde der Konvent zum Mittagstisch gerufen werden. Külsheimer verzichtete während der Fastenzeit oft auf das Mittagsmahl. Das hatte nicht nur zur Folge, dass der Abt mit den Tageszeiten durcheinanderkam, sondern der Verzicht machte ihn auch unleidlich und zehrte an seinem Körper. Hager, wie er sowieso schon war, hätte er besser etwas mehr gegessen.

Doch Abel hatte nichts dagegen, wenn er heute das Mittagessen versäumte. Er würde sich danach in der Küche bedienen. Bestimmt fiel dann für ihn ein Happen mehr ab.

Wahrscheinlich hatte Abt Külsheimer wieder einen besonderen Wunsch, den Abel ihm in Frankfurt auf der Frühjahrsmesse erfüllen sollte. Zum Wohle des Amorbacher Klosters, wie der Abt dann zu sagen pflegte.

»Der Winter war lang, und die Vorräte gehen zur Neige«, sagte Abel. »Auch sonst habe ich noch einiges zu besorgen.«

»Dann müsst Ihr Euch beeilen!« Langsam drehte sich der Abt um. Er schien wieder schlecht geschlafen zu haben. Seine Augen waren klein und blickten müde. Mit den Fingern der linken Hand spielte er an seinem faltigen Hals, in der Rechten hielt er zittrig einen Stock. Die Kräfte des Abtes schwanden sichtlich. Immer häufiger zog er sich in seine Wohnung zurück und ließ sich oft tagelang nicht blicken. Es wäre wirklich besser, er würde nicht so viel fasten.

Der Abt ging mit kleinen Schritten zu dem Tisch in der Mitte des Zimmers und schob Abel einen geöffneten Brief hin. »Der Erzbischof«, sagte er. »Er wünscht, dass Ihr die Abtei Seligenstadt besucht.«

»Unsere Brüder? Was soll ich dort?«

»Sie wirtschaften schlecht. Ihr sollt Euch dort umsehen und Vorschläge machen.«

»Ich als Visitator?«

»Nicht ganz. Lest!« Külsheimer, der den Kopf bisher ein wenig hatte hängen lassen, richtete sich auf. Täuschte sich Abel oder war da ein Lächeln über die Lippen des Abtes gehuscht? »Ihr habt dafür gesorgt, dass unsere Abtei wieder prosperiert. Das ist auch dem Erzbischof nicht verborgen geblieben.«

Abel nahm den Brief und las. Es war, wie der Abt gesagt hatte. Der Erzbischof von Mainz, Friedrich Karl Joseph von Erthal, beklagte sich über die stetig sinkenden Einnahmen, die ihm das Kloster Seligenstadt aus den tributpflichtigen Ländereien an den Rhein schickte. Die Bitte, in dieser Benediktinerabtei nach dem Rechten zu schauen, war höflich, aber bestimmt vorgetragen. Immerhin, der Erzbischof verlangte keine Visitation, keine strenge Untersuchung, die bis ins Kleinste gehen würde. Er wollte einen groben Überblick, eine Einschätzung, wo die Gründe liegen könnten für den Rückgang der Einnahmen. Dazu erwartete er eine Empfehlung, wie dem abgeholfen werden könnte.

Abel straffte sich. Er fuhr mit der Hand die Kutte entlang und spürte die Muskeln seiner Oberschenkel. Seine Haut war noch glatt, der Haarkranz auf seinem Kopf noch schwarz und er fühlte sich gesund. Und vor neuen Aufgaben war er noch nie zurückgewichen. Doch dann ließ er die Schultern fallen. Das Ansinnen des Erzbischofs kam zur Unzeit. Wie lange konnte so eine Untersuchung dauern? Abel hatte keine Vorstellung. Er kannte das Kloster Seligenstadt von gelegentlichen Besuchen. Dort war vieles größer als hier. Der Konvent hatte mehr Patres, der Klostergarten mehr Beete und in den Stallungen standen mehr Pferde und Vieh. Auch die Stadt hatte mehr Bürger und ansehnliche Häuser. Warum nur war der Erzbischof unzufrieden?

»Hat das nicht Zeit? Nach der Messe …«

Der Abt unterbrach Abel. »Wenn der Erzbischof einen Wunsch äußert, dann will er ihn auch erfüllt sehen. Tut es zum Wohle unserer Abtei!« Külsheimer hob die Hand zum Segen.

Abel wusste, dass weitere Einwände zwecklos waren. »Ihr habt recht«, sagte er, drückte mit der Linken das Schreiben an seine Brust, neigte den Kopf und machte mit der Rechten das Kreuzzeichen. Dann ging er.

Zurück in seiner Wohnung warf er den Brief auf den Schreibtisch, ließ sich in den Besuchersessel daneben fallen und starrte zur Decke. »Den Erzbischof soll …«, flüsterte Abel und fuhr mit der Hand zum Mund. Dann warf er einen demütigen Blick auf das Kruzifix an der Wand gegenüber. Der Auftrag des Erzbischofs durchkreuzte seine Pläne. Er hatte Marie, der Tochter seines Miltenberger Freundes, des Kaufmanns Lothar Gutekunst, versprochen, sie mit nach Frankfurt zur Messe zu nehmen. Und er hatte sich mindestens so sehr darauf gefreut wie sie. Nun müsste er sich etwas einfallen lassen.

Dabei dachte er an Külsheimers Worte: Wie die Zeit vergeht! Vor neun Jahren hatte er das damals sechzehn Jahre alte Mädchen zum ersten Mal gesehen. Inzwischen war sie zu einer jungen Frau herangewachsen. Wenn sie, nach englischer Mode gekleidet, die Taille ohne aufwendiges Schnüren betont, durch die Straßen von Miltenberg ging, die dunkelblonde Lockenpracht nur spärlich von einem Hütchen bedeckt, dann drehten sich nicht nur die jungen Männer nach ihr um. Doch bisher hatte sie jeden Heiratsantrag abgelehnt. Nur Abel glaubte zu wissen warum. Und er wollte mit ihr nach Frankfurt. Unbedingt!

Aber wenn der Erzbischof es wünschte, blieb ihm, Abel, nichts anderes übrig, als zu gehorchen. Er trat an das Tischbein. Den Besuch der Küche strich er aus seinem Plan. Ihm war der Appetit vergangen. Doch dann setzte er sich wieder auf. Freitag vor Palmsonntag, das war Ende März, wollten sie mit der *Sancta Maria* in Miltenberg ablegen. Das waren fast noch zwei Wochen, wenn er gleich am kommenden Sonntag nach

Seligenstadt an den Main abreisen würde. Abels Miene hellte sich auf. Die Zeit sollte reichen. Er griff zu Feder und Tinte und schrieb Marie eine Nachricht.

Schon zwei Tage darauf erblickte Abel am späten Nachmittag in der Ferne die Türme der Seligenstädter Klosterbasilika. Im Westen leuchtete der Himmel rot. Brach man vor Morgengrauen auf, war Seligenstadt von Amorbach aus gut in einem Tag zu erreichen. Wie meistens hatte Abel auf die Kutsche verzichtet und war mit seinem Wallach geritten. Rüstig und ausdauernd wie er war, fühlte er sich im Sattel besser aufgehoben. Außerdem mochte er das Geschaukel in den Kutschen nicht. Selbst bei Regen und Kälte zog er den Wallach vor.

Den Main zur Rechten, die Ausläufer des Odenwaldes zur Linken, war er auf der uralten Handelsstraße von Nürnberg nach Frankfurt gut vorangekommen. In Obernburg hatte er den Wallach nur kurz verschnaufen lassen und an Aschaffenburg war er vorbeigeritten. Ab und zu, wenn sich die Straße dem Fluss näherte, waren ihm Leinreiter begegnet, die fluchend auf ihre Pferde eindroschen, damit diese die Lastkähne mainaufwärts zogen. Abel hatte die Leinreiter ebenso wie andere Reisende gemieden. Er wollte sich nicht aufhalten.

Den Seligenstädter Abt Bonifatius II. Merget kannte Abel bereits von früheren Aufenthalten in dessen Abtei. Dieser war schon lange im Amt. Bonifatius mochte in den Anfängen seiner Regentschaft tatkräftig und zielstrebig gewesen sein. Bei seinem letzten Besuch aber schien er Abel alt und müde. Unleugbar geblieben war dem Abt jedoch ein gewisser Hang zu Wohlleben und Prunk. Entscheidungen zum klösterlichen Alltag überließ Bonifatius zumeist seinem Cellerar. War das der Grund für den Schlendrian?

Abel würde sich die Bücher vorlegen lassen und den einen oder anderen Ritt über Land machen, um nach dem Zustand der Felder zu sehen. Dann würde er seinen Bericht schreiben.

Was er, Abel, dem Erzbischof und dem Abt empfehlen würde, wäre in etwa das Gleiche, was er in Amorbach umgesetzt hatte. Auch dort hatte er schlecht bestellte Felder vorgefunden, Obstbäume, die ungepflegt, windschief und zerzaust herumgestanden waren, halb verlandete Fischweiher und eine Bevölkerung, die die Herrschaft des Klosters abgelehnt hatte.

Die Schäferei und der Wollhandel waren Abels neueste Errungenschaften in Amorbach. Schafzucht hatte es im Odenwald zwar schon vor seiner Zeit gegeben, doch erst er hatte sie, wie auch den Weinbau, zu einem einträglichen Erwerbszweig ausgebaut. Das Halten von Schafen erforderte vergleichsweise geringe finanzielle Mittel, wenig Arbeitskräfte und konnte auch auf den steilen Hängen der Odenwälder Berge betrieben werden. Nicht einmal eine richtige Rodung war nötig, da man Schafe auch im Gestrüpp weiden lassen konnte.

Abel ließ seinen Blick über die Felder an der Straße schweifen. Äcker mit Wintergetreide wechselten mit brachliegenden Flächen. Der Wallach fiel in den Schritt. Abel beugte sich zur Seite und schaute sich den Ackerrain genauer an. Im Herbst hatte es viele Bucheckern gegeben, was, wie die Bauern sagten, einen harten Winter und eine Mäuseplage zur Folge haben sollte. In Amorbach war beides eingetreten. Abel richtete sich wieder auf. Auch hier war das Getreide ausgefroren und jede Menge Mauselöcher waren zu sehen.

Nun war es nicht mehr weit nach Seligenstadt. Stolz ragten vor ihm die Türme der Einhards-Basilika in den Abendhimmel. Seinen Namen hatte dieses beeindruckende Gotteshaus von Einhard, dem Biografen und Vertrauten Karls des Großen. Einhard hatte die Seligenstädter Abtei gegründet und die Basilika errichten lassen. Geweiht war diese den Märtyrern Marcellinus und Petrus, deren Reliquien Einhard im Jahr 828 in das neugegründete Kloster am Main überführt hatte.

In diesem Augenblick begannen die Glocken der Basilika zu läuten. Abel ließ dem Wallach die Zügel locker und tätschelte ihm den Hals. »Kannst langsam machen, Alter«, sagte er. »Zur *vesper* werden wir es doch nicht mehr schaffen.« Kurz darauf ritt er durch das Aschaffenburger Tor in die Stadt ein.

Lang zog sich der Weg an der Sandsteinmauer, die die Abtei umgab. Sie war mindestens zehn Fuß hoch. Wie vielen Wirtschaftsgebäuden und Vorratskellern bot sie Schutz?

Abel betrachtete auch die Häuser, die auf der der Mauer gegenüberliegenden Seite die Straße säumten. Selbst hier, am Stadtrand, wo für gewöhnlich der ärmere Teil der Bevölkerung lebte, wiesen viele Gebäude in ihren Untergeschossen feste Steinsockel auf. Abel wusste warum: Die Straße, auf der er ritt, war ein alter Handelsweg nach Frankfurt. Die Kaufleute, die diese durch Seligenstadt führende Straße benutzten, schlossen dort bereits schon so manchen Handel ab, bevor sie mit ihren Warenladungen in die nahe Reichsstadt weiterreisten.

Warum konnte nicht auch das Kloster aus dieser Lage seinen Nutzen ziehen? Zudem lag die Abtei direkt am Main, mit all den Vorteilen, die der Wasserweg bot. Er selbst hatte dort am Ufer schon wiederholt festgemacht, wenn er mit dem Schiff zur Messe nach Frankfurt unterwegs war und sein Ziel vor Einbruch der Dunkelheit nicht mehr erreichen konnte.

Die Klostermauer nahm kein Ende. Das Areal der Seligenstädter Abtei schien sichtlich größer als in Amorbach. Die beiden Einlässe, die Abel kannte, das Minerva-Tor und das Grüne Tor, waren bereits geschlossen. Also ritt er weiter bis zur eigentlichen Klosterpforte. Dort stand das Tor noch offen. Von der Abtei her klang leise das *agnus Dei* der Mönche. Abel stieg vom Pferd, nahm den Wallach am Halfter und schritt mit ihm durch das Tor.

»Ha!«

Abel schrak zurück. Der Wallach riss sich los, stieg wiehernd hoch und trommelte mit den Vorderläufen in der Luft. Abel sah seitlich einen Schatten und duckte sich. Dann hörte er ein helles, dünnes Lachen. Abel rief: »Peter, bist du's?«

Das Lachen verstummte und eine schmale schlaksige Gestalt schlurfte auf ihn zu.

»Pater, Pater«, antwortete die Bubenstimme.

Abel griff nach den Zügeln und zog den Wallach zu sich hin. Noch immer blähte dieser die Nüstern.

»Hast du mich erschreckt!«

Der Junge kicherte.

Abel fuhr ihm mit der Rechten über das wollige Haar. Er wusste, dass Peter das liebte. »Du bist gewachsen.«

Der etwa zehn Jahre alte Junge verzog seinen schrägen Mund und zuckte mit der rechten Schulter. Sein fast steifer Arm begann hin und her zu pendeln. Peter wuchs im Kloster auf. Er durchstreifte Hof und Garten, kroch in den Scheunen und Ställen herum und fand manchmal auch den Weg in die *clausur*, den Zellenbereich des Klosters, den nur die Mönche betreten durften. So hatte ihn Abel bei einem Besuch der Abtei vor zwei Jahren kennengelernt. Peter war in der *clausur* erwischt und von einem Mönch verprügelt worden. Abel war dazwischengegangen und hatte den Jungen vor Schlimmerem bewahrt. Auch für seine Vorliebe, Leute zu erschrecken, bezog Peter des Öfteren Prügel. Abends fing ihn seine Mutter, eine alleinstehende Wäscherin des Klosters, ein und nahm ihn mit in die Gesindewohnung, die sich in den Mauern der Abtei beim Kelterhaus befand. Der Fürsprache des Gärtners hatte sie es zu verdanken, dass sie mit ihrem Kind hier wohnen durfte.

»Pater Augustin, ist er in seinem Pförtnerhaus?«, fragte Abel.

»*Non ita est.*«

Abel musste lächeln. Peter liebte die lateinische Sprache.

Abel ging auf das Spiel ein. »*Ubi est?*«

Peter zeigte auf das Gebäude links vor ihnen.

»Beim Abt?«, fragte Abel.

Der Junge nickte.

»*Gratias ago*, Peter.« Abel strich dem Jungen noch einmal über den Kopf, dann ging er mit dem Wallach am Halfter hinein in den Klosterhof.

Dieser gut 60 Schritt lange und 30 Schritt breite Hof war der Mittelpunkt der Klosteranlage. Die linke Seite begrenzte die Prälatur, die Wohnung des Abtes mit den Räumlichkeiten für die Gäste und die Bibliothek. Am Ende dieses Prachtgebäudes befand sich ein Turm und dahinter, etwas zurückgesetzt, die Klosterküche mit dem daran anschließenden Krankenbau. Den östlichen Abschluss des Platzes bildete die Alte Abtei mit der Klosterapotheke im Erdgeschoss. Hinter diesem Gebäude befanden sich der Konventbau und der weitläufige Klostergarten. Handwerkerbau, Klostermühle und Remise bildeten die südliche Flanke des Hofes.

Die Turmglocken schlugen fünf Mal. Abel blickte zur Basilika, die sich hinter der Prälatur befand. Die *vesper* wird jetzt aus sein, dachte er, ließ das Eingangsportal der Prälatur linker Hand liegen und ging zwischen Handwerkerbau und Mühle hindurch direkt hinüber zu dem dahinterliegenden Wirtschaftshof mit den Stallgebäuden. Die Hufe des Wallachs klapperten auf dem gepflasterten Weg. Im Taubenhaus gurrte es hundertfach. Gerne hätte Abel Tauben auch in Amorbach gehalten, doch Abt Külsheimer hatte Bedenken wegen des Kotes auf den Dächern und im Hof.

Vor dem Stallgebäude blieb Abel stehen. Ein vielleicht zwanzigjähriger Bursche hatte ihn kommen sehen, war dann aber im Stall verschwunden.

»Ist hier jemand?«

Niemand schien Abel zu hören.

»Pater Abel aus Amorbach«, rief er durch das Tor. Endlich hörte er Holzschuhe klappern.

»Is scho schpät heit!«

Abel verschlug es die Sprache.

Der Stallbursche öffnete das Tor und trat heraus. Dann

schnallte er wortlos Abels Reisegepäck ab und legte es diesem zu Füßen. Zuletzt nahm er das Pferd und zog es in den Stall. Abel presste die Lippen aufeinander. In Amorbach hätte er sich dieses Benehmen nicht gefallen lassen. Er warf noch einen Blick in den Stall, wo der Bursche mit seinem Wallach hantierte, dann nahm er sein Gepäck und ging zur Prälatur. Am Portal suchte er eine Glocke. Da er keine fand, trat er ein.

Abel hatte einen Brief seines Abtes an den hiesigen Abt Bonifatius dabei. Damit sollte es möglich sein, dass er noch heute vorgelassen würde. Außerdem hatte der Abt ihn bei seinen bisherigen Besuchen immer sehr herzlich empfangen. Dessen Familie stammte aus Miltenberg und er ließ sich gerne die Neuigkeiten aus seiner Geburtsstadt berichten.

Abel kannte die Örtlichkeit. Im Parterre befand sich gegenüber der Wohnung des Abtes der sogenannte Rittersaal, ein Raum für die Verköstigung weltlicher Gesellschaften. Im Obergeschoss, direkt über der Abtswohnung, lag das Kaiserappartement, der Stolz der Abtei. Abel hatte es einmal besichtigen dürfen. Im Gedächtnis geblieben war ihm das raumgreifende Gemälde, das den Stammbaum der Seligenstädter Äbte zeigte. Dieser wuchs aus dem schlafenden Kaiser Karl dem Großen heraus und verbreitete sich über Einhard, dem ersten Laienabt des Klosters. Damit sollten das Alter und die Bedeutung der Seligenstädter Abtei herausgestellt werden. Es hatten hier wirklich Kaiser übernachtet! Jedes Mal bei seinen Aufenthalten in Seligenstadt hatte er dies gehört. Immerhin, dort oben, auf gleicher Ebene, lagen auch die Gästezimmer. Werde also die nächste Zeit in unmittelbarer Nähe der Kaiserwohnung schlafen, dachte Abel.

Sein Blick fiel auf das große, dunkle Ölgemälde an der Wand rechts neben dem Eingang. Es zeigte den heiligen Benedikt im Todeskampf.

Abel setzte sein Gepäck ab, wandte sich nach links und klopfte an die Tür. Alles blieb ruhig. Abel wusste, dass sich hinter der Tür der Abtssaal befand, in dem Bonifatius seine Gäste empfing und mit ihnen speiste. Der Abt würde sich wohl mit dem Pförtner in dem Raum dahinter, dem Kabinett, aufhalten. Abel zögerte. Durfte er es wagen? Doch dann drückte er die Klinke und trat ein.

Der Abt empfing gerne Gäste, wenn es reiche oder bedeutende Personen waren — und wenn sie Geschenke mitbrachten. Doch was er, Abel, dabeihatte, würde den Abt kaum erfreuen. Andererseits hatte Abel aus den bisherigen Begegnungen nicht den Eindruck, als würde sich der Abt für den Wirtschaftsbetrieb des Klosters interessieren. Es konnte also gut möglich sein, dass er ihn zwar freundlich begrüßte, ihn dann aber recht bald an Pater Hilbert, den hiesigen Cellerar, verwies.

Abel stand im Abtssaal. Ein mit Tüchern, Papieren und Schachteln beladener Tisch sagte ihm, dass Bonifatius keine Gäste erwartete. Die Wände schmückte ein Bilderzyklus mit Darstellungen aus dem *Alten Testament*. Aus dem *Buche Tobit*, vermutete Abel. Blendwerk, dachte er. Als er zum ersten Mal hier gewesen war, hatte er feststellen können, dass der Wandschmuck keineswegs aus teuren Gobelins bestand, wie es den Anschein hatte. Der Zyklus war stattdessen direkt auf die Wand gemalt.

»Wer seid Ihr?«

Abel wandte sich um und blickte zur Tür, die zur Wohnung des Abtes führte. Abt Bonifatius II. Merget stand dort und reckte den Kopf nach vorne. Er war von kleiner, rundlicher Statur. Im blassen, weichen Gesicht mit den großen, wachen Augen fiel eine längliche Nase auf. Jedenfalls kein guter Anfang, dachte sich Abel. Doch dann wurde die Miene des Abtes eine Spur freundlicher.

»Seid Ihr's, oder seid Ihr's nicht?« Der Abt löste sich aus dem Türrahmen. »Er ist es wirklich!«

Abel ging dem Abt entgegen. Hinter ihm sah er den Kopf von Pater Augustin, dem Pförtner. Der Abt zögerte kurz, dann streckte er Abel seine beringte Rechte entgegen. Abel ging in die Knie und küsste den Ring.

»*Pax tecum.*«

»*Et cum spiritu tuo*«, antwortete Abel.

Der Abt gab ihm ein Zeichen aufzustehen. »Wieder einmal auf der Durchreise nach Frankfurt?«, fragte er. »Seid Ihr da aber nicht zu früh dran?«

Abel neigte den Kopf. »Ganz recht, ehrwürdiger Abt. Doch diesmal möchte ich Eure Gastfreundschaft etwas länger in Anspruch nehmen.«

Der Abt legte den Kopf schief. »Ihr macht mich neugierig.«

Abel zog das Schreiben seines Abtes hervor und reichte es Bonifatius. Dieser blickte Abel fragend an. Doch dann nahm er das Schriftstück, schlug es auf und begann zu lesen. Abel sah, wie die Hand des Abtes zu zittern begann und er Halt am Tisch suchte. Dann legte der Abt beide Hände auf den Tisch und starrte auf das Schreiben. Ohne aufzusehen, gab er Augustin ein Zeichen, sie alleine zu lassen.

»Der Erzbischof ... er hat es uns nie wissen lassen, dass er unzufrieden ist«, sagte der Abt, nachdem der Pförtner den Raum verlassen hatte.

»Ehrwürdiger Abt, ich hätte es gerne abgelehnt ...«

»Wie? Was habt Ihr gesagt?« Der Abt drehte den Kopf ein wenig zur Seite.

»Ich meine«, setzte Abel erneut an, »ich meine, mir wäre es lieber gewesen, die Wahl wäre nicht auf mich gefallen.«

Der Abt winkte ab. »Ach was, Ihr seid mir lieber als jeder andere. Trotzdem hätte der Erzbischof uns erst einmal konsultieren sollen.«

Abel machte ein ernstes Gesicht und nickte.

»Und jetzt?«, fragte der Abt und hob die Hände. »Soll ich meinen Cellerar rufen lassen?«

»Nein, ehrwürdiger Abt«, entgegnete Abel, »ich möchte diese *causa* zwar so schnell wie möglich beendet wissen, aber vor morgen will ich nicht damit beginnen. Außerdem bin ich müde.«

Der Abt hob seine Hände. »Was bin ich nur für ein Gastgeber! Entschuldigt, Abel. Sicherlich habt Ihr auch Hunger und Durst. Wo bleibt nur mein Sekretär? Die *vesper* ist doch schon längst aus. Augustin!«

So schnell, wie der Pförtner vor ihnen stand, konnte er nicht weit weg gewesen sein.

»Führt unseren Gast in die Küche!« Der Abt begleitete Abel hinaus ins Vestibül. »Es ist zwar Fastenzeit, aber Ihr hattet eine lange Reise. Lasst Euch vom Küchenmeister etwas Anständiges vorsetzen. Und morgen berichtet Ihr mir, was sich seit Eurem letzten Besuch in Miltenberg getan hat.«

Durch einen langen Gang führte der Pförtner Abel zur Küche. Abel kannte die Räumlichkeiten bereits von früheren Besuchen. Es war schon düster und er fragte sich, warum die Kerzen in den Haltern an der Wand noch nicht brannten. Den Pförtner schien das nicht zu stören. Wortlos ging er voraus. Doch es war nicht nur düster, sondern auch merkwürdig still. Für gewöhnlich konnte man während des *silentiums*, der üblichen Schweigepflicht nach der *vesper*, deutlich die Geräusche außerhalb der *clausur* hören. Das Scheppern der Töpfe zum Beispiel, wenn die Küchengehilfen letzte Hand anlegten, das Schließen der Tore von Stall, Scheune und Keller, das Klappern der Holzschuhe auf dem Pflaster, wenn die Arbeiterinnen und Arbeiter müde das Kloster verließen und ihren Häusern draußen vor den Mauern zustrebten. Nichts von alledem drang hier ans Ohr.

Am Ende des Ganges dann erblickte Abel Licht. Es fiel aus der offenen Küchentür. Ein Pater war damit beschäftigt, eine Kerze zu entzünden. Abel kannte die kräftige Gestalt — und den Watschelgang. Gut einen Kopf größer als er selbst, mit einem massigen Haupt und einem spitz nach vorne gerichteten Bauch, konnte dies nur Pater Severin sein.

»Ah, da ist er ja«, sagte Augustin. »Culinarius, ich bringe Euch einen weitgereisten Gast. Er hat Hunger und Durst. Seht, was Ihr machen könnt!« Dann steckte er die Hände in seine Ärmel, neigte den Kopf Richtung Abel und sprach: »Ihr entschuldigt mich. Ich muss das Tor schließen. Pater Severin wird Euch später auf Euer Zimmer bringen.« Zum Küchenmeister sagte er: »Das Zimmer zum Hof.«

Die Küche war um einiges größer als die in Amorbach — und höher. Abel blickte erstaunt nach oben. Der Raum schien über zwei Etagen zu gehen. Wegen der Düsternis konnte er die Decke nicht erkennen. Ein großer Rauchfang in der Ecke ließ erahnen, wie viele Essen hier täglich zubereitet wurden. Neben Konvent und Gesinde musste sicherlich auch eine stattliche Anzahl von Gästen versorgt werden.

Regungslos nahm Severin den Auftrag entgegen. Der Pförtner wartete noch einen Augenblick, als hoffte er auf ein Zeichen, dass der Culinarius ihn verstanden hatte. Doch dieser rührte sich nicht. Da drehte sich Augustin um, ging hinaus und schloss die Küchentür mit einem Ruck.

Severin musterte Abel. »Geritten?«, fragte er.

Abel nickte.

»Und? Auf der Durchreise? Moment, Euch kenne ich doch!«

Abel lächelte. »Pater Abel, aus Amorbach.«

»Der Herr Cellerarius. Wie konnte ich nur.« Severin stülpte die Unterlippe nach vorne. »Werde mich anstrengen.«

II

»Genügt Euch die Küche hier? Oder wollt Ihr auf dem Zimmer speisen?«, hörte Abel aus der Tiefe. An der Seitenwand des Raumes führten Stufen in einen Keller, in dem Pater Severin verschwunden war.

»Bei Euch in der Küche wär's mir recht«, rief Abel ihm hinterher. Er beschloss, von Severin Angaben über die Menge der ausgegebenen Essen zu verlangen. Der Erzbischof sollte eine möglichst genaue Zusammenstellung der Leistungen erhalten, die das Kloster aus seinen Erträgen bestreiten musste.

Abel hörte Pater Severin hantieren. Er kannte diesen sonst als gesprächig. Warum war der Culinarius heute so mundfaul?

Nun erschien im Abgang wieder Licht. Severin kam, ein ovales Brett in der Rechten, eine Kanne und eine Laterne in der Linken, die Stufen hochgekeucht. Er ging auf einen einfachen Tisch in der Mitte der Küche zu und stellte dort alles ab.

»Mit etwas Warmem kann ich leider nicht mehr dienen«, sagte er und deutete auf den Herd. »Alles abgeräumt.«

Abel, der Severin gefolgt war, blickte auf das Brett. Er sah zwei geräucherte Mainfische, verschiedene Sorten Käse und Weißbrot. Im Krug vermutete er Bier. »Vergelts Gott, Bruder, das reicht.«

Abel zog einen Stuhl heran und setzte sich an den Tisch. Der Culinarius ging zu einem Schrank an der Wand, holte einen Becher und einen Kerzenhalter und stellte beides vor Abel ab. Nachdem er die Kerze entzündet hatte, verschwand er wortlos im hinteren Teil der Küche in einem Nebenraum.

Abel schnitt ein Stück Käse ab und biss hinein. Er dachte an den Abt und das merkwürdige Verhalten des Culinarius.

»Der Abt scheint mir ein wenig betrübt«, sagte er nach einer Weile laut. Die klappernden Geräusche im Nebenraum verstummten für einen Augenblick. »Auch bin ich schon freundlicher empfangen worden«, setzte er nach.

Severins Kopf erschien in der Tür. »Meint Ihr mich?«

Abel schob ein Stück Weißbrot in den Mund und kaute, während er den Küchenmeister ansah. Dieser trat jetzt zu Abel an den Tisch. In der Rechten hielt er einen Kupferkessel, in der Linken einen Lappen. Schweißtropfen standen auf seiner breiten Stirn. »Hört, Bruder, es geht Euch zwar nichts an, aber es kommt nicht jeden Tag vor, dass jemand stirbt. Es ist nicht nur der Abt, der betrübt ist.«

»Verstehe«, sagte Abel. »Ihr trauert um einen geliebten und angesehenen Bruder.«

»Wenn Ihr's schon wisst, warum fragt Ihr dann?«

Abel zuckte zurück. Er hatte sich geschnitten. Er hielt den linken Zeigefinger vor das Licht. Die Wunde blutete nur leicht.

Severin blickte Abel ins Gesicht. »Einen betagten Bruder am Ende seines Lebens Gott zu empfehlen, ist der Lauf der Natur. Aber einen Mitbruder, der gerade einmal siebzehn Jahre zählt, in die kalte Erde zu legen, das schlägt aufs Gemüt.«

»Ein Novize?«

Der Küchenmeister begann, den Kessel mit dem Lappen zu polieren.

»Ihr wart sein Instruktor?«

»Nein. Das war Pater Innozenz, der Bibliothekar.«

Der Küchenmeister schaute auf. »Schmeckt's Euch nicht?«, fragte er.

»Doch, doch.« Abel umwickelte den Finger mit seinem Schnäuztuch. Er dachte an das Karmeliterkloster in Frankfurt und die herzliche Aufnahme, die er dort jedes Mal erfuhr, wenn er während der Messe übernachtete. Er griff zum Becher und trank. Doch schnell stellte er ihn wieder ab. Das Bier hatte einen Stich.

Der Küchenmeister hob die Schultern. »Morgen gibt's frisches.«

Abel hatte genug. »Zeigt Ihr mir mein Zimmer?«, fragte er. Eigentlich kannte er den Weg, aber Severin würde ihn sicherlich nicht alleine gehen lassen. Dieser verschwand für einen Augenblick in dem Nebenraum und kam ohne Kessel und Lappen zurück. »Kommt mit!«

Severin griff nach der Kerze, drückte sie Abel in die Hand und ging ihm voran. Es war der gleiche Weg, den Abel zuvor mit dem Pförtner gekommen war. Schweigend gelangten sie ins Vestibül.

»Mein Gepäck?«, fragte Abel.

»Ist bestimmt schon auf Eurem Zimmer.«

Wortlos stiegen sie die Steintreppe hinauf. Oben angekommen, ließ Severin die doppelflügelige Tür zum Kaisersaal rechts liegen. Er schritt auf eine Zimmertür schräg gegenüber zu, öffnete sie und trat ein. Wie der Küchenmeister vermutet hatte, stand Abels Gepäck am Boden.

Severin vergewisserte sich, dass alles in Ordnung war, sagte rasch »Gute Nacht« und verschwand.

Einen Augenblick stand Abel unschlüssig da. Es war das Gästezimmer zur Südseite, schlicht eingerichtet, wie er im Halbdunkel erkannte. Es war alles da, was er die nächsten Tage brauchen würde: ein Bett, ein Schrank, ein Tisch und ein Stuhl. Dazu noch ein Waschtisch mit einer Schüssel und einer Kanne. In der Ecke stand ein Betschemel. Bisher war ihm das gegenüberliegende Gästezimmer zugewiesen worden, ein neu eingerichteter Raum mit eigener Schlafkammer. Abel hatte darin das einzige Mal in seinem Leben in einem Bett mit Baldachin geschlafen.

Abel ging zum Fenster und öffnete es. Ruhig lag unter ihm die Klostereinfahrt. Die Wirtschaftsgebäude im Hintergrund waren nur schemenhaft zu erkennen. Abel lächelte. Abt Bonifatius hatte ihm einen Gefallen getan. Viel besser als von hier aus konnte man den Klosterbetrieb kaum beobachten.

Dann leuchtete er im Raum umher. Der Lichtschein fiel auf das Kopfende des Bettes. Es war mit Intarsien verziert. Abel hielt das Licht davor. Die Opferung des Isaak. Abel verzog den Mund. Ob er unter diesem Bild gut schlafen würde?

Gerade wollte er sich nach seinem Gepäck bücken, als es an der Tür klopfte. Er fuhr zusammen. Beim zweiten Klopfen dann rief Abel »Herein!«.

Die Tür ging einen Spaltbreit auf. Abel hob die Kerze an. Ein Kopf zeigte sich.

»Ihr, Pater Elias?« Der Sekretär des Abtes war neben dem Küchenmeister und dem Cellerar einer der wenigen Konventualen, die er kannte.

Pater Elias trat ein, faltete die Hände und machte eine Verbeugung. »Der Abt wünscht Euch zu sprechen.«

Abel runzelte die Stirn. »Jetzt noch?«

»Unser Cellerar ist bei ihm.«

»Aha!« Eigentlich war Abel müde. Doch er durfte den Abt und den Cellerar nicht verstimmen. Er war auf deren Mitarbeit angewiesen.

»Ich komme mit«, sagte Abel.

Sie gingen durch das Treppenhaus hinunter ins Vestibül. Dort führte Elias Abel in den Abtssaal. Am Tisch stand der Abt mit dem Cellerar. Die Tücher und Schachteln waren verschwunden.

»Die Kellermeister kennen sich?«, fragte Abt Bonifatius und deutete zuerst auf Pater Hilbert, dann auf Abel.

Abel nickte. Bei seinen vorherigen Besuchen war der Cellerar zu den Mahlzeiten immer mit am Tisch des Abtes gesessen, wo auch Abel seinen Platz als Gast hatte. Abel hatte den Kellermeister der Seligenstädter Abtei als einen mürrischen, wenig mitteilsamen Alten kennengelernt. Dieser musste in etwa das gleiche Alter haben wie der Abt. Aber hochaufgeschossen und dürr, mit eingefallenen Wangen, wirkte er älter. Mit seinen wasserblauen Augen schaute Hilbert auf Abel herab.

Vergebens hatte Abel bei seinen früheren Aufenthalten gehofft, von dem Alten etwas zu erfahren, womit er seine Amtsführung in Amorbach hätte verbessern können. Doch Pater Hilbert waren keine Hinweise zu entlocken gewesen. Abel schien er nicht mehr zu sein als ein Buchhalter, gewissenhaft zwar, aber auch nur darauf bedacht, das Vorhandene zu verwalten. Wahrscheinlich schaute Pater Hilbert nur selten nach seinen Liegenschaften. Sein bleiches, runzeliges Gesicht jedenfalls schien nicht oft die Sonne zu sehen. Das würde sich in den nächsten Tagen ändern. Abel hatte nicht vor, seine Zeit hier nur hinter Büchern und Klostermauern zu verbringen. Er reichte dem Amtsbruder die Hand. Beinahe wäre er zurückgeschreckt. Pater Hilberts Hand war kalt wie Eis.

Der Abt räusperte sich. »Ihr entschuldigt, Pater Abel«, begann er, »aber mir hat es keine Ruhe gelassen. Ich dachte, wenn Ihr jetzt schon unserem Cellerar Eure Bitten vortragt, kann er sogleich tätig werden.« Der Abt machte eine Pause. Abel blickte sich nach einem Stuhl um. Doch der Abt fragte ihn: »Wie lange habt Ihr eigentlich vor zu bleiben?«

Auf seinem Ritt nach Seligenstadt hatte Abel darüber nachgedacht, wie er seine Aufgabe dort wahrnehmen wollte. Er hatte sich vorgenommen, nicht strenger zu prüfen, als dies notwendig war. Ein paar Vorschläge zu erarbeiten, die das Kloster nicht allzu sehr schmerzten, dem Erzbischof aber Abels guten Willen zeigten. Mehr konnte man von ihm nicht verlangen. Es war das erste Mal, dass Abel eine solche Aufgabe übernahm, und es sollte auch das letzte Mal sein. Keinesfalls wollte er sich für weitere Aufträge dieser Art empfehlen. Bei all dem sollte aber auch eindeutig sein: Die Untersuchung hier würde er führen, nicht der Abt und nicht dessen Cellerar.

»Also, wie lange?«, wiederholte der Abt seine Frage.

»Nicht länger als nötig«, erwiderte Abel. Der Abt musste nicht wissen, dass er vorhatte, nach Frankfurt weiterzureisen.

»Wie kommt der Erzbischof eigentlich auf Euch?« Pater Hilbert hatte fast tonlos die Frage gestellt.

»Ich kann es Euch nicht sagen, ich weiß es nicht.«

Pater Hilbert begann, auf den Zehen zu wippen.

»Mainz soll sich hüten. Sie haben uns in der Vergangenheit eine Vogtei nach der anderen genommen. Und jetzt klagt man, dass die Einkünfte schwinden.«

»Cellerar!« Der Abt schaute Pater Hilbert streng an.

»Stimmt doch. Außer Geiselbach, Omersbach und Hofstätten ist uns nichts geblieben.«

»Aber wir haben durch die Inkorporation von ...«, der Abt stockte und dachte nach, »... elf Pfarreien neue Zehnteinkünfte.«

»Neun.«

»Bitte?«

»Neun Pfarreien. Es sind nur neun Pfarreien, die uns zinspflichtig sind, Abt Bonifatius.«

»Meinetwegen.« Der Abt machte eine wegwerfende Handbewegung.

Hilbert wurde laut. »Trotzdem, der Erzbischof sollte sich vorsehen, uns ohne Vorwarnung einen ...«, der Cellerar deutete auf Abel, »... Inquisitor zu schicken.«

Abel wandte sich rasch dem Cellerar zu. »Das müsst Ihr Seiner Exzellenz Friedrich Karl Joseph von Erthal schon selbst sagen.«

Der Abt hob besänftigend die Hand. »Meine Herren, bleiben wir friedlich. Lasst uns lieber diese ...«, der Abt wedelte mit der Rechten in der Luft, »... diese maliziöse Angelegenheit möglichst rasch zu einem für alle Seiten befriedigenden Ende bringen.« Er stützte sich mit beiden Händen auf den Tisch und beugte sich zu Abel hin. »Also, Abel, was braucht Ihr?«

»Im Augenblick brauche ich nichts anderes als Schlaf.« Abel trat vom Tisch zurück. »Aber, Cellerar, wenn Ihr Euch die Nacht um die Ohren schlagen wollt, dann macht mir folgende Aufstellung: Wie viel Morgen Land bearbeitet ihr? Wie viel davon ist dem Erzbischof tributpflichtig? Was wird angebaut? Wie viele Bedienstete, wie viele Fronpflichtige habt ihr? Was waren die Erträge der letzten drei Jahre? Und wie viele Mäuler habt ihr zu stopfen? Und jetzt, ehrwürdiger Abt, entschuldigt mich. Ich bin wirklich müde.«

Zur *mette* und zur *laudes* blieb Abel im Bett liegen. Als Gast durfte er das. Zur *prima* aber stand er auf und versammelte sich mit den anderen Brüdern zur Morgenandacht in der *clausur*. Die Arme über dem Bauch verschränkt, die Hände in den Ärmeln der Kutte verborgen, folgte Abel der Schar von etwa zwei Dutzend Brüdern. Einer hinter dem anderen stiegen sie über eine steinerne Treppe hinab in den Chorraum der Kirche. Es war düster und kühl und Abel fröstelte.

Er hatte bisher noch nie die Gelegenheit gehabt, die den Märtyrern Marcellinus und Petrus geweihte Basilika einmal in Ruhe zu betrachten. Der Chor, in dem er sich jetzt befand, war an den dreischiffigen Kirchenraum angesetzt und wurde von diesem mit einem vergoldeten Eisengitter abgetrennt. Als Letzter in der Reihe der Brüder suchte er nach einem freien Platz im Chorgestühl und stellte sich davor auf. Nachdem jeder Mönch seinen Platz eingenommen hatte, gab der Abt ein Zeichen. Er setzte sich zuerst und alle Brüder folgten seinem Beispiel. Abel beugte sich nach vorne. Im Dämmerlicht konnte er den Hauptaltar erkennen, wo in einem Schrein aus getriebenem Silber die Reliquien der beiden Kirchenheiligen lagen. Aber den ganzen altehrwürdigen Kirchenraum, das Rippengewölbe und die Spitzbögen konnte er nur erahnen. Lediglich die ersten Bündelpfeiler, auf denen Letztere ruhten, waren im Schein der brennenden Kerzen zu erkennen.

Gerade hatte Abel mit seinen Brüdern das *kyrie* zu Ende gesungen, als Peter, der Junge, der ihn gestern erschreckt hatte, plötzlich am Gitter des Chorraumes rüttelte. Pater Hortensius erhob sich, und die Brüder blickten auf ihn, wie dieser zum Abt schritt, jenen um Erlaubnis bat und dann auf den Jungen zuging. Abel sah, wie der Bub zitterte. Als Hortensius bei diesem angelangt war, neigte er den Kopf zu ihm hin. Peter flüsterte ihm hastig etwas ins Ohr. Augenblicklich schreckte Hortensius hoch und starrte den Jungen an. Dann packte er diesen durch das Gitter an den Schultern und redete auf ihn ein. Peter nickte heftig. Pater Hortensius starrte über Peter hinweg ins Kirchenschiff.

Endlich drehte er sich um und ging mit schnellen Schritten und gesenktem Kopf zurück zum Abt in den Chorraum. Er beugte sich zu diesem hinunter und flüsterte etwas in dessen Ohr. Der Abt fuhr zurück. Seine Hände krallten sich in die Wangen des Chorgestühls, der Blick wurde starr. Dann erhob er sich langsam, gab dem Vorleser ein Zeichen fortzufahren und verließ in gebeugtem Gang mit Hortensius den Chorraum. Pater Elias folgte den beiden.

Keiner der Patres hatte jetzt mehr Andacht. Jeder wartete auf das Ende des Gottesdienstes. An Stelle des Abtes sprach der Cellerar den Segen. Noch während er das Kreuzzeichen machte, standen die ersten Brüder auf und drängten aus dem Chorgestühl. Statt sich wie gewöhnlich in einer Reihe aufzustellen und gemessenen Schrittes zu entfernen, wollten sie möglichst rasch die Basilika verlassen. Auf dem Weg zur Tür wurde geschoben und geschubst. Abel trat beiseite und folgte den Patres.

Dann standen sie im Gang der *clausur* und wussten nicht weiter. Jemand rief »Ins *refectorium*«. Nun drängten alle zum Treppenhaus und hinunter zum Speisesaal.

Dort erwartete sie bereits der Abt. Durch die Fenster sah Abel die ersten Sonnenstrahlen im Klostergarten. Schon mehrmals war er in diesem Raum gewesen. Vor den Fenstern befanden sich drei etwa sieben Ellen lange schwere Holztische mit jeweils einer Bank. Ihnen gegenüber, an der Innenwand, standen zwei weitere Tische und zwischen diesen das Pult für den Vorleser. An die Stirnseite war ein kleinerer Tisch gerückt. Hinter diesem stand Abt Bonifatius, mit versteinertem Gesicht, die Hände in den Ärmeln seiner Kutte, und wartete regungslos, bis der letzte Konventuale hinter sich die Tür geschlossen hatte. Dann rief er: »*Silentium!*«

Die Brüder verstummten.

Ohne die Stimmlage zu verändern, hob der Abt an: »Unser Bruder Pater Salomon ist heute Nacht verstorben.« Bonifatius machte das Kreuzzeichen. Die Konventualen taten es ihm nach. »Geht in eure Zellen«, fuhr der Abt fort, »und betet für seine Seele. *In nomine patris et filii et spiritus sancti.*« Der Abt machte erneut das Kreuzzeichen und die Konventualen antworteten mit »*Amen*«. Dann verließ Bonifatius, steif wie eine Statue, den Saal.

Kaum war die Tür hinter ihm geschlossen, stellten sich die Brüder in Grüppchen zusammen und begannen zu wispern und zu tuscheln. Doch eine kurze Weile später klatschte der Cellerar in die Hände, rief ebenfalls »*Silentium!*« und zeigte zur Tür.

Die ganze Zeit über war Abel alleine stehen geblieben. Niemand hatte ihn angesprochen oder gar bemerkt. Hatte es sich schon verbreitet, warum er hier war? Jetzt gingen die Mitbrüder an ihm vorüber, als wäre er nicht vorhanden, und verließen den Saal. Auch der Cellerar drehte sich, als der Letzte gegangen war, wortlos um und ließ Abel zurück.

Abel rieb sich das Kinn. Nein, dieses Verhalten galt nicht ihm. Zwei verstorbene Mitbrüder innerhalb weniger Tage, das war auch für eine so große Brüderschar wie hier in Seligenstadt ungewöhnlich. Noch ungewöhnlicher aber war das Auftreten des Abtes. Irgendetwas stimmte nicht. Der Abt hatte versucht, seine Nachricht so vorzutragen, als würde er eine Pflicht erledigen. Aber so, wie er hier und in der Kirche aufgetreten war, und so, wie sich die Mönche verhalten hatten, musste sie der Tod des Mitbruders besonders erschreckt haben.

Eigentlich hatte Abel vorgehabt, nach der Andacht mit dem Cellerar den heutigen Tag zu besprechen. Daran brauchte er vorerst nicht zu denken. Also beschloss er, sich im Kloster ein wenig umzusehen. Er war hier Gast, und als solcher musste er sich nicht ganz so streng den Anweisungen des Abtes unterwerfen. Und durch seinen Auftrag hatte er ebenfalls gewisse Freiheiten. Das betraf nicht nur die Teilnahme an den Gebetsstunden, sondern auch die Einhaltung der festgesetzten oder vom Abt zusätzlich angeordneten Zeiten der Stille.

Abel verließ den Konventbau, betrat die angrenzende Alte Abtei und ging an der Apotheke vorbei durch das Portal in den Abteihof. Das Kloster wirkte wie ausgestorben. Er blickte zum Himmel. Die Sonne war hinter Wolken verschwunden. Gut möglich, dass es heute noch regnete. Kurz überlegte er, sich seinen Umhang zu holen, entschied sich dann aber doch dagegen. Wenn in Amorbach der Tag erwachte, die Bediensteten aus der Stadt und die Tagelöhner vom Land in die Abtei kamen, herrschte Betriebsamkeit wie in einem Bienenstock. Aber der Platz hier vor dem Abteibau war leer. Abel schaute an dem kleinen Ziergarten mit der Statue der *Maria Immaculata,* den Heiligen Nepomuk und Philippus Neri und den Engeln vorbei hinüber zum Wirtschaftshof. Knechte spannten dort zwei Ochsen vor einen Wagen. Gewöhnlich begleiteten derbe Flüche solche Arbeiten. Aber außer ein paar gedämpften Worten vernahm Abel nichts.

Sein Blick wanderte zurück zur Mariensäule. Wie nahezu überall verband sich auch hier mit der Mutter Gottes eine Sage. Abt Bonifatius hatte ihm diese bei seinem letzten Besuch erzählt. Im Dreißigjährigen Krieg seien die Schweden nach Seligenstadt gekommen und hätten auch das Kloster überfallen.

Fast alle Mönche sollten gehängt werden. Der damalige Abt habe den Hauptmann der Schweden bedrängt, noch einmal beten zu dürfen. In seinem lateinisch gesprochenen Gebet habe der Abt gelobt, eine Mariensäule zu errichten, sollten Stadt und Kloster gerettet werden. Kaum sei das Gebet ausgesprochen gewesen, seien kaiserliche Verbündete über den Freihof in das Kloster eingedrungen und hätten die Schweden vertrieben. Nach dem Krieg habe der Abt sein Versprechen eingelöst und die Säule mit der Marienstatue hier errichtet.

Abel hörte, wie sich hinter ihm die Portaltür der Alten Abtei öffnete. Er drehte sich rasch um und sah gerade noch den Sekretär hinter der zufallenden Tür verschwinden. Abel machte einige schnelle Schritte zum Portal und stieß die Tür auf. Der Sekretär eilte bereits an der Apotheke vorbei zum Konventbau.

»Habt Ihr Angst vor mir, Bruder Elias?«, rief Abel ihm nach.

Der Sekretär blieb stehen. »Ich? Nein! Wieso?«, sagte er über die Schulter.

»Weil Ihr so schnell umgedreht seid.«

»Ich habe etwas vergessen.«

»Wollt Ihr mir eine Frage beantworten?«

»Welche?«, fragte Elias und wandte sich um.

»Salomon, wo ist er gestorben?«

»Was heißt ›wo‹?«

»Nun ja, in seinem Bett wohl nicht.«

»Wie kommt Ihr darauf?«

»Der Junge scheint ihn gefunden zu haben. Aber er hat keinen Zugang zur *clausur*.«

Der Sekretär blickte nach links und rechts. Dann ging er auf Abel zu und flüsterte: »Er wurde im Garten gefunden. Aber behaltet es bitte für Euch.«

»Warum darf man nicht darüber sprechen?«

»Der Abt will nicht, dass die Brüder beunruhigt werden.«

»Salomon ist also keines natürlichen Todes gestorben!«

Der Sekretär schaute Abel mit großen Augen an.

Abel lächelte. »Und wo genau habt Ihr ihn gefunden?«

»Ich weiß nicht …«

»Wollt Ihr mich anlügen?«

»Ich weiß nicht, ob ich Euch das sagen darf.«

»Ich gehöre nicht zum Konvent. Und ich bin auch nicht beunruhigt.«

Der Sekretär schluckte. »Im Garten, auf der Terrasse vor dem Konventbau.«

»Zeigt Ihr mir die Stelle?« Abel sprach freundlich.

»Ihr werdet sie finden.«

»Was hatte Salomon morgens gegen sechs Uhr dort zu tun?«

Erneut riss der Sekretär die Augen auf. »Wie kommt Ihr auf diese Zeit?«

»Kurz vor sieben, während der *prima*, wurde sein Tod gemeldet. Um fünf Uhr muss er noch bei der *laudes* gewesen sein, sonst hätte man ihn da schon vermisst. Also ist er irgendwann dazwischen gestorben.«

»Salomon hat oft auch nachts gearbeitet. Dass er nicht zur *laudes* erschienen ist, war nichts Ungewöhnliches.« Der Sekretär schaute Abel an. »Ihr habt einen scharfen Verstand. Jetzt begreife ich auch, warum der Erzbischof Euch ausgesucht hat, uns zu visitieren.«

Abel hob die Hände. »Keine Visitation im engeren Sinn, Elias. Eher der Auftrag, Euch Ratschläge zu geben.«

»Werdet Ihr auch die Toten erwähnen?«

»Die Toten? Ihr seht einen Zusammenhang zwischen Salomon und dem jungen Novizen?«

Elias wich zurück. »Das … das wisst Ihr also auch schon?«

Abel überging die Frage. »Wie ist er gestorben?«

»Simon? … Ich sage nichts mehr. Fragt den Abt!« Elias drehte sich um und stürmte die Treppe hoch zur *clausur*.

Abel entschloss sich, die Krankenstation aufzusuchen. Dort würde man ihm sagen, wo der Tote aufgebahrt war. Er nahm die gleiche Treppe, über die Elias verschwunden war. Über diesen Weg erreichte man nicht nur die *clausur*, sondern, wenn man sich oben nach links wandte, auch die Prälatur. Dort war auch die Krankenstation untergebracht. Abel klopfte an der Tür, aber niemand antwortete. Nach einer Weile drückte er die Klinke nach unten und trat ein. Es war merkwürdig. Acht Betten standen in dem etwa sechs auf zehn Schritte großen Raum. Aber alle waren leer! Und das während der Fastenzeit! Die Regeln des heiligen Benedikt nahmen Kranke von dem Fastengebot aus. Daher waren die Krankenstationen der Klöster während der Fastentage gewöhnlich gut belegt.

Abel ging zu einem der drei Fenster des Raumes und blickte hinaus. Unter ihm lag der Abteihof. Er sah eine Magd zum Waschhaus eilen, an der Mühle standen drei Burschen beieinander. Abel drehte sich um. Hinter der Tür eines Nebenraumes hörte er ein Geräusch.

»Ist da wer?« Sein Ruf hallte in der Station wider. Langsam ging die Klinke der Tür zum Nebenraum nach unten, dann wurde sie einen Spaltbreit geöffnet.

»Wer da?«, fragte eine helle Stimme.

»Pater Abel.«

»Pater wer?«

»Abel.«

Die Tür öffnete sich ein Stück weiter. Abel sah einen Jungen mit schwarzem Haarschopf. Dieser trug einen wollenen Kittel und darüber eine blaue Schürze.

»Ich kenne Euch nicht«, sagte der Junge.

»Ich bin im Auftrag des Erzbischofs hier, um nach dem Rechten zu sehen.« Abel bemühte sich um einen festen Ton in der Stimme. »Habe nur eine Bitte.«

»Ihr wünscht?«

»Wollte mir den Toten ansehen.«

Der Junge zögerte. Doch dann öffnete er die Tür ganz und Abel trat ein. Der Vorhang am einzigen Fenster war zugezogen. In der Mitte des etwa drei auf vier Schritte großen Raumes stand eine Bahre mit einem massigen nackten Leichnam. Der Junge warf schnell ein Tuch über den Toten.

»Wie heißt Ihr?«, fragte Abel.

»Georg.«

»Wie noch?«

»Frühauf.«

»Novize?«

Der Junge schüttelte den Kopf. »Ich helfe …«, Georg schluckte, »ich hab dem Pater Infirmarius bei den Kranken geholfen. Ich wohne in der Stadt.«

Abel nickte. Salomon war also der Krankenstation vorgestanden. Abel trat an die Bahre. »Woran ist er gestorben?«

Der Junge schwieg. Abel schaute ihn an.

»Abt Bonifatius hat gesagt …«

»Ich weiß«, unterbrach ihn Abel. »Der Konvent soll nicht beunruhigt werden. Aber ich gehöre dem Konvent nicht an, sondern bin hier im Auftrag des Erzbischofs. Schon vergessen?«

Während Abel sprach, beugte er sich über den Toten und betrachtete eine klaffende Wunde an dessen Kopf.

»Er ist gestürzt«, sagte Georg.

»Und mit dem Kopf aufgeschlagen.« Abel hatte sich wieder aufgerichtet und sah den Jungen an. Georg nickte.

Abel fröstelte. Er ging zum Fenster, schob den Vorhang etwas zur Seite und tat, als schaue er hinaus.

»Woher wisst Ihr eigentlich, dass Salomon gestürzt ist?«, fragte Abel, ohne sich umzudrehen.

»Die … die Wunde am Kopf«, stotterte Georg. »Außerdem hat's der Abt gesagt.«

»So, so, der Abt.« Abel drehte sich wieder um und blickte den Jungen an. »War jemand dabei, als er gestürzt ist?«

»Äh … nein. Glaube nicht. Peter hat ihn gefunden.«

Abel ging auf Georg zu und legte ihm die Hand auf die

Schulter. »Stimmt, ja. Habe ich ganz vergessen. Und Simon?«

Georg sperrte den Mund auf.

»Der junge Novize. Wie ist der gestorben?«

»Der … der lag morgens tot im Bett. Pater Salomon hat ihn gefunden.«

»Wieso der Infirmarius? Der Bibliothekar war doch dessen Instruktor!«

»Simon war krank gewesen. Er lag hier auf der Station.«

»Was fehlte ihm?«

Georg zog die Schultern hoch. »Ich weiß nicht. Pater Salomon war auch ratlos gewesen.«

»Wann ist er gestorben?«

»Vorgestern Nacht.«

Abel nahm die Hand von Georgs Schulter, drehte sich um und betrachtete noch einmal den Leichnam. Pater Salomon musste einen gesunden Appetit gehabt haben. Abel schob seine Hand unter das Leinentuch und griff nach dem Arm des Toten. Die Totenstarre war bereits eingetreten.

»Warum liegen keine Kranken hier?«, fragte Abel.

Georg zuckte erneut mit den Schultern.

III

Abel ließ sich von Georg den Weg zur Gartenterrasse erklären. Durch eine Seitentür im Erdgeschoss des Konventbaues gelangte er direkt dorthin. Kurz blickte er über den Garten hinweg. Das von einer massiven Sandsteinmauer umgrenzte Areal war nach französischem Vorbild in Parterre unterteilt. Abel zählte acht solcher Gartenteile, jeweils eingefasst mit einer kleinen Hecke aus Buchsbaum oder Lavendel. Auf einigen Beeten standen Obstbäume, andere waren umgegraben und würden sicherlich spätestens nach den Eisheiligen mit Gemüse aller Art bepflanzt werden. Von den vielen Heil- und Gewürzkräutern, für die das Kloster bekannt war, war um diese Jahreszeit nur wenig zu sehen. Doch gab es welche, die den Winter nahezu schadlos überstanden hatten. Andere waren zurückgeschnitten und Abel konnte ihr frisches Grün leuchten sehen. Alles sah sehr gepflegt aus. In einigen Wochen würde es hier grünen und blühen, und die Luft würde vibrieren von dem tausendfachen Summen der Hummeln und Bienen.

Abel betrachtete die mit Platten aus rotem Buntsandstein belegte Terrasse. Was mochte Salomon zu so früher Stunde hier gewollt haben? Und warum war er gestürzt? Abel lief ein paar Schritte hin und her. Die Platten lagen alle ebenmäßig und wackelten nicht. Nun schaute er jede der Platten genauer an. Da entdeckte er auf einer von ihnen einen dunklen Fleck. Er ging in die Hocke. Um den Fleck herum war der Sandstein etwas aufgehellt. Abel fuhr mit den Fingern darüber. Die Stelle war noch feucht und der Stein feiner gekörnt. Hier war vor

Kurzem geschrubbt worden. Sicherlich hatte man versucht, Blut zu beseitigen. Doch der geringen Größe des Fleckens nach zu urteilen, konnte es nicht viel gewesen sein. Der Abt schien wirklich sehr besorgt um seine Brüder. Plötzlich hörte Abel, wie über ihm ein Fenster geschlossen wurde. Er blickte zum Obergeschoss. Dort lagen die Zellen der Mönche. Dann war alles wieder ruhig.

Die Brüder benahmen sich merkwürdig. Hinsichtlich des Cellerars konnte er das verstehen, nachdem dieser erfahren hatte, was Abel bei ihnen wollte. Aber der Küchenmeister, mundfaul und brummig wie dieser ihm begegnet war, oder das Auftreten des Abtes heute Morgen in der Kirche und im *refectorium,* oder die Antworten von Bruder Elias auf seine Fragen, das alles war mehr als sonderbar.

Abel erhob sich wieder. »Ich bin wegen etwas anderem hier«, murmelte er und beschloss, sich um seinen Auftrag zu kümmern. Er musste mit dem Abt und Pater Hilbert reden.

Den Weg zur Abtswohnung nahm Abel über den Hof. Kaum hatte er an der Tür geklopft, öffnete Bruder Elias diese schon. Wortlos trat der Sekretär zur Seite und ließ Abel eintreten. Der Abt saß vor einem Stoß von Papieren an einem Tisch, bei ihm Pater Hilbert, der Cellerar. Das trifft sich gut, dachte Abel. Elias blieb hinter Abel stehen.

»Ihr wünscht?«, fragte der Abt.

»Die Zusammenstellung, die Bruder Hilbert für mich fertigen wollte.« Abel blickte auf den Cellerar und deutete eine Verbeugung an.

»Ist noch nicht fertig«, entgegnete dieser mit vorgerecktem Kinn.

Abel lächelte. »Ich habe es nicht verlangt, in dieser kurzen Zeit. Der ehrwürdige Abt hat es mir angeboten!«

Der Cellerar schniefte.

»Morgen«, sagte der Abt. »Morgen habt Ihr alles in der Hand. Ihr wisst doch, was passiert ist.«

Abel nickte. »Auch die Zinsbücher, bitte. Inzwischen wäre ich gerne hinausgeritten, mich ein wenig umsehen. Wollt Ihr mich begleiten, Cellerar?«

»Hinausreiten? Jetzt?« Pater Hilbert fuhr hoch. Sein Stuhl ruckte über das Parkett. Der Abt schrak zusammen. Doch dann fing er sich rasch und blickte Abel an. »Seid gnädig mit ihm und nehmt den Zweispänner.«

Der Cellerar griff nach seinem Stuhl und nahm wieder Platz. »Dann muss die Zusammenstellung aber warten.«

»Gut. Wann können wir fahren?«

»In einer halben Stunde, draußen im Hof.«

»Einen Augenblick noch«, sagte der Abt. Er erhob sich, ging zur Tür, die in sein Kabinett führte, und winkte Abel, ihm zu folgen. Hilbert und Elias blickten Abel hinterher. Der Abt schloss hinter Abel die Tür.

Hier, in dem privaten Bereich der Abtswohnung, war Abel noch nie gewesen. Die Zimmer waren verdunkelt. Der Abt schlug einen der Vorhänge zurück, doch die grüne Seidentapete schluckte das Licht. Die spärlichen Strahlen erhellten einen Aufsatzschrank, dessen Holz in einem warmen Goldbraun schimmerte. Zahlreiche Schubfächer zierten die Vorderseite. An einem kleinen Beistelltisch davor standen zwei Stühle. Abt Bonifatius lud Abel ein, sich zu setzen.

»Ihr habt meinem Sekretär merkwürdige Fragen gestellt«, begann der Abt das Gespräch.

»Merkwürdige Fragen zu einem merkwürdigen Vorfall«, entgegnete Abel.

»Wieso?«

Abel zögerte. Eigentlich wollte er sich aus den Vorgängen in der Abtei heraushalten. Er hatte einen Auftrag vom Erzbischof, und den galt es zu erfüllen. Das war schwierig genug.

»Ich höre!« Der Abt hatte die Stimme erhoben.

Abel sah ihn an und gab sich einen Ruck. »Man stirbt nicht gleich, nur weil man stolpert und fällt.«

»Salomon war herzkrank. Es fiel ihm sehr schwer, sich beim Essen zu mäßigen.«

Abel dachte an die Leiche auf der Bahre und den Bauch, der sich unter dem Leinentuch wölbte.

»Und sein Aufenthalt um diese Zeit im Garten?«

»Konnte wahrscheinlich nicht schlafen. Ich weiß es nicht.«

»Kam das öfters vor?«

Der Abt schüttelte den Kopf. »Muss nichts heißen«, antwortete er nach einer Pause.

»Ein ganz gewöhnlicher Tod also.«

»Wenn man so will!«

Abel richtete sich auf. »Ihr habt die Mönche in ihre Zellen geschickt. Euer Sekretär sagt, Ihr wollt sie nicht beunruhigen. Warum, wenn es doch ein ganz gewöhnlicher Tod war?«

Der Abt schwieg.

»Vielleicht, weil Ihr einen Zusammenhang seht zwischen dem Tod des jungen Novizen vor zwei Tagen und dem des Infirmarius?«

Der Abt schluckte. »Wie kommt Ihr darauf?«

»Erst erkrankt ein Novize und stirbt. Niemand weiß warum. Kurz darauf kommt der Infirmarius um, unter merkwürdigen Umständen, wie gesagt. Und die Krankenstation ist leer. In der Fastenzeit!«

»Wo…, woher wisst Ihr das?«

Jetzt war es Abel, der schwieg.

»Ihr irrt Euch, Abel!« Der Abt erhob sich, ging zum Aufsatzschrank, öffnete eines der Schubfächer und zog einen Zettel heraus. Diesen reichte er Abel. »Das haben wir bei Salomon gefunden.«

Abel trat zum Fenster und las. »*Mea culpa*. Durch meine Schuld?« Er wandte sich um und fragte den Abt: »Was soll das bedeuten?«

Der Abt ging zu den drei anderen Fenstern und zog auch dort die Vorhänge zurück. Es wurde nur wenig heller. »Ab Mittag habe ich hier das allerschönste Licht. Bis spät am Abend«, sagte er.

Dann fuhr er fort: »Bitte setzt Euch wieder. Ich will Euch etwas erklären, bevor Ihr voreilig Schlüsse zieht.« Der Abt nahm Abel den Zettel aus der Hand und nahm bei diesem wieder Platz. Seine dicken, weißen Finger spielten unbeholfen mit dem Papier.

»Der Orden«, sagte Abt Bonifatius, »hat uns Pater Salomon vor etwa fünf Jahren als Leiter der Krankenstation geschickt. Salomon brachte Neuerungen mit. Er hat nicht nur den Wirkkräften der Kräuter aus unserem Apothekergarten vertraut, sondern auch eigene, uns unbekannte Tinkturen und Salben zusammengestellt. Vor allem aber hat er versucht, auch mit dem Messer zu heilen. Mit wechselndem Erfolg.«

Abel hob den Kopf. »Mit dem Messer heilen?«

Der Abt richtete seinen Blick auf die Tischplatte. »Er hat viel von den Methoden der Wunderheiler gehalten, wie Ihr sie von den Jahrmärkten kennt. Man muss sie nur verbessern, hat er gemeint. Und er war auch wirklich geschickt, was das Einrenken von Gelenken, das Richten von Knochenbrüchen oder das Zusammenflicken von Wunden anging. Selbst an das Ziehen von Zähnen hat er sich gewagt. Aber, wie gesagt, es gab auch Misserfolge.«

»Zum Beispiel?«

Der Abt schaute wieder auf. »Niemand konnte ihm wirklich etwas nachweisen, wie auch. Doch es sind in diesen Jahren drei Brüder unter seiner Hand gestorben. Und nicht wenige von uns haben ihm die Schuld daran gegeben.«

»Nicht wenige?«

»Der Konvent ist gespalten. Es gibt welche, die halten …«, der Abt hielt einen Augenblick inne, »entschuldigt … die hielten zu ihm. Andere eher nicht.«

Abel schob den Oberkörper über den Tisch. »Und der Tod des Novizen? War das auch so ein Misserfolg?«

Der Abt schwieg.

Abel sprach langsam: »Salomon soll sich also schuldig gefühlt und sich deswegen selbst gerichtet haben?«

»Was heißt hier soll? Es war so!«

Abel dachte an den Toten auf der Bahre. Er blickte dem Abt direkt ins Gesicht.

»Euer Infirmarius wurde umgebracht, ehrwürdiger Abt.«

»Pater, seid vorsichtig mit dem, was Ihr sagt!«

»Alles deutet darauf hin.«

»Ihr vergesst den Zettel!« Der Abt klopfte mit dem rechten Zeigefinger auf das Stück Papier vor ihm auf dem Tisch.

»Ihr glaubt also an Selbstmord?« Abel richtete sich auf. »Wie soll er es getan haben?«

»Er ist aus dem Fenster seiner Zelle gesprungen.«

Abel stützte seine Ellenbogen auf den Tisch und schwieg. Der Abt beobachtete ihn.

Nach einer Weile fragte Abel: »Der Junge, der seinen Tod gemeldet hat, er hat ihn auch gefunden, richtig?«

Abt Bonifatius nickte.

»Und, hat er ihn bewegt?«

»Wie, bewegt?«

Abel wendete seine Hände. »Umgedreht, nachgeschaut, ob er wirklich tot ist?«

»Peter? Bestimmt nicht.«

»Als Ihr ihn gefunden habt, lag er auf dem Rücken. Stimmt das?«

Der Abt dachte nach. »Woher wisst Ihr das?«

»Der Tote hat eine Wunde am Hinterkopf.«

Abt Bonifatius verzog den Mund.

»Pater Salomon kann nicht gesprungen sein«, sagte Abel.

»Ist er aber!« Der Abt schlug mit der Hand auf den Tisch. »Er hat sich schuldig gefühlt.«

Abel stand auf. »Ihr erlaubt, ehrwürdiger Abt?«

Ohne eine Antwort abzuwarten, streifte er seine Sandalen

ab, stieg auf seinen Stuhl und von da aus auf den Tisch. Dann beugte er sich in die Hocke, als wollte er durch ein Fenster steigen, und sprang. Er fiel nach vorne und blieb bäuchlings auf dem Boden liegen.

Dort wandte er den Kopf und fragte den Abt: »Fällt Euch etwas auf?«

»Was sollte mir auffallen?«

»Nun, ich liege auf dem Bauch. Ich wäre beim Sturz mit der Stirn aufgeschlagen, und nicht mit dem Hinterkopf.«

Der Abt begann seine Finger zu kneten. »Er kann sich im Fallen gedreht haben.«

»Ihr sagtet, Salomon soll aus dem Fenster seiner Zelle gesprungen sein.«

»Wir haben es offen vorgefunden.«

»Also eine Fallhöhe von fünfzehn, vielleicht achtzehn Fuß. Da bleibt nicht viel Zeit, sich zu drehen.« Abel stand auf und strich sich seine Kutte glatt. »Außerdem lag Salomon viel zu nahe am Fuß der Mauer. Seht, in welcher Entfernung ich vom Tisch gelandet bin. Nein, ehrwürdiger Abt, glaubt mir, er wurde aus dem Fenster geworfen. Er war bereits vor dem Fall tot.«

Der Abt setzte sich gerade. »Abel, Ihr mögt einen scharfen Verstand haben, aber Eure Einlassungen werden immer abenteuerlicher.«

Abel schlüpfte wieder in seine Sandalen. »Sagt mir, ehrwürdiger Abt, warum dann so wenig Blut auf dem Pflaster zu sehen ist.«

»Ich habe es wegwischen lassen.«

»Es kann nicht viel gewesen sein. Ich hab's mir angeschaut.«

»Und der Zettel hier?« Der Abt deutete auf den Tisch.

Abel überlegte kurz. »Der kann Salomon auch untergeschoben worden sein, um den Mord an ihm wie einen Freitod aussehen zu lassen.«

Der Abt blickte Abel in die Augen. »Wisst Ihr, was Ihr da sagt, Abel?«

Abel nickte.

»Das heißt, es muss einer von unseren Brüdern gewesen sein.« Der Abt erhob sich und begann langsam umherzugehen. Nach einer Weile blieb er vor Abel stehen. »Abel, Ihr irrt Euch!«

»Ihr glaubt mir also nicht?«

Der Abt packte Abel bei den Oberarmen.

»Ihr irrt Euch. Ich kenne meine Konventualen. Jeden einzelnen! Da ist keiner darunter, der so etwas tut!«

»Könnt Ihr wirklich in die Menschen hineinschauen?«

Der Abt ließ Abel los. »Schluss jetzt!« Dann drehte er sich um und schaute zum Fenster hinaus. »Ihr kümmert Euch um Euren Auftrag und lasst den Konvent in Ruhe! Haben wir uns verstanden?«

Abel war sprachlos. Wollte der Abt tatsächlich untätig bleiben?

In diesem Augenblick klopfte es.

»Und kein Wort zu jemand anderem«, sagte der Abt leise. Dann rief er laut: »Herein!«

Elias trat ein und blickte zu Abel. »Pater Hilbert wartet mit dem Wagen.«

»Ich komme«, sagte Abel. »Ihr erlaubt, ehrwürdiger Abt?« Auf der Stelle drehte sich Abel um. Erschrocken wich Elias zurück, so rasch lief Abel an ihm vorbei.

Vor der Tür wartete der Cellerar mit seinem Zweispänner. Abel blickte zum Himmel. Er konnte auf einen Umhang verzichten. Die Wolken hatten sich wieder verzogen. Es würde doch ein schöner Tag werden, keiner dieser nasskalten Apriltage. Obwohl es besser wäre, dachte er, wenn es regnen würde. Nach dem schneearmen Winter fehlte dem Boden Wasser und das wenige Wintergetreide, das durchgekommen war, wollte nicht so recht wachsen.

»Schöne Pferde — und schöne Kutsche«, sagte Abel, nachdem er neben dem Cellerar Platz genommen hatte. Doch Pater

Hilbert knurrte bloß und übergab ihm die Zügel. Abel schnalzte mit der Zunge und die beiden Rappen zogen an.

»Draußen links und an der Klostermauer entlang«, sagte Hilbert vor der Pforte. Peter hatte sie entdeckt und lief ihnen hinterher. Abel trieb die Pferde an und der Junge verschwand in dem Staub, den der Zweispänner aufwirbelte.

Abel und der Seligenstädter Cellerar fuhren nach Westen auf der Geleitstraße Richtung Aschaffenburg, auf der er tags zuvor angereist war. Als sie das Stadttor passiert hatten, begann Pater Hilbert: »Die Gärten hier und die Felder dort hinten gehören zu den Klosterbeunen, das ist abgabefreie klösterliche Eigenwirtschaft seit der Schenkungsurkunde Einhards. Das also fällt nicht in Euren Auftrag. Gleiches gilt für unseren Abtshof in Hörstein, mit Weinbau und Schafzucht, sowie das von unserem jetzigen Abt erworbene Hofgut Marienhausen.« Der Cellerar deutete nach Osten. »Auch unsere Gärten bei der Wasserburg in Klein-Welzheim werden von uns selbst bewirtschaftet.«

»Und auf was sollte ich achten?«, fragte Abel.

»Unsere neun Pfarreien in den umliegenden Ortschaften zum Beispiel: Mainflingen, Froschhausen, Kleinkrotzenburg, Zellhausen und die anderen. Seligenstadt natürlich auch. Aber dort haben wir einen Vogt des Erzbischofs.«

»Außer dem Zehnten irgendwelche besonderen Abgaben?«

»Besthaupt, Fastnachtshühner, das Übliche. Ich lasse Euch alles aufschreiben.«

»Und was lasst Ihr anbauen?«, fragte Abel weiter.

»Zuallererst Getreide natürlich, dann Flachs und Rüben auf den Äckern. Bohnen, Linsen und Kraut in den Gärten.«

»Und Kartoffeln?«

»Grundbirn?« Hilbert blickte Abel an. »Nur wenig. Die Leute trauen sich nicht so recht.«

»Ihr bestimmt, was angebaut wird«, sagte Abel.

Hilbert schwieg eine Weile. »Wir sind selbst nicht davon

überzeugt«, sagte er. »Mehr Grundbirn heißt weniger Getreide. Und weniger Getreide bedeutet weniger Arbeit für unsere Mühlen.«

»Falsch!«, entgegnete Abel. »Ihr müsst nur euren Anbau umstellen. Keine Dreifelderwirtschaft mehr, sondern vierjährige Fruchtfolge mit Kartoffeln. Und dann statt Brache Klee einsäen.«

Der Cellerar schaute Abel ungläubig an. »Erst Wintergetreide, dann Sommergetreide und dann Brache. So haben es schon unsere Vorfahren gemacht.«

»Die kannten auch noch nicht die Kartoffel und den Klee«, gab Abel zurück.

»Wo sollen die Vorteile liegen?«

»Die Kartoffel wird gehackt. Das bringt Luft in den Boden und macht ihn locker. Der Klee wirkt wie eine Gabe Mist.«

»Werde darüber nachdenken«, murmelte Hilbert.

Abel gab sich zunächst zufrieden. Auch in Amorbach hatte er lange mit Engelszungen reden müssen, bevor die Odenwälder Bauern den Wert der Kartoffel erkannt hatten.

»Und die Erträge, wie hoch sind sie?«, fragte Abel, als sie an einem Feld mit Wintergetreide vorbeikamen.

»Dreihundertzweiundvierzig Malter hatten wir im vergangenen Jahr beim Roggen. Auch das bekommt Ihr schriftlich.«

So wenig war das gar nicht. Abel dachte an seine Ertragslisten für das Kloster Amorbach, die er nach Seligenstadt mitgebracht hatte. Er würde die Mengen genau vergleichen und auch berücksichtigen, dass das Klima auf den Odenwälder Höhen um einiges rauer war als hier in der Mainebene. Letztlich entscheidend war jedoch der Ertrag im Verhältnis zur Fläche.

Nun schwieg Hilbert und auch Abel sagte nichts mehr. Er dachte an das Gespräch mit dem Abt. Warum wollte dieser nicht sehen, was für ihn, Abel, so offensichtlich war? In Amorbach hätte er diese Vorkommnisse genau untersucht, keine Frage. Aber hier? Und noch dazu, wenn es der Abt untersagte?

Abel beschloss, auf jeden Fall Augen und Ohren offen zu halten.

Das Mittagsmahl nahmen sie in der Sommerresidenz des Abtes ein. Dieses kleine Wasserschlösschen zwischen Seligenstadt und Klein-Welzheim begeisterte Abel. Der zweigeschossige Bau mit vielleicht 30 mal 30 Schritten im Quadrat war inmitten eines Lust- und Nutzgartens gelegen. Mit seinen Parterren, Fischteichen, Obstbäumen und sogar einem Tiergarten erschien das Schlösschen Abel wie ein kleines Paradies. Als er aber bemerkte, wie viele Bedienstete im Haus herumliefen und wie viele Gärtner sich auf dem Anwesen beschäftigten, war ihm klar, dass dieser Betrieb keinen Gewinn abwerfen konnte. Auch wenn dieses rund 32 Morgen große Areal ein Eigenbetrieb des Klosters war, dürften erhebliche Mittel zu dessen Unterhalt aus den allgemeinen Erträgen fließen. Hilbert wies darauf hin, dass auch der Erzbischof dieses Schlösschen bei seinen Jagden gerne als Aufenthaltsort für sich und seine Gefolgschaft nutzte. Bei allem Bedürfnis nach Repräsentation, das er einem Kloster zugestand, hielt Abel das Anwesen dennoch nicht für angemessen. Er musste lächeln. Wenn es stimmte, dass der Erzbischof sich öfters hier aufhielt, würde er Abels Erkenntnisse nicht gerne lesen. Über eine Zugbrücke, die den Wassergraben überspannte, betraten sie das Schlösschen.

Nach der Mittagsrast wurde Hilbert gesprächiger. Lag es daran, dass er dem Wein kräftig zugesprochen hatte? Oder hatte der Cellerar verstanden, dass Abel trotz seines Auftrags kein Gefolgsmann des Erzbischofs war? Abel konnte es nicht entscheiden.

Hilbert antwortete nun nicht nur bereitwilliger auf Abels Fragen, sondern begann auch, vom Wirtschaftsbetrieb im Kloster zu berichten. Er erklärte die Örtlichkeiten, an denen sie vorüberkamen, schilderte Arbeitsabläufe wie das Bierbrauen und sprach von den vielen Gästen, die die Abtei aufsuchten und verköstigt werden wollten. Dabei wies er darauf hin, dass das Kloster, obwohl es in Hörstein selbst großflächige Weinberge besaß, im vergangenen Jahr für 2700 Gulden zusätzlich Wein hatte einkaufen müssen.

Abel war über die Beredsamkeit des Cellerars erstaunt. Er ließ die Pferde in den Schritt fallen und wandte sich Hilbert zu. »Ihr habt wirklich nicht gewusst, dass der Erzbischof unzufrieden ist mit Euren Abgaben?«

Hilbert begann, auf dem Kutschbock hin und her zu rutschen.

»Ich schon«, presste er nach einer Pause hervor.

»Ihr schon! Was heißt das?«

»Das heißt, dass mir die Klagen des Erzbischofs bekannt waren. Abt Bonifatius wollte ich nicht damit belasten. Zwei, drei bessere Jahre und es hätte sich alles von alleine geregelt.«

Dein Wort in Gottes Ohr, dachte Abel. Soviel konnte er jetzt schon sagen: Das Kloster brauchte einen anderen Abt. Es brauchte einen, der mehr Entscheidungen traf und weniger prunkliebend war. Und es brauchte einen anderen Cellerar, einen, der zupacken konnte und der für Neuerungen aufgeschlossen war. Auch sollte dieser einen anderen Umgang mit seinen Untergebenen pflegen. Abel war aufgefallen, wie die Menschen flüchteten, sobald sie ihre Kutsche bemerkten, oder, wenn die Zeit zum Ausweichen nicht mehr reichte, verschreckt am Wegesrand stehen blieben. Dort nahmen sie die Kopfbedeckungen ab und blickten scheu zu Boden. Kein fröhliches »Grüß Gott« gab es hier, wie es ihm entgegenschallte, wenn er im Amorbacher Tal unterwegs war. Einmal hatte Hilbert sogar zur Peitsche gegriffen und damit einem Jungen gedroht, der nicht schnell genug den Weg für die Kutsche freimachte.

Abel bemerkte, dass Pater Hilbert schläfrig wurde. Während er den beiden Rappen wieder mehr Leine ließ, fragte er: »Pater Salomon, war der eigentlich beliebt?«

Ein Kutschenrad überfuhr einen Stein. Beinahe hätte sich Pater Hilbert am Verdeck des Zweispänners gestoßen.

»Habt Ihr etwas gesagt?«, fragte Hilbert, während er sich wieder zurechtsetzte.

»Dachte gerade an den Infirmarius. War er beliebt bei den Brüdern?«

Hilbert brummte und schaute nach vorne auf die Straße.

Ich muss es anders versuchen, dachte Abel.

»Immerhin, Ihr hattet einen Infirmarius. Wir in Amorbach müssen mit dem Physikus aus der Stadt vorliebnehmen.«

Hilbert zog die Augenbrauen hoch.

»Von einem Kräutergarten, wie Ihr ihn habt, gar nicht zu reden«, fuhr Abel fort. »Ich glaube nicht, dass es im Mainzer Erzstift etwas Vergleichbares gibt.«

»Das ist Bruder Hortensius' Verdienst, nicht Salomons«, sagte Hilbert.

»Der Gärtner?« Abel wandte sich Hilbert zu. »Ich dachte, es sei Salomon zu verdanken.«

»Der Infirmarius setzte mehr auf eigene Mixturen als auf altbewährte Rezepte.«

Aha, dachte Abel. Der Abt hatte ähnlich gesprochen. »Wie muss ich das verstehen?«

»Überhaupt nicht. Habe es ja auch nicht verstanden. Waren jedenfalls nicht billig, die Zutaten, die er von überallher hatte kommen lassen.«

»Trotzdem, er muss viel von Heilkunde verstanden haben.«

Hilbert knurrte. »Man soll Toten nichts Schlechtes nachsagen. Und mit Verlaub, es geht Euch auch nichts an.«

Abel blieb hartnäckig. »Und Simon, der Novize?«

»Was soll mit ihm sein?«, fragte Hilbert nach einer kurzen Pause.

»War er beliebt?«

»Ein Novize, gerade mal ein halbes Jahr bei uns? Worauf wollt Ihr hinaus?«

Abel überlegte kurz. »War nur so eine Frage«, antwortete er dem Cellerar.

»Würdet Ihr mir die Zügel geben?«

Hilbert nahm Abel die Zügel aus der Hand und ließ die Lederriemen auf die Rücken der Rappen klatschen. Die Pferde wurden unruhig und zogen an. Abel musste sich festhalten. An eine weitere Unterhaltung war vorerst nicht zu denken.

In Zellhausen hielten sie sich etwas länger auf. Die Frau des dortigen Schultheißen betrieb eine Seidenraupenzucht. Abel wollte diese auch in Amorbach einführen und hatte dazu vor Jahren schon die ersten Maulbeersetzlinge pflanzen lassen. Die Blätter der Weißen Maulbeere seien besser als Futter für die Raupenzucht geeignet als die der Schwarzen, hatte ihm die Frau des Schultheißen erklärt. Abel hatte nicht einmal gewusst, dass es hier Unterschiede gab. Auch seien zur Anzucht der Bäume die gleichen Lagen zu verwenden wie beim Weinbau, da die Bäume nach dem Ablauben im Frühjahr Wärme und Zeit haben müssten, um wieder austreiben zu können. Abel war beeindruckt vom Wissen und von der Umtriebigkeit dieser Frau. 330 Pfund feine Seide und 150 Pfund Florettseide hatte sie im vergangenen Jahr mit ihrer Zucht gewonnen und 50 Kindern Arbeit und Verdienst gegeben.

»Im Allgemeinen wählen die Leute den sicheren Weg und bebauen ihre Felder mit Feldfrüchten«, maulte Hilbert, als Abel ihm auf der Heimfahrt vorschwärmte, wie gewinnbringend die Raupenzucht doch sei. »Die Bauern ziehen fruchttragende Bäume jedem Maulbeerbaum vor. Und die Winzer wollen erst recht keine Bäume zwischen ihren Trauben«, meinte der Cellerar und schwieg, bis sie wieder in Seligenstadt ankamen.

IV

Zurück in seinem Zimmer setzte sich Abel an den Tisch. Er dachte noch einmal an das Gespräch mit dem Abt. Stammte Salomons Kopfverletzung tatsächlich vom Sturz aus dem Fenster? Es hätte doch auch sein können, dass Salomon erst erschlagen und dann aus dem Fenster geworfen wurde, sodass es aussah, als hätte er sich freiwillig in den Tod gestürzt? In jedem Fall musste der Infirmarius in seiner Zelle gestorben sein. Salomon war schwer übergewichtig. Seine Leiche unauffällig über eine längere Wegstrecke durch das Kloster zu schaffen, war nahezu unmöglich. Vielleicht sollte er die Patres befragen, ob ihnen in der fraglichen Nacht etwas aufgefallen war. Doch damit würde er sich großen Ärger einhandeln. Georg, der Junge auf der Krankenstation, hatte auffällig schnell das Leinentuch über den Leichnam gezogen. Hatte er nur Salomons Scham bedecken oder etwas anderes verbergen wollen?

Abel lehnte sich zurück und ging in Gedanken die Schar der Brüder durch. Wer von ihnen könnte der Mörder sein? Sein Blick schweifte durchs Zimmer. Er musste sich eingestehen, dass er zu wenige kannte und damit nicht weiterkam.

Abel stand auf, ging zum Fenster und schaute hinaus. Pater Hortensius stand vor dem Gärtlein der *Maria Immaculata* und gab einem Gehilfen in dem Blumenbeet Anweisungen. Abel kam ein Gedanke. Hortensius baute im Klostergarten doch die Kräuter an, die in der Apotheke verwendet wurden. Er musste also mit Salomon häufiger zu tun gehabt haben. Mit Hortensius sollte er reden.

Schon hatte Abel die Türklinke in der Hand. Doch dann hielt er inne. Wenn er jetzt in den Hof hinunterging, bedeutete dies, dass er sich weiter mit den beiden Toten befassen wollte. Sollte er das? Dazu noch hinter dem Rücken des Abtes? Würde das nicht seinen ursprünglichen Auftrag hier belasten? Andererseits, durfte er seine Augen vor einem möglichen Verbrechen verschließen? »Ich muss mich entscheiden«, flüsterte Abel. Kurz hielt er inne, dann trat er doch zur Tür hinaus.

Er eilte das Treppenhaus hinunter und betrat durch das Portal der Prälatur den Abteihof. Wo war Hortensius? Der Gärtner war verschwunden. Abel ließ seinen Blick schweifen. Aus dem Handwerkerbau hinter dem Gärtlein trat eine Magd. In diesem Augenblick kam auch Hortensius hinter einem Strauch wieder hervor. Die Magd ging den Handwerkerbau entlang und verschwand in der Alten Abtei. Kurz darauf machte sich auch Hortensius auf den Weg dorthin.

Abel zögerte. Was sollte er tun? Bald würde es zur *vesper* läuten und es gäbe heute keine Möglichkeit mehr, den Bruder Gärtner noch zu sprechen. Abel ahnte, wo er Hortensius finden würde. Von hier aus führte der kürzeste Weg in den Klostergarten durch die Alte Abtei.

Als Abel den Garten betrat, sah er Hortensius bei der Magd stehen. Sobald diese Abel bemerkte, lief sie rasch weg.

»Pater Hortensius?«, fragte Abel den Bruder. Dieser nickte.

»Sie sucht ihren Sohn«, sagte der Pater und deutete mit dem Kinn dorthin, wo die Magd verschwunden war. Das also ist Peters Mutter, dachte Abel.

Dann wandte er sich Hortensius zu. Mit seiner hageren Statur, den hervorstehenden Wangenknochen und der spitzen Nase erinnerte ihn der Gärtner an Abt Külsheimer. Nur war der Bruder Gärtner deutlich jünger. Doch der ergraute Haarkranz verriet, dass er die Fünfzig schon überschritten haben musste.

»Was schaut Ihr mich so an?«, fragte Hortensius.

»Ihr scheint sehr asketisch zu leben«, antwortete Abel.

»Wer nach den Regeln des heiligen Benedikt lebt, der setzt kein Fett an.« Jetzt war es der Gärtner, der Abel musterte.

Dieser streckte sich ein wenig. »Wollte mit Euch eigentlich über etwas anderes reden«, begann Abel.

»Ich habe Euch erwartet.«

Abel stutzte.

»Der Abt hat mich über Euren Auftrag unterrichtet.«

»So! Ja, über Eure Arbeit möchte ich auch reden. Zunächst aber interessiert es mich, wie Ihr zu Salomon standet.«

»Wie ich zu Salomon stand? Warum?«

Abel schaute zu Boden und kratzte mit der Fußspitze eine Zickzacklinie in den Kies.

»Nun ja«, sagte Abel und blickte den Gärtner wieder an, »die Regularien unseres Ordens schreiben vor, wie unsere Kranken zu pflegen sind. Und Ihr habt hier alles, was man dazu braucht.« Abel streckte die Rechte aus und beschrieb einen Halbkreis über dem Kräutergarten. »Aber«, fuhr er fort, »es gibt Stimmen, die sagen, das reiche nicht. Sie forschen nach neuen Mitteln, fast wie die Alchemisten nach Gold.«

Hortensius blieb stumm.

Auch Abel schwieg.

»Der Infirmarius«, sagte er dann, »soll so einer gewesen sein.«

Hortensius blickte Abel in die Augen. »Ihr seid Cellerar in Amorbach, stimmt das?«

Abel nickte.

»Und, wie heilt Ihr Eure Kranken?«

»Nach den Vorgaben des heiligen Benedikt und mit Anwendungen, wie sie Hildegard von Bingen empfiehlt. Und mit Gottes Hilfe natürlich.« Den Physikus aus der Stadt verschwieg Abel.

In den Augen des Gärtners leuchtete es. »Recht so. Aber hier lässt man die Regeln des heiligen Benedikt nur gelten, wenn es einem passt. Die weltlichen Bedürfnisse stehen über den geistlichen und gläubig ist man nach seiner eigenen Fasson. Und was die Pflege der Kranken anbelangt …«, der Gärtner trat in die Buchseinfassung des Beetes vor ihm, »… das ist sowieso alles anders geworden.«

»Das klingt verbittert, Bruder Hortensius.«

Der Gärtner fuhr mit seiner Rechten durch die Luft. »Unser Kloster gehört zwar der Bursfelder Kongregation an, war selbst häufig schon Ausrichter von Generalkapiteln, aber Reformen, wirkliche Reformen im Sinne Benedikts, habe ich hier in Seligenstadt noch keine erlebt.«

»Ich sehe, es gibt sie noch, die wahren Benediktiner«, entgegnete Abel.

Hortensius hob seinen Kopf. »Kommt mit!«, sagte er. Hortensius ging mit Abel den Weg zurück, den dieser gekommen war. Im Durchgang zum Abteihof öffnete er linker Hand eine Tür. Abel folgte ihm in einen hellen, weißen Raum, der ausgefüllt war von einer großen grünen Theke und einem zimmerhohen Regal voller Tiegel, Krüge und Vasen aus Porzellan.

»Unsere Apotheke«, sagte Hortensius, »hier geben wir unsere Medizin aus.« Dann öffnete er die Tür zu einem Nebenraum. Abel steckte den Kopf durch den Spalt. Ein Dunst von Heu und Kräutern schlug ihm entgegen.

»Ihr habt Hildegard von Bingen erwähnt. Hier findet Ihr alles, was sie zur Heilung von Kranken empfiehlt«, sagte Hortensius und drängte sich an einem Gestell voller Kästen und Säcken vorbei zu einer weiteren Tür. Dort griff er über dem Rahmen nach einem Schlüssel und öffnete diese. »Das hier wollte ich Euch zeigen«, sagte er: »Pater Salomons *laboratorium*.«

Abel erblickte einen gemauerten Ofen aus Ziegelstein und viele seltsam geformte Gefäße, vornehmlich aus Glas. Auf einem Brett an der Wand befanden sich ein paar Bücher.

»Hier war er meistens gestanden und hat es brodeln und

zischen lassen. Wollte ein Allheilmittel schaffen, besser als alle meine Pflanzen zusammen.« Hortensius streckte sich.

Abel schnupperte in die Luft. Was war das für ein Geruch?

»Ihr riecht es?«, sagte der Gärtner. »Branntwein war das einzige, was Salomon wirklich gut herstellen konnte. Muss ihm zuletzt den Geist vollends vernebelt haben.«

Hortensius zählte zu Salomons Gegnern, keine Frage.

Der Gärtner winkte Abel wieder aus dem *laboratorium* heraus, schloss die Tür ab und legte den Schlüssel wieder auf den Rahmen. In der Apotheke zeigte er Abel die Front mit den zahlreichen Schubkästen und den emaillierten Schildchen darauf. »Hier, Arnika, Baldrian, Johanniskraut. Oder dort, Lavendel. Eine wunderbare Pflanze. Hildegard empfiehlt Lavendel bei mehr als einem halben Dutzend Krankheiten. Nach Matthiolus, einem der Väter der Kräuterkunde, wird diese Pflanze ›*wider alle Gebresten des Hirns, bei blödem kaltem Magen und anhebender Wassersucht*‹ eingesetzt. Salomon hätte sich besser auf diese Pflanze verlassen als auf sein Gebräu.«

»Immerhin, fleißig muss er gewesen sein. Die Krankenstation, die Apotheke hier, das *laboratorium* dort drinnen ...«, entgegnete Abel.

»Das schon«, unterbrach ihn Hortensius. »Obwohl, hier arbeitete fast ausschließlich der Apotheker.«

Abel spitzte den Mund. »Ihr habt einen Apotheker?«

»August Binsack, ein Laie. Wohnt in der Stadt. Dorthin geht auch die meiste Medizin. Die Sorge um die Kranken, einst erste Christenpflicht, ist ein Geschäft geworden. Unser Cellerar wird Euch die Zahlen liefern.«

In diesem Augenblick läuteten die Glocken der Basilika.

»*Vesper*«, sagte Hortensius und gab Abel ein Zeichen, den Raum zu verlassen. Dann ging er vor ihm her zur Kirche.

»Warum hat der Abt Salomon gewähren lassen?«, fragte Abel.

Hortensius holte tief Luft und ging weiter. Nach einigen

Schritten aber drehte er den Kopf. »Habe ich nicht gesagt, dass mit Krankheiten gute Geschäfte zu machen sind?«

Im Gang vor der Basilika trat Elias, der Sekretär des Abtes, auf Abel zu. »Der ehrwürdige Abt bittet Euch nach der Andacht zum Abendmahl in seinen Saal«, sagte er, neigte den Kopf und wendete sich ab. Der Gang füllte sich mit weiteren Konventualen und Abel beschloss, nicht weiter zu fragen. Beim Eintritt in die Basilika ließ Abel die Brüder vorangehen. Nach dem Letzten schloss er die Tür von außen.

Inzwischen war es düster geworden. Das hatte Abel nicht bedacht. So musste er sich ohne Licht auf den Weg in die Krankenstation machen. Der Gang war fensterlos. Er sah keine drei Schritte weit und bemühte sich, möglichst leise aufzutreten. Plötzlich erstarrte er. Etwas war ihm über die Füße gehuscht. Abel lauschte. Er hörte leises Tappsen, das sich entfernte. Eine Ratte oder eine Maus? Dann war alles wieder ruhig.

Langsam tastete er sich die Treppe hoch zur Krankenstation. Seine Hoffnung trog ihn nicht. Der Raum war immer noch leer. Er hatte sich dort die Stelle neben dem Eingang gemerkt, an der eine Laterne hing. Im Halbdunkel fand er sie und entzündete das Licht. Rasch gelangte er nun in das Zimmer, in dem sich Salomons Leiche befand. Der Tote lag immer noch zugedeckt auf der Bahre. Abel zog das Leinen zurück und hielt die Laterne über die Leiche. Sogleich sah er einen roten Kranz an Salomons rechtem Oberschenkel. Es dauerte eine Weile, bis er verstand. Dann griff er nach dem Arm des Toten. Die Leichenstarre sollte ihm sein Vorhaben erleichtern. Er setzte die Laterne an Salomons Kopf ab und versuchte, den schweren Körper zu drehen. Er konnte Salomon nur leicht anheben. Das aber genügte. Salomons Rücken war übersät mit Totenflecken. Doch die vielen Narben und frischen bis halbverheilten Wunden waren nicht zu übersehen. Abel stieß die Luft aus. Der Infirmarius hatte nicht nur den Bußgürtel angelegt, sondern sich auch selbst gegeißelt. Hatte ihn seine Maßlosigkeit im Essen und Trinken gequält? Abel wischte sich über die Stirn. Eigentlich wollte er ja nur nachschauen, ob Salomons Körper tödliche Verletzungen aufwies. Der Brustkorb war unversehrt.

Ein Geräusch an der Tür der Krankenstation ließ Abel zusammenfahren. Doch dann war es wieder ruhig. Abel deckte das Leinentuch wieder über die Leiche und wartete eine Weile. Alles blieb still. Nachdem er die Laterne wieder an ihren Platz gestellt und das Licht gelöscht hatte, verließ er die Station.

Rechtzeitig zum Abendessen fand sich Abel in der Wohnung des Abtes ein. Der Tisch war eingedeckt mit einem Tafelservice aus weißem, mit Blumen und Bordüren verziertem Porzellan. Zwei dreiarmige silberne Kerzenleuchter spendeten Licht. Pater Hilbert und Pater Innozenz, der Bibliothekar, waren ebenfalls zugegen. Abel erschrak, als Innozenz von Bessingen, ein stattlicher Mann, ihm kräftig die Hand drückte. Die weichen Gesichtszüge und die dunklen, melancholischen Augen von Innozenz passten wenig zu seiner fast groben Gestalt. Das Alter des Bibliothekars war schwer zu schätzen. Innozenz hatte die glatte Haut eines Fünfundzwanzigjährigen, musste aber, aufgrund seines Amtes, um einige Jahre älter sein.

Als ein weiterer Gast wurde Abel der Vogt aus der Stadt vorgestellt, der an diesem Tag den Tisch *in refectorio* hatte. Die Verpflichtungen des Klosters zur Verköstigung von Amtsträgern waren hier in Seligenstadt umfänglicher als in Amorbach. Hilbert hatte es Abel am Nachmittag auf der gemeinsamen Ausfahrt erläutert. Die aus der Leibeigenschaft herrührenden Frondienste galten schon lange nicht mehr. Die Leibeigenen waren abgelöst worden von den *Heimburgern*. Diese wurden für ihre Arbeit, ähnlich wie die Hirten, Jäger, Förster, Fährleute und Wassermeister, mit Geld wie auch mit Lebensmitteln entlohnt. Zusätzlich hatten die kurmainzischen Beamten, der Zentgraf, der Vogt sowie der Rat der Stadt an festgelegten Tagen das Recht, im Kloster zu speisen. Eine kostspielige Angelegenheit, die zu erwähnen Abel nicht vergessen sollte.

Das Mahl wurde schweigend eingenommen. Nach einer kräftigen Erbsensuppe trug der Sekretär gegarten Karpfen in Zitronensoße auf. Die Südfrucht stammte bestimmt aus der klostereigenen Orangerie. Abel nahm sich vor, diese möglichst bald zu besichtigen. Zum Nachtisch wurden Pfannkuchen mit gedämpften Äpfeln serviert.

Abel hatte darauf gewartet, von dem Vogt angesprochen zu werden. Dieser war zwar der Vertreter des Erzbischofs in der Stadt, doch schien er über Abels Auftrag nicht unterrichtet zu sein. Der Mann war nicht nur bunt gekleidet wie ein Pfau, er benahm sich auch so. Nach dem Essen führte der Abt sie zu einem runden Tischchen. Dort wurde ihnen Kaffee angeboten. Mit der Tasse in der Hand stand Abel zwischen Hilbert und dem Vogt und versuchte, an deren Gespräch teilzunehmen. Doch immer wieder schweifte er mit seinen Gedanken zu dem toten Infirmarius ab. Abel war froh, als der Abt endlich die Tafel aufhob und er sich in sein Zimmer zurückziehen konnte.

Obwohl Abel sehr müde war, konnte er nicht einschlafen. Zu vieles ging ihm durch den Kopf. Da war der Auftrag des Erzbischofs, den Wirtschaftsbetrieb der Abtei zu durchleuchten. Aber es war hier im Seligenstädter Kloster offensichtlich auch mindestens ein Mord geschehen und der Verursacher war noch nicht bekannt. Er, Abel, hatte begonnen, sich in die Rolle eines Ermittlers zu drängen. Abel überlegte. Sollte er sich nicht besser auf seinen eigentlichen Auftrag beschränken? Viel Zeit hatte er ohnehin nicht, wollte er, wie geplant, spätestens am Palmsonntag zur Frankfurter Messe weiterfahren.

Mit diesen Gedanken schlief er endlich ein.

V

Der Ruf zur *laudes* weckte Abel. Doch wie tags zuvor drehte er sich noch einmal um. Erst zur *prima* stand er auf. Ein Vorzug des Abendessens beim Abt war, dass Abel kaum Hunger verspürte. Er schätzte dies, denn wegen der Fastenzeit würde es erst zu Mittag wieder eine Mahlzeit geben. Im Gegensatz zu vielen Mitbrüdern hatte er mit dem fleischlosen Fastenessen im Grunde kein Problem. Mehl- und Eierspeisen liebte er, und schmackhaft zubereiteten Fisch, so wie gestern Abend, auch. Was ihm Schwierigkeiten bereitete, war die in der Fastenzeit reduzierte Menge. Daher hielt er sich in solchen Zeiten gerne außerhalb des Amorbacher Klosters auf, da dann diese Vorschrift aufgehoben war.

Der *prima* folgte das Hochamt in der Kirche. Danach schritt man hinüber ins *refectorium*. Das, was jetzt folgte, war ein klösterliches Ritual, das Abel nach Möglichkeit mied. Er verlangsamte die Schritte. Bei nächster Gelegenheit würde er sich absetzen. Doch Hilbert, der Cellerar, nahm ihn am Ärmel. »Eure Tonsur ruft nach Schere und Messer«, zischelte Hilbert, bevor sie das *refectorium* betraten. Abel spürte, wie er rot wurde. Hilbert hatte recht. Abel hatte vor, während der Messe in Frankfurt die Ordenstracht abzulegen, und wollte nicht, dass man ihm in bürgerlicher Kleidung den Pater ansah.

»Gewiss«, gab er zurück, »bei nächster Gelegenheit.«

Im *refectorium* zitierte ein Pater, den Abel nicht kannte, aus den Ordensregeln. Danach wurde der verstorbenen Brüder und ihrer Angehörigen gedacht. Nach einer kurzen Predigt ergriff der Abt das Wort. Er erläuterte die verlesene Ordensregel, die vom Vortrag der Psalmen und Hymnen handelte. Er sprach von der hohen Kunst des Chorgesangs und ermahnte die Mönche, sich neben dem Studium der heiligen Bücher ebenso freudig der geistlichen Musik zu widmen. Dann verlas er die Namen von drei Mönchen, die sich etwas zuschulden hatten kommen lassen, und verhängte Strafen über sie. Zwei hatten gegen das Schweigegebot beim Essen verstoßen. Ihnen wurden für den nächsten Tag die Hauptmahlzeit gestrichen und zusätzliche Betzeiten auferlegt. Der dritte hatte sich wegen wiederholter Unpünktlichkeit zu verantworten. Er durfte für eine Woche die *clausur* nicht verlassen. Abel atmete durch. Er hatte schon drastischere Strafen erlebt. Dem Gesicht des Cellerars sah er an, dass dieser sich hier ein härteres Durchgreifen gewünscht hätte.

Nun durfte jeder Ordensbruder jeden anklagen. Ein Bruder mit spitzer Nase hob die Hand. Er beklagte sich über Bruder Hortensius, da dieser die Fenster in den Klostergebäuden mit seinen Töpfen und Kisten verstellte, in denen er die Pflänzchen für das Frühjahr heranzog.

»Jedes Jahr das Gleiche«, murmelte ein Bruder neben Abel. Hortensius fuhr hoch. Doch der Abt gab ihm ein Zeichen zu schweigen. Die Regel des heiligen Benedikt verbot dem Beschuldigten, am gleichen Tag zu antworten. Als sich niemand mehr meldete, teilte der Cellerar die Tagesarbeit ein.

Abel verließ mit den Brüdern das *refectorium*. Auf der Treppe, die hinauf in die *clausur* führte, ließ er die anderen Brüder, zuletzt Elias und Innozenz, an sich vorbei. Als er endlich alleine war, blieb er stehen und lauschte. Elias und Innozenz waren in der Prälatur verschwunden. Abel stieg nun rasch nach oben, blieb am Treppenabsatz aber noch eine Weile stehen. Niemand folgte ihm. Mit ein paar Schritten eilte er zur Tür der *clausur* und trat ein.

Abel öffnete die sechste Zellentür zur Gartenseite hin. Die

Zellen hier unterschieden sich nicht von jenen in Amorbach: ein Bett, ein Spind, ein Betstuhl. Zum Waschen gingen die Mönche ins *lavatorium*. Abel trat zum Fenster und blickte nach unten. Es dauerte eine Weile, bis er den Fleck auf den Sandsteinplatten entdeckte. Er musste zwei Zellen weiter.

Die Zelle Salomons dann sah aus, als hätte darin nie jemand gelebt. Hatte es hier einen Kampf gegeben, so war jede Spur beseitigt. Auf dem Bett lag der Strohsack, der Bretterboden glänzte und der Spind war leer. Abel trat in die Zelle, schloss die Tür und öffnete das Fenster. Ja, hier war er richtig. Direkt unter dem Fenster befand sich der Fleck auf der Gartenterrasse.

Plötzlich hörte er Schritte auf dem Gang. Abel hielt die Luft an. Er hatte den Bruder vergessen, der zur Strafe in der *clausur* bleiben musste. Leise schloss er das Fenster und schlich hinter die Zellentür. Die Schritte entfernten sich. Eine Tür ging. Dann war es wieder still. Abel verließ die Zelle auf Zehenspitzen und machte sich auf den Weg zum Apotheker.

August Binsack stand hinter der grünen Theke und wog Kräuter ab. Abel schätzte ihn auf vielleicht 40 Jahre. Der Apotheker reichte ihm höchstens bis zu den Schultern. Bis auf einen Haarkranz, der sich von einer Schläfe zur anderen zog, war dessen Haupt vollkommen blank. Dafür rahmte er sein pausbackiges Gesicht mit stattlichen Koteletten, die bis ans Kinn reichten. Der blaue Rock saß korrekt auf dem wohlgenährten Leib und war aus gutem Stoff. Mit seinen kleinen, klaren Augen schaute Binsack Abel freundlich an. »Neu hier?«

Abel stellte sich vor und nannte seinen Auftrag. Der Apotheker verbeugte sich. »Und wie kann ich Euch dienen?«

»Hortensius sagte, das hier wäre ein gutes Geschäft.« Abel wies mit seiner Rechten auf die Töpfe und Tiegel.

»So, so«, entgegnete der Apotheker. »Ein gutes Geschäft? Hat er das wirklich gesagt?«

Abel nickte. »Es kämen viele Kranke hierher, sich beraten zu lassen und Medizin zu kaufen.«

»Das ist allerdings wahr«, sagte Binsack, zog eine Schublade auf, nahm ein Blatt Papier heraus und schob es Abel hin. »Die Verkäufe von gestern«, sagte er. »Aber ein gutes Geschäft ist es nicht. Die Armen werden umsonst versorgt.«

Abel nahm den Zettel und überflog die Einträge. Er sah, dass nicht nur Arznei verkauft worden war. Auch Farbe, Kaffee und Kakao wurden vertrieben. Abel legte den Zettel vor Binsack auf die Theke und deutete auf den Eintrag zum Kakao.

»Der wächst aber nicht in Eurem Kräutergarten.«

Binsack zog ein Augenglas aus seiner Rocktasche, klemmte es vor das rechte Auge und schaute auf den Zettel. »Natürlich nicht«, sagte er und lachte. »Ihr müsst wissen, dass da draußen die Handelsstraße nach Frankfurt vorbeiführt.«

Abel lächelte. Dann deutete er auf die Tür zum Nebenraum und fragte: »Und dort hinten, was ist da?«

»Dort? Das *laboratorium*.«

»Aha! Euer Allerheiligstes also.«

»Weniger das meinige. Das war Bruder Salomons Reich. Gott hab ihn selig.«

»Salomon, der gestern gestorben ist?«

Der Apotheker bekreuzigte sich. »Bei allen Heiligen, ich habe ihn oft gewarnt. Mäßigt Euch, habe ich gesagt.«

Abel zog die Augenbrauen zusammen. »Salomon sollte sich mäßigen?«

»Nicht so viel essen. Und nicht so viel trinken. Aber er hat nur gelacht. So wie man arbeitet, so isst man, hat er gesagt. Und er hat viel gearbeitet. Zu viel, wenn Ihr mich fragt. Es wird das Herz gewesen sein, das nicht mehr wollte.«

»Hatte er darüber geklagt?«

Der Apotheker schüttelte den Kopf. »Das musste er nicht. Ich habe es ihm angesehen, wie er immer wieder einen roten Kopf bekommen hat und Schweißausbrüche.«

»Der Gärtner sagt, Salomon habe nach einem Universalheilmittel gesucht.«

»Ach, Hortensius.« Binsack winkte ab. »Er leidet, weil er mit seinen Kräutern nicht mehr so wichtig ist.« Der Apotheker kratzte sich an der Schläfe. »Oder sollte ich sagen war? Einen wie Salomon werden wir nicht mehr bekommen. Leider. Wenn es auch nicht recht war, wie er Hortensius behandelte.«

»Wie meint Ihr das?«

»Dass er Hildegard von Bingen nicht geschätzt hat. Immerhin war sie eine Benediktinerin. Hortensius verehrt sie und folgt ihren Regeln. Salomon wollte die *quinta essentia,* die wahren Bestandteile der Pflanzen, finden. Alles andere hielt er für Hokuspokus. Hildegards Buch *Physica,* kennt Ihr das?«

Abel verneinte.

»Solltet Ihr lesen! Darin steht alles, was man über die Heilkraft der Natur wissen muss. Oder ihr erstes Buch *Liber vitae meritorum.* Darin beschreibt sie fünfunddreißig zerstörende und fünfunddreißig aufbauende Kräfte. Nach Hildegard von Bingen schädigt der Mensch sich immer selbst. Salomon war das beste Beispiel. Krankheit ist immer ein Hinweis, sein Leben zu ändern. Hildegard zog ihr Wissen aus Bildern, die Gott ihr in Visionen hatte zukommen lassen. Das darf man nicht leugnen!« Binsack wackelte mit dem Zeigefinger.

Abel reckte sich. »Salomon hat das geleugnet und stattdessen nach einem Universalheilmittel gesucht?«

Binsack wischte über den Tisch. »Warum, wenn ich fragen darf, wollt Ihr das wissen, jetzt, wo er tot ist?«

Abel legte seine Hand ebenfalls auf den Tisch. »Es geht nicht um ihn, es geht um meinen Auftrag. Pater Hilbert sprach von teuren Stoffen, die Salomon sich habe liefern lassen.«

Der Apotheker seufzte. »Ja, das ist wahr.«

»Wie also war das mit dem Universalheilmittel?«

Binsack schob die Waage zur Seite, warf ein paar Kräuter in einen Mörser und begann, mit dem Stößel darin zu rühren. »Sagt Euch die Bezeichnung Theriak etwas?«, fragte er, ohne den Kopf zu heben.

Abel verneinte.

»Die Suche nach einem Universalheilmittel ist nicht neu. Theriak galt über Hunderte von Jahren als ein solches. Es waren griechische Ärzte, die zunächst versuchten, Bisse von Giftschlangen mit Kräuterextrakten aus Anis, Fenchel und Kümmel zu heilen. Später ließen Könige aus Angst vor Giftanschlägen die Rezepturen erweitern. Es wurden Zutaten von Enten- und Vipernblut, Schlangen- und Krötenfleisch eingesetzt. Noch später kam auch Opium dazu. Theriak wurde dann ebenfalls bei Krankheiten eingesetzt.«

»Und Salomon hat ein solches Gebräu hergestellt?«

Der Apotheker wiegte den Kopf. »Ja und nein. Er wollte es verbessern. Ihr müsst wissen, dass im Laufe der Jahrhunderte die Zusammensetzung immer verwirrter wurde und auf bis zu dreihundert Zutaten angewachsen ist. Salomon wollte mit weniger auskommen.«

Abel hatte mit gesenktem Kopf zugehört. Jetzt blickte er Binsack an. »Und ausprobiert hat er seine Mixturen an den Brüdern?«

Binsack wehrte mit der Rechten ab. »Er hat niemanden gezwungen. Vor allem das einfache Volk hat danach verlangt. Hortensius war manchmal außer sich, wenn er sah, dass kaum noch jemand seine Kräuter haben wollte.«

»Und, hat dieses Theriak geholfen?«, fragte Abel.

»In der Regel fühlten sich die Behandelten nach der Einnahme besser. Das dürfte aber im Wesentlichen auf die Wirkung des Opiums zurückzuführen sein. Aber Salomon wollte das nicht wahrhaben«, antwortete der Apotheker.

»Der Abt hat von Misserfolgen gesprochen.«

Binsack begann, auf seiner Unterlippe zu kauen. Abel wartete. Nach einer Weile sagte der Apotheker: »Das lag nicht an Salomons Medizin.«

»Sondern?«

»Was der Abt meint, waren mehrere Fälle von schwerem

Antoniusfeuer vor drei Jahren. Es war ein schlechtes Erntejahr, vor allem beim Getreide. Der Roggen war voller Mutterkorn. Wer davon gegessen hat, dem haben auch Hortensius' Kräuter nichts genutzt. Verzeiht Pater, gegen Antoniusfeuer hilft selbst Beten nicht. Außerdem hat es keinen hier im Kloster getroffen, sondern nur die Armen draußen in der Stadt und auf dem Lande, die sich vom billigeren Roggen ernähren müssen.«

Binsack holte sein Schnäuztuch hervor und wischte sich die Stirn. »Wollt Ihr das wirklich alles wissen?«, fragte er.

Abel nickte.

»Nun, Streit ist unter den Konventualen erst ausgebrochen, als ein allseits geschätzter Bruder an Blasensteinen litt. Fasten hatte nicht geholfen und auch nicht Mariendistel, Erdrauch, Brunnenkresse und Artischocke. Versuche mit dem Katheter schlugen ebenfalls fehl. Der ganze Konvent hat mitgelitten. Salomon hatte zum Schneiden geraten, aber der Kranke wollte nicht. Dann hat Salomon seine Mittel eingesetzt — ebenfalls vergebens. Salomon hat sein Bestes gegeben ...« Der Apotheker hob die Hände.

»Salomon war also schuldlos am Tod dieses Bruders?«, fragte Abel.

»Viele seiner Mitbrüder haben es anders gesehen. Das Schneiden von Steinen sei Sache der Chirurgen und Hebammen, haben sie gesagt und Salomon an den hippokratischen Eid erinnert, wonach kein Arzt so etwas tun darf.«

Abel nickte. Diese *causa* kannte er. Seit dem Konzil von Clermont im Jahr 1130 war es dem Klerus verboten, chirurgische Behandlungen vorzunehmen. Der Grund dafür war, dass ein Kleriker nicht schuldig am Tod eines Menschen werden sollte. *Ecclesia abhorret a sanguine.* Die Kirche verabscheut Blut. Nicht alle Geistlichen hatten sich immer daran gehalten.

Abel lehnte sich an die Theke. »Und Simon, der Novize, er soll ebenfalls unter Salomons Hand verstorben sein.«

»Ein sehr kurioses Krankheitsbild. Weder Salomon noch

ich haben jemals so etwas gesehen.« Der Apotheker faltete das Schnäuztuch zusammen und steckte es wieder ein. »Fing mit Juckreiz und Schwindel an, dann kamen Taubheitsgefühle hinzu. Der Junge wollte nicht ins Krankenzimmer. Das geht vorüber, hat er gemeint, und Salomons Medizin hat zunächst auch geholfen. Doch dann wurde es immer schlimmer. Salomon hat ihn daraufhin doch ins Krankenzimmer legen lassen. Es war rührend, wie er sich um den Jungen bemühte. Plötzlich aber ging es ganz schnell. Es hat Salomon schwer getroffen.«

Abel wartete, bis der Apotheker wieder aufschaute. »So schwer, dass ihm das Herz brach?«, fragte er.

Binsack stützte sich mit beiden Händen auf der Theke ab. »Salomons Stimmung schwankte häufig. Immer, wenn er niedergeschlagen war, musste er essen — und trinken. Da sein Herz schon angegriffen war …«, der Apotheker hob die Schultern, »gut möglich, dass es diesmal zu viel Aufregung war.«

Abel fragte rasch: »Wo bekam Salomon denn seine Mahlzeiten her? Es ist Fastenzeit!«

Binsack wand sich. »Dazu kann ich nichts sagen.«

»Wie? Nichts?«

Der Apotheker begann, Tiegel und Flaschen auf der Theke hin- und herzuschieben. »Verzeiht, aber das dürfte nicht zu Eurem Auftrag gehören. Habe sowieso schon viel zu viel geredet.«

Abel musste dem Apotheker insgeheim zustimmen. »Habt Dank für Eure Erklärungen«, sagte er und wendete sich zum Gehen. Doch dann drehte er sich noch einmal um.

»Eine letzte Frage: Warum ist die Krankenstation so leer?«

»Könnt Ihr Euch das nicht denken?«

»Wegen Salomon? Nach Simons Tod wollte sich niemand mehr von ihm behandeln lassen?«

Der Apotheker senkte den Blick. »Sie fürchten um ihr Leben.«

VI

Nachdem Abel die Apotheke verlassen hatte, beschloss er, sich auf seinem Zimmer weiter mit der Klosterwirtschaft zu befassen. Doch auf dem Weg dahin blieb er im Portal der Prälatur stehen. Ob Pater Salomon am Abend vor seinem Tod noch etwas gegessen oder getrunken hatte, könnte er doch jetzt gleich klären. Abel ging direkt zur Küche und trat ohne Klopfen ein. An dem Tisch, an dem er vor zwei Tagen abends gesessen hatte, stand ein Küchengehilfe und knetete Teig. Ein weiterer machte sich am Feuer zu schaffen.

»Der Pater Culinarius, ist der auch hier?«, fragte Abel.

»Wer will das wissen?« Severin kam aus dem Nebenraum. Er trug einen Korb voller Eier vor der Brust.

»Ach, Ihr seid das«, sagte Severin und stellte den Korb auf dem Tisch ab.

»Habt Ihr einen Augenblick Zeit für mich?«, fragte Abel.

»Einen Augenblick?«

Abel gab ihm ein Zeichen, dass er ihn alleine sprechen wollte.

Der Küchenmeister schaute zur Esse. Er hob die Hand und sagte: »Einen Moment.« Dann griff er nach einem Ei und warf es nach dem Gehilfen am Feuer. Der Wurf verfehlte diesen nur knapp. Das Ei klatschte gegen die Rückwand der Esse. Der Junge fuhr erschrocken hoch. »Du sollst aufs Feuer aufpassen und nicht nach den Fischen schielen!«, bellte Severin ihn an.

»Pater Culinarius. Ich dachte nur …«

»Raus! Alle beide!«

»Taugenichtse, die sich bei uns durchfressen wollen«, sagte Severin, als die Küchenjungen draußen waren. Er schnaufte. »Also, was ist so wichtig?«

Abel löste den Blick von den Forellen im Rauchfang und schaute auf die Masse aus Eiweiß und Dotter, die langsam die Wand herunterlief. »Pater Hilbert hat mir berichtet, dass Ihr viele Gäste bewirten müsst. Könnt Ihr mir eine Aufstellung darüber machen, am besten für das ganze letzte Jahr?«

Severin schnäuzte sich. »Ist schon in Arbeit.«

»So! Gut, dann will ich weiter nicht stören.«

Abel tat, als wollte er gehen. Doch dann drehte er sich wieder um. »Ach, noch etwas. Nur einmal angenommen, ich hätte Hunger, außerhalb der Essenszeiten, weil mir das normale Quantum nicht reicht, gäbe es da eine Möglichkeit …?«

Severin tat, als habe er nichts gehört. Er ging zur Esse, bückte sich nach dem Schürhaken und stocherte in der Glut.

Abel rief ihm nach. »Habt Ihr mich verstanden?«

»Ich habe verstanden«, sagte der Küchenmeister, ohne von seinem Tun abzulassen. »Aber Möglichkeiten sehe ich keine.«

»Auch nicht ein bisschen?«

Der Küchenmeister drehte den Kopf zu Abel hin. Dieser hielt seine rechte Hand hoch. Daumen und Zeigefinger waren zu einem kleinen Spalt geöffnet.

»Nur, wenn es der Abt anordnet.«

»Und es gibt keine Ausnahme?«

Severin zog den Feuerhaken aus der Glut, stellte sich breitbeinig vor Abel hin und stieß das Eisen auf den Boden.

»Keine Ausnahme! Für niemanden!«

»Salomon«, sagte Abel langsam und mit kräftiger Stimme, »Salomon hatte also die Erlaubnis des Abtes?«

Severin zuckte zusammen. »Was meint Ihr?«

»Der Infirmarius hat gerne auch außerhalb der Essenszeiten gespeist.«

»Wer sagt das?«

Abel hob die Hände und legte den Kopf schief.

Der Küchenmeister stieß den Schürhaken zur Seite. Dann schaute er sich um und fasste Abel am Arm.

»Also, ab und zu einen Happen wäre möglich«, sagte er.

»Und zu trinken?«

»Auch zu trinken.«

»Was wollt Ihr dafür?«, fragte Abel.

»Ihr behaltet das mit Salomon für Euch?«

Abel nickte leicht. Dann fragte er: »Ach, noch etwas! Am Sonntagabend, nach mir, habt ihr da Salomon auch bewirtet?«

Severin legte seinen Zeigefinger auf die Stirn. »Sonntagabend? … Nein.«

»Bestimmt?«

»Ganz bestimmt.«

»Vergelts Gott!«

Abel ging nun in sein Zimmer. Auf dem Tisch fand er einen Stoß Papiere, Unterlagen des Cellerars. Es gefiel ihm immer weniger, dass man in sein Zimmer einfach so ein- und ausgehen konnte. Er setzte sich und blätterte lustlos in dem Stapel herum. Dann legte er die Papiere zurück, warf sich auf das Bett und starrte zur Decke.

Hatte Severin ihn angelogen? Andererseits, dass Salomon aus Gram über den Tod des Novizen so viel gegessen und getrunken haben könnte, dass sein schwaches Herz versagte, glaubte Abel nicht. Der Sturz aus dem Fenster, von dem er überzeugt war, passte nicht dazu. Wie war der Infirmarius dann aber umgekommen? Abel starrte weiter zur Decke.

Plötzlich richtete er sich auf. »Gift!«, flüsterte er. Salomon musste vergiftet worden sein. Das würde auch erklären, warum an seiner Leiche keine wirklich tödlichen Wunden zu sehen waren. Also hätte Severin ihn doch angelogen. Wie sonst als über Essen oder Trinken kann man einen Menschen vergiften? Aber welches Interesse könnte Severin am Tod des Infirmarius gehabt haben? Abel setzte sich auf den Bettrand. Er musste herausfinden, wie der Küchenmeister zu Salomon gestanden hatte. Doch dann schüttelte er den Kopf. Auf jeden Fall musste der Mörder hier im Kloster zu finden sein. Und sich mit Gift auskennen!

Das Gesinde und die Handwerker schloss Abel aus.

Er durfte allerdings nicht nur den Küchenmeister als Täter in Betracht ziehen. Doch wer sonst käme noch in Frage?

Binsack, der Apotheker, könnte, trotz seines freundlichen Auftretens, der Giftmischer gewesen sein. Er hatte das Wissen und auch den Zugang zu den entsprechenden Mitteln.

Auch Hortensius, der Gärtner, war verdächtig. Er war ein Gegner Salomons, kannte sich mit Heilpflanzen aus und wusste sicherlich auch ein Kraut, das tödlich wirkte.

Als Täter vorstellbar wäre auch der Bibliothekar. In den Büchern der Abteibibliothek waren bestimmt auch solche, die sich mit Giftkräutern befassten.

Freien Zugang zur Bibliothek hatten jedoch auch Hilbert, der Abt und Elias, sein Sekretär. Abel ging die Schar der Mönche weiter durch. Zweiundzwanzig *domini* lebten zurzeit im Kloster. Hinzu kam der Abt. Keinen aus diesem Kreis durfte er als möglichen Mörder ausschließen.

Abel stand auf und öffnete das Fenster. Die frische Luft tat ihm gut. Er lauschte den Geräuschen, die vom Wirtschaftshof herüberdrangen: Stimmen, Hufegeklapper auf dem Pflaster, das Gurren der Tauben und über allem das gleichmäßige Klappern des Mühlrades. Dann hörte er das schrille, langgezogene Quieken eines Schweins. Am kommenden Sonntag war *Lätare*. Die erste Hälfte der Fastenzeit war dann um und für einen Tag durfte wieder geschlemmt werden.

Jemand hämmerte an die Tür. Abel fuhr herum. Noch ehe er etwas sagen konnte, trat Elias ein.

»Ihr? Müsst Ihr mich so erschrecken?«

Der Sekretär deutete eine Verbeugung an. »Ich habe schon zweimal geklopft«, sagte er ungerührt.

»Und Ihr wünscht?« Abel löste sich vom Fenster.

»Die Beerdigung«, sagte der Sekretär, »der Abt möchte, dass Ihr daran teilnehmt.«

»Wann?«

»Die Totenmesse lesen wir zur *nona*. Die Beerdigung ist danach.«

Salomons Leichnam war im Chor der Basilika aufgebahrt. Neben den Patres und zahlreichen Bediensteten besuchten auch viele Gläubige aus der Stadt die Totenmesse. Nach dem Requiem zog die Trauergemeinde zur Kirche hinaus und an der nördlichen Klostermauer entlang, wo hinter dem Garten der Friedhof lag. Als Sargträger hatte man vier kräftige Arbeiter ausgesucht, die sich dennoch mit ihrer Aufgabe plagten.

Wegen der Fastenzeit entfiel der Leichenschmaus. Die Zeit nach der Beerdigung verbrachte Abel mit weiteren Besichtigungen des Klosterbetriebs. Er ließ sich von Pater Melchior, dem Speichermeister, die Stallungen und den Eiskeller zeigen und inspizierte mit diesem den Getreideboden. Melchior war von sehr kräftiger Statur. Als Abel dessen Hände sah, dachte er eher an einen Hufschmied als einen Mann Gottes. Das kantige Gesicht verstärkte diesen Eindruck. Nicht nur Melchiors Schädel war haarlos, ihm fehlten auch Augenbrauen und Bartwuchs. Auf Abels »Gott zum Gruß, Bruder Speichermeister« antwortete Melchior nur mit einem Brummen.

Abel ließ sich nicht beeindrucken. »Pater Culinarius, kennt Ihr den gut? Ihr arbeitet doch viel mit der Küche zusammen?«

»Severin?«

»Ja, den meine ich.«

»Schmeckt meistens gut, was er auf den Tisch bringt.«

Abel musste dem Speichermeister recht geben. Sah er einmal von dem sauren Bier ab, das Severin ihm bei seiner Ankunft vorgesetzt hatte, war das Essen bislang ausgezeichnet gewesen. Und auch über den Wein, der an der Tafel des Abtes serviert wurde, konnte man sich nicht beklagen.

»Und sonst?«

»Hm. Kann nichts sagen. Vielleicht manchmal etwas nachlässig.«

»Manchmal etwas nachlässig, wie meint Ihr das?«

»Habe ich nachlässig gesagt?« Ohne auf Abel zu achten, ging der Speichermeister weiter.

»Ja, das habt Ihr«, sagte Abel und beeilte sich zu folgen.

»Nun ja, die Reinlichkeit in der Küche.«

»Ihr meint doch nicht Mäuse oder gar Ratten?«

»Die hat er auch. Ich meine den Grünspan.« Doch plötzlich blieb der Speichermeister stehen und drehte sich um. »He, was soll das? Ich dachte, es geht um den Wirtschaftsbetrieb!«

Abel hörte nur mit halbem Ohr hin. Er erinnerte sich, dass der Culinarius bei der Bewirtung nach seiner Ankunft einen Kupferkessel von Grünspan reinigte. Es war bekannt, dass die in schlecht geputztem Kupfergeschirr zubereiteten oder aufgetragenen Speisen zu Vergiftungen führen konnten. War Salomon so ums Leben gekommen? Eine Nachlässigkeit also, die der Culinarius verbergen wollte? Hatte er deswegen einen Freitod Salomons vorgetäuscht? Aber die Konventualen aßen aus Porzellangeschirr und eine Vergiftung durch mangelhaft gereinigte Kupferkessel hätte jeden getroffen. Es sei denn, Salomon hätte seine Rationen aus Kupfergeschirr bekommen.

Abel fragte nach: »Wie muss ich mir eine solche Vergiftung vorstellen?«

Melchior blickte Abel ins Gesicht. »Ihr wollt doch nicht dem Culinarius etwas anhängen?«

Abel wehrte ab. »Um Gottes willen, nein! Wo denkt Ihr hin? Ich bin bei uns in Amorbach Cellerar und will nur wissen, auf was ich achten muss.«

Der Speichermeister zögerte, fuhr dann aber trotzdem fort: »Häufiges Speien, heftiger Durst und Kopfschmerzen. Einmal hatte ein Bruder hier blaue Ringe unter den Augen und eine gelbe Haut.«

Abel wich dem Blick des Speichermeisters aus. »Seht, mehr will ich ja gar nicht wissen. Zeigt Ihr mir jetzt die Mühle?«

Nach der Besichtigung der Klostermühle entließ Abel den Speichermeister und ging hinüber zum Handwerkerbau. Im Grunde war die Seligenstädter Abtei in allem viel besser ausgestattet als die Amorbacher, dachte er, während er auf das Gebäude zuschritt.

Ein paar Zimmerleute waren gerade dabei, einen Anbau mit Brettern zu verschalen. Peter, der Junge, stand daneben und sah ihnen zu. In der Hand hielt er eine Zitrone. Abel stellte sich hinter den Jungen.

»Was willst du einmal werden, wenn du groß bist?«, fragte Abel.

»Pater Hortensius«, antwortete Peter und strahlte Abel an.

Abel verstand nicht gleich. Doch dann musste er lächeln »Du meinst Gärtner?«

Peter nickte heftig.

Abel streichelte dem Jungen über das Haar. »Das ist eine gute Wahl, Peter.« Dann deutete er auf die Zitrone in Peters Hand.

»Wo hast du diese Frucht her?«

»Beschtimmt aus der Oronscherie«, sagte einer der Zimmerleute und deutete mit seinem Hammer auf Peter. »Gell, dort bist de gern. Weils dort so schö warm is, gell?«

Peter nickte wieder.

Abel beugte sich zu ihm hinunter. »Willst du mir die Orangerie zeigen?«

Peter strahlte. Er nahm Abel bei der Hand und führte ihn über den Wirtschaftshof Richtung Klostergarten.

Die Orangerie befand sich im südlichen Teil des Gartens und war durch eine Mauer vom Wirtschaftshof getrennt. Peter ging, gefolgt von Abel, durch das Tor in der Mauer und betrat das Glashaus. Ein Gärtnergehilfe war gerade dabei, angewärmtes Wasser in die großen Tontöpfe mit den fremdländischen

Pflanzen zu gießen. Abel sah nicht nur Zitronen, Orangen und Pomeranzen, die er kannte, sondern auch ein ihm unbekanntes Gewächs mit langen, schmalen und an den Rändern fein gezähnten Blättern. Dieses stand erhöht auf einer Kiste. Abel deutete auf die rübengroße Frucht an der Pflanze.

»Was ist das?«

»E Ananas«, sagte der Gärtner und warf sich in die Brust. »Wesche der hot der Abt in des Glashaus extra e Bodeheizung eigebaut.«

Allmählich bekam Abel ein Bild, wohin die Einnahmen des Klosters flossen.

Abel lief weiter umher. Der Junge wich ihm nicht von der Seite. »Du also hast Pater Salomon gestern in der Frühe gefunden?«, fragte er ihn, nachdem sie die Orangerie wieder verlassen hatten.

Peter nickte heftig und machte das Kreuzzeichen. »*In nomine patre et filispiritus sanctus*«, sagte er. Abel verstand, was der Junge meinte.

»Und du hast gleich gewusst, dass er tot war?«

Peter zuckte mit der Schulter.

»Du willst es mir nicht sagen?«

Der Junge wackelte mit dem Kopf.

Abel ging vor Peter in die Hocke und packte ihn an den Armen. »Pass auf Peter, du musst mir jetzt die Wahrheit sagen. Das ist ganz wichtig. Verstehst du? Ich schnitze dir auch ein Pfeifchen. Ein ganz besonders schönes, womit du dann richtige Lieder pfeifen kannst.«

Peter lächelte. »*Ita est.*«

»Also, du hast gewusst, dass er tot war. Weil du dir ihn ganz genau angeschaut hast.«

Wieder bejahte der Junge.

»Ist dir da etwas aufgefallen. Eine bestimmte Verfärbung von Salomons Gesicht? Oder hat er nach Erbrochenem gerochen?«

»*Nullo modo!*«

»Pater Salomon lag doch auf dem Bauch, oder?«

Peter schüttelte den Kopf. Ehe sich Abel versah, warf der Junge sich auf den Boden, drehte sich auf den Rücken und breitete die Arme aus. Abel blickte sich um. Niemand gab auf sie acht. Abel kniete sich hin und griff nach der Hand des Jungen. »Aufstehen, Peter«, sagte er und zog ihn hoch. Der Junge grinste und klopfte sich den Taubenkot von der Hose. Abel musste lächeln. Er hatte also richtig vermutet.

»Peter!«, rief eine helle Stimme.

»*Mater*«, sagte Peter, machte ein betrübtes Gesicht und trollte sich davon.

Abel sah, dass die Handwerker ihre Werkzeuge wegräumten und das Gesinde zu Besen und Schaufeln griff. Bald würde zur *vesper* gerufen werden. Sein Magen knurrte. Was würde der Abt nach der Andacht wohl heute auftischen lassen?

Plötzlich fuhr er herum. Mehrmals hörte er hinter sich ein scharfes Knallen. Wenige Schritte von ihm entfernt, an dem Anbau, wo die Zimmerleute gewerkelt hatten, sah er gerade noch, wie ein aufgestelltes Brett zu Boden fiel. Krachend schlug das Brett auf die bereits umgestürzten. Täuschte er sich oder war da ein Schatten um die Ecke verschwunden?

Abel sprang über die Bretter und lief auf den Anbau zu. Der Wirtschaftshof war leer. Nur drüben bei der Scheune schlossen zwei Arbeiter die Flügel des Tores. Auch sie hatten den Lärm gehört und schauten herüber. Abel fuhr sich mit der Hand über die Tonsur. Sollte er die Arbeiter fragen, ob sie etwas gesehen hatten? Er entschied sich dagegen. Dann drehte er sich um und betrachtete die Bretter am Boden. Sie mussten an dem Anbau gelehnt haben. Kaum möglich, dass sie von alleine umfielen. Hatte sich jemand dahinter versteckt? Abel blickte sich noch einmal um. Jetzt waren auch die beiden Arbeiter bei der Scheune verschwunden. Nachdenklich ging er weiter.

Am Fenster der Küche blieb Abel noch einmal stehen. Darunter war eine Durchreiche zum Hof eingerichtet, an der einmal am Tag um die Mittagszeit die Armen nach Essen und Trinken anstanden. Nach Angaben des Cellerars würden hier täglich ein Fass Suppe und ein Fass Bier ausgegeben. Abel studierte die Inschrift auf dem Gewände, während er zum Hof hin lauschte: *Herbey zum Habernbrey. Hie in der Suppen hast Du der Gersten drey, in dem anderen plechle den Habernbry. Um den Braten Dich nit kehr, Droll Dich hinweg, Dir wirt nit mehr.* Abel verzog den Mund. Wie gut, dass die wenigsten, die hier anstanden, die Schrift lesen konnten. Vorsichtig blickte er sich noch einmal um. Niemand war zu sehen.

Auf seinem Zimmer betrachtete Abel nachdenklich die Zellentür. Er musste sich etwas einfallen lassen.

Nach der *komplet* nahm Abel Bruder Innozenz zur Seite und sagte ihm, dass er die Bibliothek besichtigen wolle. Dass es ihm vor allem darum ging, die Bestände über Heil-, Gewürz- und Giftpflanzen und über deren medizinische Verordnungen kennenzulernen, behielt er für sich.

»Morgen ist Mittwoch«, sagte Innozenz, »da bin ich sowieso dort. Am besten gleich nach der *prima*.«

Am nächsten Morgen war Abel pünktlich zur Stelle. Die Bibliothek befand sich im ersten Stock der Prälatur, ganz in der Nähe von Abels Zimmer. Die Räume überraschten Abel. Um die Wände lief lediglich ein halbhohes hölzernes, mit Büchern gefülltes Regal. Die Wandflächen darüber waren frei und mit Fresken bemalt. Auf dem Boden befand sich, im Raum verteilt, eine Reihe sarkophagähnlicher Truhen. Wie in einer Königsgruft, dachte Abel, Jahrhunderte in einem Raum vereint.

Innozenz stand an einer der Truhen und lächelte. »Immer wieder die gleichen erstaunten Blicke, wenn ein Fremder zum ersten Mal unsere Bibliothek sieht.« Der Bibliothekar zeigte auf die Bücher an der Wand. »Dort sind nur Heiligenlegenden und ähnlich fromme Schriften.« Dann deutete er auf die Truhen. »Die wichtigen Bücher sind hier drinnen.«

Abels Blick schweifte zur Decke. Inmitten von Wolken saß lebensgroß Benedikt von Nursia, der Begründer seines Ordens, und um ihn herum die Kirchenväter Augustinus, Gregor, Ambrosius und Hieronymus. Letztere waren sämtlich beim Schreiben abgebildet. Abel verglich das Bild mit dem in der Amorbacher Bibliothek. Ein hervorragender Maler, dachte er.

Die sanfte Stimme des Bibliothekars holte Abel zurück. »Ihr habt mir noch gar nicht gesagt, was Ihr hier sucht. Mit Eurem Auftrag kann es ja nichts zu tun haben.«

»Doch, doch. Das heißt, ja und nein. Der Bücherbestand eines Klosters lässt Rückschlüsse auf den Reichtum zu, wie Ihr sicherlich zugeben werdet. Aber mich führt auch ein eher privates Interesse hierher. Ihr müsst wissen, ich liebe Bücher.« Abel hoffte, Innozenz würde nicht nachfragen.

Der Bibliothekar blickte ihn weiterhin freundlich an.

»In Amorbach haben wir auch Bücher vieler Philosophen. Unser Bibliothekar ist mächtig stolz auf diese Werke.«

Innozenz lächelte. »Welche zum Beispiel?«

Jetzt stellte ihn der Bibliothekar doch auf die Probe. Abel überlegte. »Kant«, sagte er.

»Hm.« Innozenz griff zu dem dünnen Lederriemen, den er um den Hals trug. Er zog daran und holte aus seiner Kutte einen Schlüssel hervor. Dann ging er in die Mitte des Raumes, bückte sich zu einer Truhe und schloss an ihrer Seite eine Tür auf. Die Deckel der Truhen waren als dachförmige Schrägen gestaltet, die ein überlanges Schreibpult bildeten. Tatsächlich lagen auch hier und da kleinere Bücher und Folianten darauf. Innozenz holte ein Buch hervor und reichte es Abel. »Hier habt Ihr den Königsberger.«

»Kant. *Kritik der reinen Vernunft*«, las Abel laut.

»Wir haben auch noch andere«, sagte Innozenz. »Reinhold, Tiedemann und so weiter. Wollt Ihr sie sehen?«

»Wer liest so etwas bei euch?«, wich Abel aus.

»Eigentlich nur der Abt.« Der Bibliothekar streckte sich. »Und ich, natürlich.«

»Und Bücher zur Ökonomie, liest die der Abt auch?«

»Eher weniger.«

Abel gab Innozenz den Kant zurück.

»Und der Cellerar?«

»Pater Hilbert? Ich weiß gar nicht, wann er das letzte Mal hier drinnen war.«

Abel kramte in der Innentasche seiner Kutte und holte einen Zettel hervor. »Habt Ihr auch das Bändchen *Anweisung zu dem Seidenbau im Breysgau*?«

Innozenz runzelte die Stirn. »Verfasser?«

Abel schaute wieder auf seinen Zettel. »Kann ich nicht sagen. Ist 1751 von einem gewissen Johann Georg Fellner gedruckt worden.«

»Da muss ich nachschauen.«

Innozenz ging zu einer Truhe an der Fensterseite und nahm den Katalogband zur Hand, der dort auf dem Deckel lag. Er schlug das Verzeichnis auf und begann zu blättern.

»Wie heißt der Titel noch einmal?«

»*Anweisung zu dem Seidenbau im Breysgau.*«

»Haben wir nicht.« Innozenz fuhr mit dem Zeigefinger über die Seite. »Doch, haben wir«, sagte er und strahlte. »Truhe Nummer Sieben.«

»Dürfte ich mir das ausleihen?«

»Ich würde es Euch sogar mit nach Amorbach geben, wenn Ihr mir versprecht, es bis Jahresende wieder zurückzubringen.«

»Vielleicht nehme ich Euer Angebot an.«

Während Innozenz zu der genannten Truhe ging, blätterte Abel in dem Bestandsverzeichnis weiter. Schnell fand er die Seiten, die er suchte. »Verzeichnis der gärtnerischen, botanischen und pharmazeutischen Bücher« stand als Überschrift da.

Das waren nicht wenige. Sie alle befanden sich ebenfalls in Truhe sieben.

Innozenz suchte immer noch in der Truhe. »Ihr habt einen Novizen verloren?«, sagte Abel mit leiser Stimme.

Der Bibliothekar hörte auf zu suchen. »Ihr sagt es.«

»Ihr wart sein Instruktor?«

Innozenz hob den Kopf und blickte Abel an. In seinen Augen standen Tränen.

»Wollt Ihr darüber sprechen?«, fragte Abel.

Innozenz schüttelte den Kopf und suchte weiter in der Truhe.

»Hier, ich hab's.« Innozenz wischte sich über die Augen und hob das Bändchen hoch.

Abel schlug das Verzeichnis zu. »Seid Ihr immer so freizügig?«, fragte er den Bibliothekar, als dieser ihm das Werk übergab.

»Euren Namen notiere ich mir natürlich. Grundsätzlich aber kann jeder jedes Buch entleihen.«

»Auch Leute außerhalb des Konvents?«

»Ja, auch Leute von draußen. Ist aber schon lange nicht mehr vorgekommen.«

Abel begann, in dem Bändchen zu blättern. »Und die Schlüssel verwahrt Ihr?«

Der Bibliothekar schaute Abel einen Augenblick lang an. Dann antwortete er: »Ich verstehe Eure Frage nicht.«

»Ist auch nicht so wichtig«, sagte Abel und schlug das Buch zu. »Wollte nur wissen, zu welchen Zeiten man hier herein kann.«

»Herein könnt Ihr, wann immer Ihr wollt. Die drei Türen hier sind nicht verschlossen. Ich schließe nur die Truhen ab.«

»Die Bibliothek ist Tag und Nacht offen?«

Innozenz deutete auf die zweiflügelige Tür, durch die Abel den Raum betreten hatte. »Hier durch kommt man zur Prälatur, das wisst Ihr ja. Die Tür dort in der Ecke führt zu einer

Treppe hinunter in die Küche, und durch die andere Tür kommt Ihr in die Krankenstation und die *clausur*. Hier ist ein ständiges Kommen und Gehen, da kann ich nicht abschließen.«

Zwischen zwei Truhen, in der Mitte des Raumes, stand ein Schreibpult. Innozenz ging darauf zu und legte den Katalogband auf der Truhe daneben ab. Dann zog er eine Liste aus dem Pult, nahm eine Feder zur Hand, tauchte sie in ein Tintenfass und schrieb Abels Namen, den Titel des Buches und den Tag der Ausleihe hinein. Abel stellte sich daneben, legte das entliehene Bändchen auf dem Katalog ab und blickte dem Bibliothekar über die Schulter. Er sah, dass aus der Klosterbibliothek schon lange kein Buch mehr entliehen worden war.

»Sonst noch ein Wunsch?«, fragte Innozenz.

»Vorerst nicht«, antwortete Abel, nahm das Bändchen zur Seidenraupenzucht und klemmte es unter die Achsel. Dass er dabei auch den Katalogband unter der Kutte versteckte, bemerkte Innozenz nicht. Dieser war bereits damit beschäftigt, die geöffnete Truhe wieder zu verschließen. Abel grüßte Innozenz freundlich von der Tür aus und verließ rasch die Bibliothek.

VII

In seinem Zimmer setzte sich Abel sofort an den Tisch und studierte den Bibliothekskatalog. Er war erstaunt, wie viele Bücher es gab, die sich mit Pflanzen und ihrer Heilkraft befassten. Da gab es von einem gewissen Walther Hermann Ryff ein *Kurz Handbüchlin und Experiment vieler Artzneyen* oder von Leonard Thurneisser die *Quinta Essentia* mit Vorschriften zur Aufbereitung pflanzlicher, metallischer und mineralischer Arzneistoffe. Das sollte er sich vielleicht näher anschauen. Auch das *Lorscher Arzneibuch*, Hildegard von Bingens *Physica* oder der *Macer floridus* des Odo Magdunensis dürften interessant sein — ebenso wie das *New vollkommenlich Kräuter-Buch* eines Jacobus Theodorus Tabernaemontanus.

Abel hielt inne. Das waren zweifellos alles sehr alte Bücher. In welchem dieser Werke würde er finden, was er suchte? Er musste dahinterkommen, mit welchem Gift Salomon ermordet worden war. Der Name des Giftes, seine Wirkung, die Art, wie es verabreicht werden musste, das alles könnte Rückschlüsse über den möglichen Täter geben. Wenn seine Annahme stimmte, dass Salomon das Gift mit dem Essen oder Trinken zu sich genommen hatte … Abel richtete sich auf. Jetzt war er sich sicher: Auf seine Frage zu einem zusätzlichen Essen für Salomon am Sonntagabend konnte Severin nicht die Wahrheit gesagt haben. Es konnte nicht sein, dass Salomon während der allgemeinen Essenszeit vergiftet worden war. Jeder Mönch saß schweigend auf seinem festgelegten Platz und bekam unter Aufsicht sein Essen zugeteilt. Unbemerkt ein einzelnes Essen oder Getränk zu vergiften, schien Abel unmöglich. Viel wahrscheinlicher war es, dass Severin Salomon am Abend vor dessen Tod doch bewirtet hatte. Hier Gift in das Essen zu geben, wäre eher möglich.

Abel blickte wieder auf die Liste vor sich. So kam er nicht weiter. Er hatte geglaubt, zwei oder drei Werke zu finden, die sich mit Giftpflanzen befassten. Diese hätte er durcharbeiten können. Doch die Truhe Nummer Sieben schien, abgesehen von ein paar Büchern zur Ökonomie, gefüllt zu sein mit botanischen und heilkundlichen Werken aller Art. Er würde den Küchenmeister noch einmal befragen müssen.

Abel stand auf, versteckte die Liste unter dem Kopfkissen und ging zur Tür. »Mal sehen, was der Pater Culinarius mir diesmal zur Antwort gibt«, murmelte er und verließ das Zimmer.

In der Küche standen die Gehilfen am Herd und holten die Forellen aus dem Rauchfang. Severin verschwand gerade im Nebenraum. Abel lief ihm hinterher.

»Nur eine Frage, Pater Culinarius. Was stand am Sonntag auf dem Speiseplan?«

Severin hatte Abel den Rücken zugewandt und rührte mit einer Handschaufel in einem Sack mit Körnern.

»Sonntag? Warum?«

»Weil ich's wissen möchte.«

Severin brummte etwas, was Abel nicht verstand. Dann antwortete er: »Bei den Konventualen oder beim Abt?«

Abel überlegte. Der Abt bekam ein anderes Essen als die Konventualen. »Wo speiste Salomon?«

»Am Tisch mit den Brüdern.«

»Dann sagt mir, was es dort gab.«

Severin überlegte eine Weile.

»Gerstensuppe, schwarz gesottener Karpfen mit Sauerkraut und Erbsen — wenn ich mich recht erinnere.«

»Ihr habt mich angelogen«, sagte Abel.

Severin begann, wieder in dem Sack zu rühren. »Wenn Ihr es besser wisst, warum fragt Ihr dann?«

»Ich meine nicht das Essen. Ich meine, dass Ihr Salomon an diesem Abend noch zusätzlich verköstigt habt.«

Severin richtete sich auf. »Wer sagt das?«

»Die Spuren.«

»Was für Spuren?«

Täuschte sich Abel oder zitterte Severins Stimme ein wenig? »Salomon war nach seinem Sturz nicht sofort tot. Er hat sich zuvor erbrochen.«

»Woher wollt Ihr das wissen?« Der Küchenmeister hatte sich wieder gefangen.

»Der Boden in Salomons Zelle ist blank gescheuert. Warum wohl?« Abel hob beide Hände und lächelte. Er wusste, dass es riskant war. Doch er hatte nichts zu verlieren. »Es waren nicht der Karpfen und das Sauerkraut vom Mittag, das unter dem Erbrochenen gefunden wurde. Salomon muss später noch einmal gegessen haben.«

Severin blickte zur Seite. In seinem Gesicht zuckte es. Aber er schwieg.

»Keine Erklärung?«, setzte Abel nach. Severin ging mit der Schaufel in der Hand einen Schritt auf Abel zu. »Ist es Eure Aufgabe …«

In diesem Augenblick fiel hinter dem Küchenmeister der Sack um. Abel sah, wie kleine schwarze Körner über den Boden rollten. Erschrocken bückte sich Severin und stellte den Sack wieder auf.

»Lasst uns draußen weiterreden«, sagte er und drängte Abel aus dem Raum.

»Ich will nur wissen, wann und wo Salomon das Essen am Sonntagabend zu sich genommen hat.« Abel wunderte sich, warum Severin den Nebenraum verschloss.

»Das kann ich Euch nicht sagen«, antwortete der Küchenmeister. Er schien sich wieder beruhigt zu haben. Dann scheuchte er die Gehilfen hinaus. »Normalerweise habe ich, sobald ich abends alleine in der Küche war, Salomon einen Korb zurechtgemacht. Diesen habe ich dann dorthin gestellt und das Schloss des Ladens geöffnet.« Severin deutete auf die Durchreiche der Armenspeisung. »Irgendwann nach Einbruch der Dunkelheit ist dann Salomon aus seinem *laboratorium* gekommen, über den Hof gegangen, hat sich den Korb geholt und ihn später wieder zurückgestellt. Morgens habe ich dann wieder alles in Ordnung gebracht. Ich bin immer der Erste in der Küche. Aber am Sonntagabend hat er von mir nichts bekommen.«

»Denkt genau nach!«, ermahnte ihn Abel.

»Da muss ich nicht nachdenken.«

In Severins Gesicht zuckte es erneut.

Abel biss sich auf die Unterlippe. Er beschloss, dem Küchenmeister zunächst zu glauben.

»Eine Frage noch«, sagte er, »warum hat er in seiner Zelle gegessen, und nicht hier in der Küche?«

Severin schüttelte den Kopf. »Nicht in seiner Zelle. Salomon wollte immer eine warme Mahlzeit. Die Küche ist nachts verschlossen. Außerdem hätte er hier entdeckt werden können. Er hat sich sein Essen auf seinem Ofen im *laboratorium* zubereitet oder auch nur aufgewärmt, je nachdem.«

»Danke, das war's.« Abel drehte sich um und ging.

»Was soll die ganze Fragerei eigentlich?«, rief ihm der Küchenmeister nach.

Abel gab keine Antwort.

Der Apotheker war beschäftigt. Ein altes Weib verlangte nachdrücklich Salomons Wundermittel. Was ihr denn fehle, wollte Binsack wissen. Die Alte keifte: »Mir fehlt nix. Mei Rosa hot widder ihr Sach und dud nix schaffe. Lischt nur rum un jammert.«

Der Apotheker bückte sich und zog eine Schublade auf.

»Habt Ihr etwas dabei zum Einfüllen?«, fragte er und begann, von den Blättern aus der Schublade ein Häuflein abzuwiegen.

»Des Krautzeuch hilft doch nit!«, giftete das Weib.

»Etwas anderes habe ich nicht. Entweder Ihr nehmt das, oder Ihr verschwindet.«

Die Alte schniefte. »Hebb nix debei«, sagte sie kleinlaut.

Der Apotheker griff zu einem Leinensäckchen und schüttelte die getrockneten Blätter hinein. »Frauenmantel, Kamille und Schafgarbenblüten«, sagte er. »Heiß aufkochen und eine Weile stehen lassen. Am besten das nächste Mal schon davon trinken, bevor die Beschwerden kommen.«

»Was kost des?«

Binsack drückte dem Weib das Säckchen in die Hand. »Heute nichts, gute Frau. Sagt Eurer Tochter einen schönen Gruß und gute Besserung.«

Die Alte schniefte erneut und schlurfte davon.

»So geht das schon seit zwei Tagen«, seufzte Binsack und räumte den restlichen Tee weg. »Salomons Mittel ist zu Ende.«

Abel ging nicht darauf ein. Er deutete auf die Tür zum *laboratorium*. »Warum habt Ihr mir nicht gesagt, dass Bruder Salomon dort drinnen Essen zubereitet hat?«

Binsack hob die Brust und griff mit beiden Händen zu seinem Rockaufschlag. »Warum sollte ich?«

»Weil ...«, Abel stockte, »weil es mich interessiert hätte.«

Binsack beugte sich über die Theke. »Ich habe Anweisung, nichts mehr zu sagen«, flüsterte er. »Wenn Ihr etwas wissen wollt, sollt Ihr Euch an den Cellerar wenden.«

Aha, dachte sich Abel. Daher weht der Wind. Er blickte dem Apotheker in die Augen: »Und? Was meint Ihr, was der sagt, wenn er erfährt, dass Ihr von Salomons Treiben gewusst habt?«

»Was wollt Ihr wissen?«, fragte Binsack leise.

»Ist Euch am Montagmorgen etwas aufgefallen?«

»Was genau meint Ihr?«

»Hat sich Salomon in der Nacht zuvor etwas zu Essen gemacht? Habt Ihr davon etwas bemerkt?«

Binsack sah sich erneut um. »Ich habe den Küchenmeister gesehen, gleich in der Frühe, wie er etwas weggeräumt hat.«

»Was genau?«

»Kann ich nicht sagen. Ich stand dort hinten bei den Säcken, als er mit einem Korb in der Hand aus dem *laboratorium* kam und dort durch die Tür nach draußen verschwunden ist.«

»Und, hat er auch Euch gesehen?«

Der Apotheker schüttelte den Kopf.

Abel dachte nach. Wenn es stimmte, was der Apotheker sagte, hätte Severin doch gelogen. Oder waren es gar nicht das Geschirr und mögliche Essensreste, die Salomon sich geholt hatte, sondern etwas ganz anderes? Es wurde immer sonderbarer.

Abel fasste den Apotheker am Ärmel. »Könnt Ihr das mit Salomon und dem Essen für Euch behalten, wenn auch ich darüber schweigen werde?«

Binsack schien erleichtert. »Ich habe nichts gesagt«, gab er zur Antwort.

Abel ging hinaus in den Hof. Weshalb sollte Severin lügen? Hatte Salomon den Küchenmeister mit irgendetwas in der Hand? Welches Gift war geeignet, sich ins Essen oder Trinken mischen zu lassen, ohne dass der Betroffene dies beim Verzehr merkte? Dass Severin noch Reste des Giftes aufbewahrte, war unwahrscheinlich. Spätestens nach Abels letzten Fragen würde dieser alle Spuren beseitigt haben. Doch das Gift war für Abel die einzige Spur, die ihn zum Täter führen könnte. Er brauchte unbedingt jemanden, der sich damit auskannte und dem er vertrauen könnte.

Abel blieb stehen. »Der Apotheker in Miltenberg«, flüsterte er. »Der wird mir sicherlich helfen.«

Abel eilte zur Klosterpforte. »Wo hält die Postkutsche nach Miltenberg?«, fragte er den Pförtner.

»Ihr reist schon ab?«

»Nein, nein. Ich habe doch ein Pferd. Ich muss einen Brief aufgeben.«

Der Pförtner schaute nach der Sonne. »Müsste bald da sein«, sagte er.

»Wo?«

Der Pförtner grinste. »Bei der Poststation.«

»Augustin, mir ist nicht nach Scherzen!«

Der Pförtner ließ die Mundwinkel fallen und deutete nach Süden über den Wirtschaftshof hinweg.

Abel griff sich an die Stirn. Natürlich, die Poststation befand sich an der Geleitstraße hinter der Klostermauer. Er war ja in den letzten Tagen schon zweimal daran vorbeigekommen. »Tut mir einen Gefallen, geht hin und haltet sie auf. Bin gleich wieder da.«

»Die wechseln sowieso erst die Pferde.«

Abel raffte die Kutte und stürmte auf sein Zimmer. Er musste sich sehr anstrengen, seine Fragen und Wünsche verständlich zu formulieren. Er schrieb an seinen Freund Lothar Gutekunst und bat diesen, umgehend den Miltenberger Apotheker zu befragen und dann ihn, Abel, wieder zu unterrichten. Lothar sollte ihm auf eine Weise antworten, dass möglichst niemand in Seligenstadt etwas davon mitbekam. Endlich war Abel fertig.

Er hetzte hinüber zum Grünen Tor. Von dort aus hatte er die Poststation gut im Blick. Die Kutsche war noch nicht angekommen. Abel lehnte sich an die Klostermauer und schloss die Augen. Hatte er in der Eile auch nichts vergessen? In Gedanken ging er noch einmal durch, was er geschrieben hatte. Nein, das musste reichen. Dann hörte er das Posthorn.

Zum Abendessen beim Abt war neben den Patres Hilbert und Innozenz diesmal auch ein Kaufmann aus Augsburg zu Gast. Dieser befand sich auf dem Weg zur Messe nach Frankfurt und machte dem Abt seine Aufwartung.

Der Kaufmann, ein beleibter Mann, mit kurzen, dicken Fingern und einem flotten Mundwerk, redete unablässig auf den Abt ein. Vor allem pries er seine Seidentücher aus China und die Pomaden aus Italien.

Abel wollte nicht mehr hinhören. Er sprach den Cellerar an. »Zu Hörstein hätte ich noch eine Frage. Wie groß ist das Weingut?«

»Zweiundvierzig Morgen, wenn man Wasserlos dazunimmt«, brummte Hilbert. »Aber wie bereits gesagt, das ist unser Eigenbetrieb, nicht zinspflichtig!«

Abel hob die Hand. »Verzeihung, ich hab's vergessen.«

Hilbert knurrte.

Dennoch fuhr Abel fort. »Ihr habt für das vergangene Jahr zweihundertsiebenundneunzig Malter Roggen Ernteertrag notiert, das Jahr zuvor waren es aber dreihundertzweiundvierzig. Wieso der große Unterschied?«

Der Abt hatte mitgehört und ergriff das Wort. »Es hat nicht viel geregnet. Bis in den August hinein war es trocken. Dann kamen böse Unwetter. Da ist viel Korn auf den Feldern geblieben. Auch die Trauben in Hörstein blieben nicht verschont. Wir mussten sogar Wein dazukaufen!«

»Zweitausendsiebenhundert Gulden«, warf Hilbert ein.

Der Abt deutete auf Abel. »Schreibt das auf für den Erzbischof!« Dann wandte er sich wieder dem Händler zu. »Ihr habt doch auch Jagdgewehre? Ich bräuchte für die Hirschjagd eine neue Büchse.«

Abel fragte den Abt rasch dazwischen: »Es stimmt also, dass Ihr dem Jagdvergnügen frönt? Auch Eure Mönche sollen im Schießen geübt sein.« Abel hatte dies am Vortag von Peter erfahren. Hilbert hielt sich über einen Teller gebeugt.

Der Abt stocherte in seinem Essen herum. »Nur ein kleines weltliches Vergnügen, das ich mir gönne«, antwortete er. »Außerdem schätzt es der Erzbischof, bei seiner Jagd erfahrene Begleiter um sich zu haben.«

»Einunddreißig Hunde halten wir allein für das kurfürstliche Jagdvergnügen«, ergänzte der Cellerar. »Dazu die Ausgaben für die Jäger, für Gewehre, Pulver und Blei!«

»Der Erzbischof wird sich sicherlich daran erinnern«, meinte Abel.

Während der Eiersuppe wandte sich Hilbert an Abel. »Bei der Jagd dürft Ihr die Ausgaben für das Gesinde und die Tagelöhner nicht vergessen!«

»Dafür scheinen die Umsätze Eurer Apotheke beträchtlich zu sein.«

Hilbert verschluckte sich und musste husten. Der Bibliothekar sprang ein. »Es ist richtig, wir versorgen nicht nur die Stadt, sondern auch das Umland. Aber das ist kein großes Geschäft. Wir erfüllen damit nur unsere Christenpflicht.«

Abel dachte an die Worte des Apothekers. Doch dann kam der Barsch.

Nun begann wieder der Kaufmann zu reden. »Für den Landgraf Friedrich von Kassel hab ich eimal eine Büchs bschorgt, die war so ...« Der Kaufmann führte Daumen und Zeigefinger zum Mund und schmatzte. »Wurd von Boutet in Paris eichentlich für Karl, den Viertn, vo Schpanie gfertigt. Der wollt sie dann doch net. Versilberter Abzugsbüchl und herrliche Gravierunge am Schaft. Prächtich, prächtich, saach ich Euch.« Immer wieder warf der Händler einen Blick auf den Abt. Abel sah, wie dessen Augen glänzten.

Nachdem er die zum Nachtisch aufgetragenen Bierpfannkuchen gekostet hatte, meldete sich Abel noch einmal zu Wort. »Ihr habt den Verkauf von fünfhunderteinundfünfzig Klafter Tannenholz eingetragen«, sagte er zu Hilbert. »Der Erlös scheint mir ein wenig gering?«

Hilbert schob seinen leeren Teller von sich und richtete sich auf. »Hat der Abt nicht das Unwetter im August erwähnt? Es hat auch viele Bäume geworfen. Kauft Ihr grünes Holz im Sommer?«

»Ihr habt ja recht. Ich habe auch nur gefragt.« Danach schwieg Abel.

Nach der *komplet* ging Abel auf sein Zimmer. Er legte sich ins Bett und sprach das Nachtgebet. Unversehens war er mit seinen Gedanken bei Marie. Was mochte sie in diesem Augenblick tun? Dachte sie manchmal an ihn?

Plötzlich horchte Abel auf. Waren da nicht Schritte auf dem Flur? Nein, er musste sich getäuscht haben. Er drehte sich zur Seite. Wenn nur schon Palmsonntag wäre und er mit Marie in Frankfurt über die Messe spazieren könnte.

Abel richtete sich auf und lauschte zur Tür. Da waren doch Schritte? Schlich da draußen jemand herum? Vorsichtig stieg er aus dem Bett. Das Holzgestell knarzte. Leise setzte er die Füße auf den Boden und schob sich langsam hoch. Sollte er Licht machen? Nein, das würde zu lange dauern. Der Mond schien hell genug ins Zimmer, um die Tür zu erkennen. Auf Zehenspitzen schlich Abel zu dieser hin. Endlich war er an der Tür angelangt und riss sie auf. Im Gang war es düster. Niemand war zu sehen. Weiter entfernt hörte er das Klappern einer Tür. Als Abel wieder in sein Zimmer gehen wollte, fiel ihm ein heller Schimmer am Boden auf. Er beugte sich hinab und erkannte einen Zettel. Es war etwas darauf geschrieben.

Abel hob den Zettel auf und schloss die Zimmertür. Er zündete die Kerze am Tisch an und las: *Memento mori*. Abel wendete das Blatt. Mehr stand nicht darauf. Bedenke, dass du sterblich bist. Abel zitterten ein wenig die Hände. Die Nachricht war eine deutliche Warnung. Von wem? Und warum? Abel ließ sich auf den Stuhl fallen. Warum war er nicht gleich aufgestanden? Bestimmt hätte er den Kerl erwischt.

Abel studierte die Schrift auf dem Zettel genauer. Die Wörter waren in einzelnen Buchstaben geschrieben, wie beim Buchdruck sauber hintereinandergesetzt. Jeder Hinweis auf eine wiedererkennbare Handschrift war damit getilgt. Keiner wurde ins Kloster aufgenommen, der nicht lesen und schreiben konnte und nicht die Lateinschule besucht hatte. Abel dachte an den Zettel, der in Salomons Hand gefunden worden war. Hoffentlich hatte ihn der Abt noch. Vielleicht brachte ein Vergleich der Schriften einen Hinweis?

Auf dem Weg zurück ins Bett blieb Abel plötzlich stehen. Dann drehte er sich langsam um, packte seinen Stuhl und stellte ihn unter die Türklinke an die Zimmertür. Die Lehne des Stuhls war ausreichend hoch, sodass sich die Klinke nicht mehr niederdrücken ließ. Obwohl nun niemand mehr ungebeten in sein Zimmer kommen konnte, lag Abel noch lange wach.

Am nächsten Morgen suchte Abel den Abt auf. Der Sekretär verzog den Mund, als Abel verlangte, Abt Bonifatius unter vier Augen sprechen zu wollen.

»Er muss weg.«

»Ich brauche nicht lange.«

»Ihr könnt Euer Anliegen auch mir sagen.«

»Ich brauche eine Antwort.«

»Er empfängt Euch nicht. Ihr werdet sehen!«

Widerwillig führte Elias Abel bis vor die Abtswohnung. Erst nach mehrmaligem Klopfen ertönte ein »Ja, bitte«.

»Ach, Ihr seid's, Abel. Kommt herein!«

Abel trat ein. Aus den Augenwinkeln sah er, dass sich die Miene des Sekretärs noch mehr verfinsterte. Schnell schloss er die Tür.

»Und, wie weit seid Ihr?«

Abel reichte dem Abt den Zettel mit der Drohung. »Das wurde mir gestern Abend unter der Tür durchgeschoben.«

Der Abt las den Text. »Sicher nur ein Scherz«, sagte er.

Abel trat einen Schritt zurück. »Ein Scherz?«

Der Abt hob die Hände. »Beruhigt Euch doch, Abel. Habt wahrscheinlich nur jemanden zu hart angefasst.«

»Ihr meint, es ist wegen meines Auftrags?«

Der Abt kniff die Augen zusammen. »Weswegen sonst?«

Abel ließ die Arme hängen. »Ich habe niemanden ungebührlich behandelt!«

Der Abt holte Luft. »Seht Ihr. Dann betrachtet die Sache als das, was es ist: ein übler Scherz, weiter nichts.«

Die ganze Zeit schon hatte Abel die Schublade im Schreibtisch des Abtes im Auge, in der er den Zettel vermutete, der in Salomons Hand gefunden worden war. Wie nur könnte er unbemerkt an diese herankommen?

Abel deutete auf den Zettel mit der Drohung, den der Abt immer noch in der Hand hielt. »Die Schrift«, fragte er, »kommt die Euch bekannt vor?«

Der Abt stöhnte. »Ihr könnt nicht nachgeben, wie?« Dann ging er zum Fenster und hielt sich den Zettel vor das Gesicht.

Abel machte zwei schnelle Schritte hin zum Schreibtisch.

»Das kann jeder geschrieben haben«, sagte der Abt.

»Schaut genau hin, bitte!«

»Die Buchstaben sind wie gemalt«, sagte Bonifatius.

Abel zog hastig die Schublade auf. Tatsächlich, da lag der Zettel, den er suchte, auf einem kleinen Stoß weiterer Papiere. Als Abel danach greifen wollte, drehte sich der Abt um. Die Augen auf das Papier in seinen Händen gerichtet, sprach er: »Wie gesagt, das kann jeder geschrieben haben.«

In diesem Augenblick klopfte es. Der Abt wandte sich zur Tür um und rief »Herein!«. Schnell griff Abel nach dem Zettel und knüllte ihn in seiner Hand zusammen.

Der Sekretär stand unter der Tür. »Ich weiß, Elias, gleich.« Dann machte der Abt ihm das Zeichen, sich wieder zu entfernen. Elias blickte noch einmal rasch über die Schulter des Abtes zu Abel. Dann ging er.

»Der Text? *Memento mori*?«, sprach Abel nun zum Abt, »ich überlege schon die ganze Zeit, in welchem Zusammenhang ich das schon einmal gehört habe.«

Der Abt wendete sich Abel wieder zu, deutete auf einen

Stuhl und setzte sich dann selbst. »Nur ganz kurz. Ihr habt gesehen, man ruft nach mir.«

Er legte seine Hände an die Schläfen. »Muss erst etwas nachdenken«, sagte er. Nach einer Weile faltete er die Hände und ließ sie in den Schoß fallen. Dann begann er zu erzählen: »Der Ausdruck *memento mori* ist ein Symbol der *vanitas,* der Vergänglichkeit. Er war einst wesentlicher Bestandteil der cluniazensischen Liturgie.«

Abel räusperte sich. »Verzeiht, ehrwürdiger Abt …«

Der Abt blickte ihn an. »Wie bitte?«

»Ihr spracht von *vanitas* und Cluny. Was hat das mit dem Zettel hier zu tun?«

»Ihr habt nach einer Erklärung gefragt. Also, vor etlichen Jahrhunderten versuchte man in Cluny, mit der Reinigung von allem Weltlichen den Klöstern und der Kirche wieder mehr Geltung zu verschaffen. Und der Mystik. Unsere Ordensschwester Hildegard von Bingen war eine vortreffliche Vertreterin dieses Gedankens. In den deutschen Landen war Hirsau damals das Zentrum der Reform. Ausgehend von dem Gedanken der *vanitas* sah man den Sinn des Lebens vor allem darin, sich auf den Tod vorzubereiten und auf das darauf folgende Letzte Gericht. Ganz im Sinne der Bibel, Psalm Neunzig, Vers Zwölf: *Lehre uns bedenken, dass wir sterben müssen, auf dass wir klug werden. Memento mori* eben.«

Der Abt verstummte.

Abel erhob sich langsam. Mit deutlicher Stimme sagte er: »Ehrwürdiger Abt, ich danke Euch für Eure Erklärungen. Ihr seid sehr gebildet.«

Abt Bonifatius schob den Hals aus seiner Kutte. Wie eine Schildkröte, dachte Abel, verbeugte sich leicht und verließ den Raum. An der Tür drehte er sich noch einmal um. Der Abt war ans Fenster getreten und starrte hinaus auf den Hof.

Abel eilte auf sein Zimmer. Er klemmte den Stuhl unter die Klinke, setzte sich aufs Bett und verglich die beiden Zettel. Es war das gleiche Papier. Doch das sagte nichts. Bei der Schrift war er sich nicht sicher. *Memento mori* war, wie der Abt schon sagte, wie gemalt. *Mea culpa* schien schneller geschrieben worden zu sein. Mit einem Seufzer ließ er beide Zettel unter der Matratze verschwinden.

Abel rückte den Stuhl wieder an den Tisch und verbrachte die Zeit bis zur *prima* weiter in seinem Zimmer. Er prüfte die Unterlagen, die der Cellerar ihm hatte bringen lassen. Abel hatte auch die Wetteraufzeichnungen des Gärtners angefordert. Es hatte im vergangenen Jahr tatsächlich wenig geregnet und die Trockenheit hielt auch jetzt noch an. Das war in Amorbach ebenso. Aber dort waren die Böden schwerer und speicherten die Niederschläge besser als die sandigen Äcker hier in Seligenstadt. Aber das war nichts Neues und in nassen Jahren war es umgekehrt.

Ein Schrei ließ ihn hochfahren.

VIII

Dem Schrei folgte ein weiterer. Abel stürzte zum Fenster und riss es auf. Jetzt war es draußen ruhig und er konnte nichts Verdächtiges erkennen. Ein nochmaliger Schrei aber lenkte seinen Blick zum Wirtschaftshof. Die Szene dort war schlecht einsehbar, durch die folgenden Schreie aber wurde das Geschehen klar. Ein Mann war mit dem Gesicht voraus und mit auseinandergestreckten Armen an das Gestänge eines Leiterwagens gebunden. Hinter diesem stand breitbeinig der Speichermeister und schlug mit einer Peitsche auf den Gefesselten ein. Abel lief die Treppe hinab und eilte zum Wirtschaftshof. Als er dort ankam, hatte der Speichermeister aufgehört zu schlagen. Nun stieß er mit dem Knauf der Peitsche gegen den blutenden Rücken des Gefesselten. Dieser schrie erneut auf.

»Ja, schrei nur«, sagte Melchior mitleidslos. »Ich werde dich lehren, zu stehlen.«

Der Speichermeister holte wieder zu einem Hieb aus, doch Abel packte diesen am Arm. Melchior fuhr herum und ließ die Peitsche fallen.

»Wer wagt es … Ihr?«

»Was soll das?«, fuhr Abel ihn an.

»Was soll was?«

»Ihr vergeht Euch an einem Menschen!«

»Ihr meint, räudiges Pack.« Der Speichermeister machte sich los und wickelte die Ärmel seiner Kutte herunter.

Am liebsten hätte sich Abel nach der Peitsche gebückt. Doch er besann sich. »Ich verlange eine Erklärung.«

»Bin Euch keine Rechenschaft schuldig«, antwortete Melchior, stieß mit seinem Fuß die Peitsche unter den Wagen und ging davon.

Abel blickte sich um. Hinter einem Scheunentor sah er zwei Arbeiter mit hängenden Schultern. »Herkommen!«, rief er und winkte ihnen. Die beiden warteten, bis der Speichermeister im Handwerkerbau verschwunden war. Dann kamen sie zögerlich hervor.

Als sie Abel erreichten, sagte dieser: »Bindet ihn los.«

Abel drehte sich weg. Der Anblick der aufgeplatzten Haut verursachte ihm Übelkeit.

»Bringt ihn hinüber zum Apotheker!«, befahl er und ging vorneweg.

Die Arbeiter banden den Geschundenen los. Er wimmerte vor Schmerzen und konnte sich kaum aufrecht halten. Die Arbeiter nahmen ihn in die Mitte und schleiften ihn über den Hof.

Auf halber Strecke drehte sich Abel um. »Was genau hat er getan?«, fragte er die Arbeiter.

»Eier«, antwortete der eine. »Er soll Eier gestohle habbe.«

»Zwei Stück«, stöhnte der Geschundene.

Abel dachte an die Szene in der Küche, als Severin ein Ei nach dem Gehilfen geworfen hatte. »Und dafür wird man hier ausgepeitscht?«

Ohne zu antworten, schlurften die Männer weiter hinter Abel her.

Abel hatte es in seiner Klosterzeit schon häufig erlebt, dass Mönche für ein Vergehen mit der Geisel bestraft wurden. Aber hier, bei einem Arbeiter, war es die Aufgabe eines Gerichts, Schuld und Strafmaß festzustellen. Dass der Speichermeister hier selbst Gericht spielte, durfte der Abt eigentlich nicht zulassen. Auch er oder sein Sekretär mussten die Schreie gehört haben. Abel blickte sich um. Der Hof war menschenleer.

Wortlos versorgte Binsack die Wunden des Arbeiters. Auch

als Abel ihm berichtete, was er beobachtet hatte, schwieg er. Als der Apotheker fertig war, schickte er die Männer hinaus.

»Damit habt Ihr Euch keine Freunde gemacht«, sagte er zu Abel, während er sich die Hände wusch.

Abel reichte ihm ein Handtuch. Binsack trocknete sich die Hände ab, dann ging er zur Tür und schloss sie. »Der Speichermeister ist nicht der einzige. Am schlimmsten ist der Cellerar. So alt wie er ist, so tyrannisch ist er auch.«

»Was sagt der Abt dazu?«

Binsack winkte ab. »Der war nicht immer so. Aber ihm schwinden die Kräfte. Dem Haus fehlt ein Kopf.«

»Er könnte sein Amt abgeben.«

»Ich glaube, er sieht keinen geeigneten Nachfolger. Außerdem liebt er den Prunk.«

»Und lässt lieber alles treiben.«

Binsack nickte. »Ihr solltet einmal dabei sein, wenn im Herbst der Zehnte abgeliefert werden muss. Wie verschreckt und ängstlich das Volk dann hierher kommt. Tagelange Schreierei, weil man glaubt, nur Betrüger vor sich zu haben. Schaut Euch die Bäuche so mancher Mönche an und seht in die hungrigen Augen der Kinder in der Stadt und Ihr wisst, wer wen betrügt.« Binsack blickte erschrocken um sich. Dann verstummte er.

Es läutete zur *prima*. Abel legte Binsack die Hand auf die Schulter. »Das war gute Arbeit eben. Vergelts Gott.« Danach machte er sich auf zur Basilika. Im Grunde musste er gar keine Zahlen mehr prüfen, dachte er bei sich. Er wusste, warum die Erträge des Klosters sanken.

Nach dem Hochamt folgten im *refectorium* die üblichen Rituale. Der Abt fragte in die Runde, wer etwas vorzubringen habe. Der Speichermeister erhob sich und deutete auf Abel. Er beschuldigte ihn, den Klosterfrieden zu stören, da er sich als Gast in Dinge einmische, die ihn nichts angingen. Es sei seine Sache, wie er Diebstahl bestrafe. Am Ende seiner Ausführungen gab es beifälliges Gemurmel. Abel ballte die Fäuste und schwieg. Im Gesicht des Cellerars glaubte er ein Lächeln zu erkennen. Ein Bruder, der neben Abel saß und den er vom Sehen kannte, neigte sich zu ihm hin. »Manche meinen, sie wären der liebe Gott«, flüsterte er.

Die Ordensregel untersagte es, sofort auf eine Anschuldigung zu antworten. Da sich weiter niemand zu Wort meldete, schloss der Abt die Aussprache. Als danach beim Essen die Suppe aufgetragen wurde, hielt Abel immer noch die Hände zu Fäusten geballt. Der Hunger war ihm vergangen. Er musste sich zwingen, etwas zu essen. Kaum war das Schlussgebet gesprochen, eilte er auf sein Zimmer. Seine Unterlagen und das Bett schienen unberührt. Abel dachte daran, dass er sich etwas einfallen lassen musste, wie er seine Zimmertür sichern konnte, wenn er nicht anwesend war.

Gerade wollte er den Stuhl unter die Türklinke klemmen, als es klopfte.

»Ja?«

Der Pförtner erschien in der Tür.

»Augustin, Ihr? Was gibt's?«

Augustin trat ein und reichte Abel einen Brief. Abel nahm diesen entgegen und betrachtete ihn. Weder ein Adressat noch ein Absender standen darauf. »Woher?«, fragte er.

»Ein Laufbursche hat ihn gebracht. Ist gleich wieder verschwunden.«

Abel wendete den Brief erneut. Wieder eine Drohung? fragte er sich.

Der Pförtner schaute neugierig auf das Schreiben. Abel fasste Augustin bei der Schulter, schob ihn zur Tür hinaus, schloss sie und stellte den Stuhl dahinter.

Dann riss er den Brief auf.

Abel starrte auf das Schreiben. Doch dann fing er sich. Er ließ sich auf den Stuhl fallen und las zum zweiten Mal. »Bin in Seligenstadt, im *Riesen*. Bitte melde Dich. Marie.«

Träumte er? Marie hier? Er hatte vorgehabt, zusammen mit ihr auf der *Sancta Maria* zur Messe nach Frankfurt zu fahren. Aber der Auftrag des Erzbischofs hatte ihre Pläne durchkreuzt. So hatten sie vereinbart, dass Marie, sollte Abel nicht rechtzeitig zurück sein, zunächst alleine mit dem Schiff reiste und er erst in Seligenstadt an Bord ging. Warum also war sie jetzt schon hier? Wie war sie hierhergekommen? Dann griff sich Abel an den Kopf. Marie war Lothars Botin. Bestimmt hatte sie Nachricht von dem Apotheker aus Miltenberg.

Abel machte sich umgehend auf den Weg. Es war klug von Marie gewesen, nicht selbst an der Klosterpforte vorzusprechen. Nun musste der Pförtner auch nicht mitbekommen, dass Abel das Kloster verließ. Daher wählte Abel lieber das unmittelbar am Wirtschaftshof gelegene Grüne Tor. Dort, wo die Fuhrwerke der Bauern ein- und ausfuhren und das Vieh auf die Weiden getrieben wurde, würde er kaum auffallen.

Abel wusste nicht, wo sich in Seligenstadt der *Riesen* befand. Er vermutete das Gasthaus am Marktplatz oder zumindest in der Nähe.

Endlich gelangte Abel zum Marktplatz, der von stattlichen Fachwerkhäusern umgeben war. Ihre Größe ließ auf die Wohlhabenheit der Bürger schließen. Wo aber war der *Riesen*? Emsig und geschäftig eilten zahlreiche Dienstmägde, Tagelöhner und Fuhrleute über den Platz. Abel hielt es nicht für schicklich, dass ein Pater sich nach einem Gasthaus erkundigte. Ein Haus mit einem aufwendig verzierten Erker stach ihm ins Auge. Das musste das Einhardhaus sein, von dem er schon gehört hatte. Auf dessen Erker war die Sage dargestellt, wie Seligenstadt zu seinem Namen gekommen sein soll. Es war die Geschichte von Einhards Liebe zu Emma, der Tochter Karls des Großen. Beide flohen sie, da der Kaiser diese Liebe nicht gestattete, vom Aachener Hof in diesen Ort am Main, der damals Obermulinheim hieß. Dort soll Karl durch einen glücklichen Zufall seine Tochter Emma wiedergefunden haben, als sie ihm in dem betreffenden Haus Pfannkuchen servierte. Dazu hat man die Worte des Kaisers überliefert: »Selig sei die Stadt genannt, da ich meine Tochter wieder fand.«

Ein mit Weinfässern vollbeladener Wagen, gezogen von vier schweren Rössern, rollte vorüber und gab Abel den Blick frei auf den restlichen Teil des Platzes. Endlich sah er auch den Ausleger des *Riesen*. Er drängte sich hinüber zu dem stattlichen Fachwerkgebäude. Drinnen ging es hoch her. Abel bekam Zweifel, ob Marie das richtige Haus gewählt hatte. Er drückte die Klinke herunter und trat ein.

Er prallte zurück. Schweißgeruch und Hitze schlugen ihm aus der überfüllten Gaststube entgegen. Tabaksqualm nahm ihm die Sicht. Bis zur Tür standen die Leute. Als Abels Augen sich an das düstere Licht gewöhnt hatten, sah er, dass auch Frauen unter den Gästen waren: Kauffrauen, wie er an deren Kleidung erkannte. Wie sollte er hier Marie finden? Abel bemerkte, dass alle Gäste auf eine bestimme Stelle in der Mitte des Raumes starrten. Er sah über die Schulter seines Vordermannes. In der Mitte des Raumes balancierte ein Gast breitbeinig auf zwei Stühlen und hielt einen mindestens drei Ellen langen Holzlöffel in den Händen. Vor ihm, auf dem Boden, stand ein weiterer Mann, eine Kanne in der Hand.

»Seid Ihr bereit, Balthasar Böhmer, Kaufmann aus Nürnbersch?«, fragte der Mann mit der Kanne.

»Ich bin's«, antwortete Böhmer.

»So sprescht mir nach: Willkomme in dieser Schtadt.«

»Willkommn in deerer Schdood.«

»Hier pflescht mer eizuschenke.«

»Do pflechd mer eizuschenggn.«

»Un dabei zu gedenke.«

»Und dobei zu gedenggn.«

Böhmer schwankte. Der Löffel drohte ihm aus der Hand zu fallen. Erst jetzt fiel Abel auf, dass dieser an einer langen Kette festgemacht war, die um den Hals des Mannes hing. Die

Menge lachte, aber der Mann mit der Kanne verzog keine Miene. Mit fester Stimme sprach er weiter:

»Was Rechtens der Löffel hot.«

»Was Rechdns der Löffl hod.«

Böhmer versuchte ernst zu bleiben.

»Druff werm mer glücklich reise.«

»Do drauf werd mer glügglich reisn.«

»Un die Kompanie preise.«

»Und die Kompanie breisn.«

Dann füllte der Mann mit der Kanne den Löffel. Abel schätzte, dass das Ungetüm mindestens ein halbes Maß fasste. Langsam hob Böhmer den Löffel an, führte ihn zum Mund, verzog diesen noch einmal zu einem Grinsen und begann zu trinken. Die Menge fing an, rhythmisch zu klatschen.

»Was ist das?«, fragte Abel seinen Nachbarn.

Dieser neigte den Kopf ein wenig. »Hä?«

»Was da vor sich geht, wollte ich wissen.«

Der Angesprochene musterte Abel. Als er die Kutte sah, drehte er sich wieder weg. »Löffeltrunk«, sagte er dann nach vorne. »Alter Brauch.«

Dann blickte er nur noch auf den Kaufmann Böhmer. Dieser hatte inzwischen den Kopf nach hinten gelegt und trank und trank. Abel sah dessen Adamsapfel hüpfen. »Ho, ho, ho«, rief jetzt die Menge und klatschte.

Als der Wirt, beide Hände voll mit Bierkrügen, sich an ihm vorbeidrängte, sprach Abel diesen an. »Fräulein Gutekunst aus Miltenberg? Ist die hier?«

Zu spät fiel Abel ein, dass diese Frage eines Paters in Kutte verwundern würde. Doch der Wirt nahm sich nicht die Zeit, den Fragesteller anzuschauen. Er drängte weiter zum nächsten Tisch. »Erschter Stock, drittes Zimmer links«, sagte er über die Schulter.

Marie hatte sich also ein Zimmer genommen. Das hieß, sie wollte länger bleiben.

Abel stellte sich auf die Zehenspitzen und suchte den Aufgang zum Obergeschoss. Doch der hintere Teil der Gaststube war durch den Wirtshausdunst nicht zu erkennen. Also beschloss er, einen anderen Weg zu suchen. Er warf noch einmal einen Blick auf den Mann mit dem Löffel. Dieser trank immer noch. Doch jetzt lief ihm der Wein durch den Bart und tropfte auf sein Wams. Die Menge johlte. Abel machte kehrt und verließ die Gaststube.

Wieder auf dem Marktplatz wandte er sich zum Hoftor des *Riesen*. Dieses stand offen und Abel konnte in den Hof blicken. Ein Mann kam aus dem Abort neben dem Misthaufen und verschwand in der Tür, die vom Hof in das Gasthaus führte. Abel folgte ihm. Jetzt stand er in einem Gang, der den Geräuschen nach die Gaststube mit der Küche verband. Hinter sich entdeckte er eine steile Stiege in das obere Stockwerk. Abel raffte die Kutte und nahm zwei Stufen auf einmal. Welche Zimmertür hatte der Wirt genannt? Abel ärgerte sich, nicht richtig hingehört zu haben. Auf Zehenspitzen schlich er zur ersten Tür im Gang. Die Dielen knarzten. Abel legte sein Ohr an die Tür. Dahinter war es ruhig.

Plötzliches Husten ließ ihn hochfahren. Es kam aus dem nächsten Zimmer. Der Husten wurde lauter und ging in heiseres Bellen über. Dann ebbte das Bellen ab. Schleimgewürge folgte. Abel wartete, bis es wieder still war, dann ging er weiter. Hinter der dritten Tür hörte er, wie eine Frauenstimme ein Kirchenlied summte. Das musste Marie sein. Abel streckte sich und holte Luft, dann klopfte er.

»Wer da?«

Abel zögerte. Er war sich nicht mehr sicher.

»Ich bin's, Abel.«

Abel hörte einen unterdrückten Schrei. Marie! Er griff zur Klinke und wollte eintreten. Doch die Tür war verschlossen.

»Ich komme!«

Schon im nächsten Augenblick drehte sich der Schlüssel

und Marie stand vor ihm. Die Arme ausgebreitet strahlte sie ihn an.

Auf dem Weg hierher hatte Abel sich ausgemalt, wie er Marie umarmen und an sich drücken würde. Doch jetzt stand er da, steif wie eine gefrorene Vogelscheuche, und wusste nicht, was er tun sollte.

»Du bist hier?«, sagte Abel endlich und nahm Marie bei den Händen.

Marie machte einen Knicks. Ihr Strahlen war verschwunden. »Du freust dich gar nicht«, sagte sie.

Abel schluckte. »Natürlich freue ich mich.« Er ließ Maries Hände los und drückte sie an sich. Ihr Hals roch nach Sandelholz. Abel spürte, wie auch Marie ihre Arme auf seinen Rücken legte. Seine Knie zitterten. Dann löste er sich von ihr, schob sie ein wenig von sich weg und schloss die Tür. »Ich hab ganz vergessen, wie hübsch du bist«, sagte er, als er wieder bei ihr stand. Marie warf den Kopf in den Nacken.

Sie lächelte wieder und begann sich zu drehen. »Gefällt dir das Kleid?«

»Die Patrizierfrauen in Frankfurt sind nicht schöner geschmückt.«

»Wirklich?«

Jetzt lachte auch Abel. »Wirklich!«

Lautes Husten ließ sie zusammenfahren. Es klang, als stünde der Zimmernachbar direkt neben ihnen. Marie streifte ihr Kleid glatt. »Ich habe dir etwas mitgebracht«, sagte sie, ging zum Bett und holte aus ihrer Reisetasche einen Umschlag hervor. Abel runzelte die Stirn, als er sah, dass die Bettdecke mit Stroh gestopft war. Er schaute sich im Zimmer um. Ein Kleiderspind, dem man jedes einzelne Brett, aus dem er gezimmert war, ansah, eine Waschkommode mit eingelassener rostiger Wanne, ein Stuhl, ein schmales Tischlein und das Bett waren die ganze Einrichtung. Nicht einmal ein Spiegel, dachte Abel und schaute Marie an. »Ist das in Ordnung für dich?«

Marie verzog den Mund. »Etwas anderes war nicht zu finden. Alles belegt. Ist ja nur für ein paar Tage.«

Wieder bellte es aus dem Zimmer des Kranken. »Das ist viel schlimmer«, sagte Marie. »Das geht die ganze Zeit so.«

Jetzt drang auch Gejohle von der Gaststube herauf. »Da geht's hoch her«, sagte Abel, weil ihm nichts Besseres einfiel.

»Löffeltrunk«, antwortete Marie. »Alter Brauch unter den Kaufleuten.«

»Aha«, sagte Abel.

Marie reichte ihm den Brief. »Ich weiß es von der Wirtsfrau. Sie hat mich auf mein Zimmer geschickt. Wäre besser so, für ein anständiges Fräulein.« Marie schaute Abel an und lächelte. Abel sah die Grübchen in ihren Wangen und war versucht, sie zu küssen. »Eigentlich noch etwas früh für den Geleitzug. Die Woche nach Lätare ist doch ihre Zeit.«

»Etwas Ähnliches hat die Wirtsfrau auch gesagt. Es sollen Durchreisende sein, die den Hänselbrauch nachahmen. Geht wohl hauptsächlich ums Trinken. Wer den Löffel nicht schafft, muss den Saal freihalten.«

»Aha«, sagte Abel ein zweites Mal. Dann fragte er: »Wie bist du eigentlich hierhergekommen?«

»Mit der Kutsche!«

»Postkutsche?«

Marie tätschelte mit dem Brief Abels Brust. »Wo denkst du hin. Meinst du, Papa hätte mich so reisen lassen? Er hat mir seine Kutsche gegeben, und den Kutscher. Der ist schon wieder auf dem Heimweg. Da, nimm endlich.«

Abel sah Lothars Siegel auf dem Brief. Er nahm den Brief und legte ihn auf das Bett. Wenn er den Inhalt auch gerne sofort studiert hätte, Marie stand jetzt vor ihm. »Das hat Zeit«, sagte er. »Was heißt ›schon wieder auf dem Heimweg‹?«

»Es gab kein Zimmer mehr für den Kutscher, und auch die Ställe sind voll. Also habe ich ihn heimgeschickt. Ich bleibe hier und fahre mit dir auf dem Schiff weiter nach Frankfurt.«

Abel schluckte. »Aber ich weiß noch gar nicht …«

»Wenn du früher fertig bist«, unterbrach ihn Marie, »fahren wir eben früher nach Frankfurt. Mit der Postkutsche.« Marie sagte das zu Abel so selbstverständlich, als wäre sie es gewohnt, für sie beide zu planen.

Abel wich aus. »Wie war die Fahrt hierher?«

Marie stemmte ihre Hände in die Hüften. Ihr Oberkörper straffte sich. Abel blickte zur Seite. »Immer nur reisen, das wäre nichts für mich«, antwortete sie. »Ein Geschüttel und Gerüttel, dass es einem ganz übel wird.«

Abel antwortete, dass er aus diesem Grund lieber hoch zu Ross unterwegs sei.

»Warum hast du Papa eigentlich geschrieben?«, fragte Marie nach einer Pause.

Abel nahm sich vor, Marie nicht wieder zu verstimmen. »Eine böse Sache«, antwortete er.

Marie nahm Abel am Arm. »Du bist in Schwierigkeiten?«

Abel lächelte und schüttelte den Kopf. »Nein, nein.« Dann aber erzählte er ihr doch, was im Kloster passiert war. Dass er bedroht wurde, verschwieg er.

»Also wieder mal ein Toter«, sagte Marie, als Abel geendet hatte, und setzte sich auf die Bettkante.

»Ich werde den Schuldigen finden.«

»Gewiss«, sagte Marie, ließ sich nach hinten fallen, verschränkte die Arme unter dem Nacken und schaute zur Decke.

Ihr Kleid war hochgerutscht und gab zwischen Schuhen und Unterrock ein Stück Bein frei. Abel sträubten sich die Nackenhaare.

Marie sprach weiter. »Du solltest deine Kutte gegen den Rock eines bischöflichen Beamten tauschen.«

»Marie!«

»Warum nicht?« Marie hatte den Kopf gehoben und lächelte Abel an.

»Weil … weil ich ein Pater bin.«

»Das waren andere auch schon.«

Abel presste die Lippen aufeinander.

»War nur so ein Gedanke von mir«, sagte Marie und begann auf dem Bett zu wippen.

Abel überlegte. Wenn er so tun würde, als würde er nach dem Brief greifen wollen, dann das Gleichgewicht verlöre und sich auf dem Bett abstützen müsste …

Poch, poch!

Abel erschrak von dem lauten Klopfen.

»Essen ist da!«

Marie sprang auf und eilte zur Tür. Abel folgte ihr und stellte sich so hinter das Türblatt, dass er nicht gesehen werden konnte. Marie öffnete und achtete darauf, dass der Türspalt nicht zu groß wurde. Sie nahm ein Tablett entgegen, dankte und schob mit dem Fuß die Tür wieder zu. Wieder bellte es aus dem Zimmer gegenüber.

»Du hättest fragen sollen, wegen des Kranken. Sie müssen etwas unternehmen«, sagte Abel.

»Hab ich doch. Hätten schon alles Mögliche versucht. Mehr könnten sie nicht tun, sagt die Wirtin«, gab Marie zurück.

Sie stellte das Tablett auf den Tisch. »Hilfst du mir?«, fragte sie und deutete darauf. Es war eine einfache Mahlzeit aus Mischbrot, Käse und einem Humpen Bier. Abel hatte tatsächlich Hunger.

»Es ist dein Essen«, antwortete er.

»Das ist zu viel für mich. Komm, pack an!«

Abel half Marie, das Tischchen an das Bett zu stellen. Dort nahm sie erneut Platz, während Abel den Stuhl heranzog und sich ihr gegenübersetzte.

»Eigentlich wollte ich eine feine Pastete«, sagte Marie. »Aber die Wirtin ist hart geblieben.«

»Recht so!«, sagte Abel mit strenger Miene.

Marie blies die Backen auf. »Wenn du reist, dann gilt das Fastenverbot für dich doch auch nicht.«

Abel grinste. »*Quod licet Iovi, non licet bovi.*«

»Was heißt das?«

»Was Jupiter erlaubt ist, ist noch lange nicht jedem Ochsen erlaubt.«

Marie griff nach dem Kopfkissen und warf es auf Abel. »Selber Ochse«, sagte sie und lachte. Abel lachte mit.

Erneutes Husten aus dem Nachbarzimmer ließ sie beide verstummen.

Als sie gegessen hatten, schob Marie Abel den Brief hin. »Komm, mach ihn auf«, sagte sie. »Ich will sehen, ob Papa dir weiterhelfen kann.«

»Das ging übrigens schnell.« Abel wedelte mit dem Brief.

»Du hast geschrieben, es eilt. Also haben wir uns beeilt.«

Sie sagt ›uns‹, dachte Abel, obwohl ich ihrem Vater geschrieben habe. Dann brach er das Siegel auf und begann vorzulesen.

»Mein lieber Abel!

Du hast mich nicht wenig überrascht mit Deinen merkwürdigen Fragen und ich mag gar nicht so recht glauben, dass sie etwas mit Deinem Auftrag zu tun haben. Doch sei's drum, Du wirst Deine Gründe haben und sie mir nach Deiner Rückkunft erklären. Auch die Geheimnistuerei! Marie will unbedingt selbst diesen Brief überbringen. Sie hört kaum noch auf mich.«

Die nächsten beiden Sätze Lothars ließ Abel aus.

»Werde sie doch bald verheiraten müssen. Leider ist das Fräulein etwas wählerisch.«

Marie war aufgestanden und hatte sich hinter Abel gestellt. Er fühlte ihre Haare in seinem Nacken und drehte sich weg. »Na, na, du wirst doch nicht in fremde Briefe schauen wollen?«

Marie setzte sich wieder aufs Bett. »Seit wann sind Papa und du mir fremd?«

Abel überflog die nächsten Zeilen. Auch die beiden folgenden Sätze würde er auslassen.

»Doch gegen ihren Willen mag ich sie auch nicht in die Ehe drängen. Weißt Du nicht einen passenden Gemahl für sie?«

Dann las Abel wieder laut weiter.

»Aber jetzt zu Deinen Fragen. Vom Apotheker soll ich Dir Folgendes ausrichten: Praktische Erfahrung mit der Wirkung von Giften habe er nicht, doch wisse er trotzdem einiges darüber. Neben mineralischen Giften wie Arsen und Blei kämen vor allem Pflanzen wie der Blaue Eisenhut, Schlafmohn, Gefleckter Schierling, die Tollkirsche, das Bilsenkraut und der Stechapfel in Frage. Letztere Pflanze bewirke einen Verwirrungs- und Erregungszustand, der mit Geisteskrankheit verwechselt werden kann. Mit dem Gefleckten Schierling sei einst Sokrates getötet worden. Er führe zur Lähmung der Atmungsorgane und zu langsamem Ersticken. Der Blaue Eisenhut sei die giftigste Pflanze überhaupt, zumindest in unseren Landen. Isst man nur etwas von dieser Pflanze, zeige sich die Wirkung schon nach kürzester Zeit. Übelkeit, Erbrechen, Gefühllosigkeit des Körpers seien die Folgen. Näheres über Pflanzengifte würdest Du im Giftbuch des Tabernaemontanus oder in dem *Kurz Handbüchlin und Experiment vieler Artzneyen* von Hermann Ryff nachlesen können. Auch bei Hildegard von Bingen stünde einiges. Der Apotheker meint, Du müsstest sie alle in der Seligenstädter Klosterbibliothek finden. Nicht zu vergessen seien die Pilze.

Und nun zu Deiner wichtigsten Frage: Wie lassen sich Vergiftungen nachweisen? Es sei äußerst schwierig, wenn nicht unmöglich, Vergiftungen selbst dann festzustellen, wenn ein Verdacht bestehe. Behauptungen, wie ein vergiftetes Herz könne nicht brennen oder der Leichnam würde von Würmern verschont, seien nichts als Scharlatanerie.

Hoffentlich benutzt unser Apotheker sein Wissen nicht eines Tages. Hast Du gewusst, dass schon seit Hunderten von Jahren mit Gift gemordet wird? Selbst Päpste sollen mehrfach davon Gebrauch gemacht haben! Auch so etwas weiß der Apotheker. Nun aber ist's genug. Ich habe Dir hoffentlich helfen können.«

Die abschließende Mahnung »Gib auf Marie acht« überlas Abel und endete mit: »Es grüßt Dich herzlich aus Miltenberg Dein alter Freund Lothar«.

Rasch faltete Abel den Brief zusammen. Marie verzog den Mund. Abel dachte nach. Der Apotheker von Miltenberg wusste tatsächlich erstaunlich viel über Gift. Wusste Binsack ähnlich viel?

»Aufpassen sollst Du auf mich. Hat er das nicht geschrieben?« Marie riss Abel aus seinen Gedanken. Er schob das Tischlein zur Seite und nahm sie bei den Händen.

»Liebe Marie«, begann er, »die Stadt ist jetzt schon voll von Reisenden. Ich bin nicht dein Vater, kann dir nichts vorschreiben. Aber ich bitte dich, halte dich fern von den Kaufleuten und ihrem Gefolge. Da ist mancher üble Geselle darunter.«

Marie lachte. »Also hab ich recht gehabt. Ich will mich aber nicht nur in mein Zimmer einschließen. Es sei denn, du kommst mich möglichst oft besuchen.«

»So oft es geht«, antwortete Abel. »Doch du siehst, ich habe zu tun.« Abel wedelte erneut mit dem Brief.

Marie beugte sich vor und umarmte ihn. Abel vergaß Lothar, den Abt und die Toten. Doch dann ließ Marie ihn wieder los, stand auf, ging um den Tisch und zog auch Abel hoch. Sie schob ihn zur Tür. »Beeile dich, damit du fertig wirst!«, sagte sie.

»Gegen Abend komme ich wieder, versprochen«, entgegnete Abel.

»Ich bleibe solange hier«, antwortete Marie und drückte hinter ihm die Tür zu. Abel wartete noch, bis sich der Schlüssel im Schloss gedreht hatte. Dann ging er.

IX

Als Abel die Treppe hinunterstieg, hörte er erneut das Husten des Kranken. Er blieb daher unten am Treppenabsatz stehen und schaute durch die offene Tür in die Küche. Eine kräftige ältere Frau, die Wirtin, wie es schien, werkelte mit einer Magd an den Herden.

Abel trat ohne Gruß durch die Tür und sprach die Wirtsfrau an. »Oben liegt ein Mann und hustet sich die Seele aus dem Leib.«

Die Wirtin blickte auf. »Ihr loschierd abber net hier!«

Abel spürte, wie ihm das Blut in den Kopf stieg. »War einen Bekannten besuchen«, stotterte er. »Hilft dem Mann niemand?«

Die Wirtsfrau zeigte mit ihrem Kinn auf Abels Kutte. »Vielleischt hilft ja bete?«

»Es gibt auch Medizin«, antwortete Abel.

Die Frau wandte sich wieder ihren Töpfen zu. »Ham scho alles probiert. Wickel mit haaßem Säufett, Wurzelsalb, Kräutertee, alles. Net emal des Wunnermittel aus Eurer Abbodeeg hat geholfe.«

Abel ließ die Frau im Glauben, er gehöre der Seligenstädter Abtei an. »Ich melde mich wieder«, sagte er und ging davon.

»Warum nemmt Ihr ihn net mit?«, rief die Wirtin ihm nach. »Isch kann hier kaa Dode gebrauche.«

Draußen im Hof begann Abel, von Pflasterstein zu Pflasterstein zu hüpfen. Hat Marie es nicht doch ernst gemeint, als sie ihn aufforderte, die Kutte gegen einen Beamtenrock zu tauschen? Bestimmt. Doch wenn das nur so einfach ginge! Jedenfalls wünschte sie sich, ihn möglichst oft zu sehen. Er würde sie nicht enttäuschen. Ob Lothar wirklich nicht wusste, warum seine Tochter nicht verheiratet werden wollte?

Ein Wagengespann versperrte die Einfahrt. Der Händler und sein Knecht zurrten gerade die Planen nach. Abel drängte sich unbemerkt vorbei.

»Lodn mir heid nimmer oba?«, fragte der Knecht.

»Schluss is heid«, sagte der Händler. »Allmechd naa, ich hob an Durschd. Des Klosda kann waddn.«

Abel verlangsamte den Schritt.

»Wos is eichendlich in denna Sägg mit denna rodn Bändl?«, hörte er den Knecht fragen.

»Mönchspfeffer.«

»Die ham ihrn eichena Pfeffer?«

»Debbala. Des ist ka Gewürz. Auf jeden Foll ned wirklich. Bremsd die Fleischeslusd.«

Abel war stehen geblieben und drehte sich um. Der Händler stand da, die Hände im Schritt, und lachte gerade heraus. »Abba des du die Goschn häldsd«, sagte er dann und prustete erneut los. »Außer dem Küchnmasda derf des kaner wissn!«

Abel zog sich in die nächste Seitengasse zurück. Von dort aus musterte er den Wagen. Er wollte ihn wiedererkennen, wenn dieser morgen auf den Hof der Abtei fuhr. Severin bezog also Mönchspfeffer. Offenbar lieferte man diesen heimlich und in größeren Mengen. Warum? Während des Noviziats hatte Abel immer wieder von Pflanzen gehört, die geeignet sein sollten, die fleischliche Begierde zu zügeln. Niemand wusste genau, wie es sich damit verhielt. Aber nahezu jeder hatte etwas dazu zu sagen, wenn sie in unbeobachteten Augenblicken darüber tuschelten. Die Raute zum Beispiel oder der Schierling, den Lothar in seinem Brief auch als Giftpflanze erwähnt hatte, sollten helfen, das Gelübde der Keuschheit leichter einzuhalten. Auch diesem Mönchspfeffer sagte man ähnliche Wirkung nach. Sie hatten alles ausprobiert. Er hatte damit keinen Erfolg verspürt. Was ihm geholfen hatte, war arbeiten, beten, fasten und wenig Schlaf. Bis er Marie kennengelernt hatte.

In jedem Kloster gab es Mönche, die ihre Fleischeslust nicht zügeln konnten. Und nicht nur die Klöster, auch die Pfarrhäuser und Bischofssitze waren Orte, an denen die Gebote missachtet wurden. Niemand nahm Anstoß, solange beide Geschlechter sich um Heimlichkeit bemühten und hin und wieder ihre Sünden beichteten. So aber wollte Abel mit Marie nicht leben, das war ihm klar.

Inzwischen war der Händler mit seinem Fuhrknecht in der Gaststube des *Riesen* verschwunden. Abel ging zurück in die Abtei. Zuerst suchte er dort den Apotheker auf. Binsack bediente gerade eine ältere Dienstmagd aus der Stadt. »Darmträgheit?«, hörte er ihn sagen. »Warum trinkt Ihr nicht das Wasser vom Roten Brunnen?«

»Heb isch doch. Is noch schlimmer worn.«

»Was? Was einem Kurfürsten einmal das Leben gerettet hat, soll einem Tagelöhnerweib nicht helfen?«

»Vielleischd lichds ja am Misthaufe nebedro.«

Binsack knurrte, griff in eine der vielen Schubladen, holte eine Handvoll Kräuter hervor und legte sie der Frau in die dargereichte Schale.

»Hier nehmt das. Kamille, Pfefferminze und Wermut. Macht einen Tee daraus. Reibt zusätzlich abends einen Apfel, lasst ihn stehen, bis der Brei braun wird, und esst ihn dann.«

Die Frau verbeugte sich. »Vergelts Gott, Herr Abbodeeger.«

Abel wartete, bis sie verschwunden war. »Wasser vom Roten Brunnen?«, fragte er den Apotheker.

»Ein Brunnen in der Stadt. Seinerzeit, als die Pest wütete, nahm Kurfürst Schweikard von Cronberg Zuflucht hier im seuchenfreien Seligenstadt. Aber ihn hat die Darmträgheit geplagt. Die Ärzte rieten ihm, das Wasser vom Roten Brunnen zu trinken. Es soll geholfen haben.«

»Ich bin kein Kurfürst, leide auch nicht an Darmträgheit, aber etwas, das gegen Husten hilft, habt Ihr das auch?«

»Ihr seid krank?«

»Nein, nicht ich.« Abel überlegte, was er dem Apotheker sagen sollte. »Unter den Fuhrleuten draußen in der Stadt ist ein armer Schlucker, der braucht unbedingt Hilfe.«

Binsack schaute Abel an. »Ihr kümmert Euch jetzt also auch um Kranke außerhalb des Klosters?«

»Zufall. Habe das Elend gesehen und Hilfe versprochen.«

Binsack brummelte etwas vor sich hin, bückte sich, zog eine weitere Schublade hervor und stellte sie auf die Theke. »Hier, ich gebe Euch etwas von Hortensius' besonderer Mischung. Zwanzig Teile Anis, zehn Teile Thymian und zwanzig Teile Spitzwegerich. Dazu noch Eibisch, Königskerze, Schlüsselblume und Veilchen. Ein Löffel davon auf eine Tasse heißes Wasser und eine gute Weile ziehen lassen. Dazwischen den Dampf tief einatmen. Den warmen Tee dann in kleinen Schlucken trinken. Sollte ihm bald …«

»Verzeiht, Apotheker«, unterbrach ihn Abel. »Sie haben's schon mit Kräutern probiert. Selbst Salomons Theriak hat nicht geholfen.«

Binsack stellte den Tee zurück. »Ein Fuhrmann?«, fragte er und schaute Abel mit gerunzelter Stirn an.

Abel nickte.

»Haben immer Durst, diese Kerle. Wahrscheinlich ist es die Leber. Hartnäckiger Husten kommt meist von der Leber, weil sie die Kraft für die Lunge liefert. Als erstes kein Wein und kein Bier mehr, schon gar nicht Branntwein. Auch kein fettes Essen.« Binsack griff in das Gestell hinter sich, holte eine Flasche herunter und begann, daraus etwas Saft in einen Flakon abzufüllen. »Hirschzungenfarn, Langer Pfeffer, Zimt. Dreimal täglich bis zu fünf Löffel. Schmeckt etwas scharf, hilft aber.«

»Auch von Hortensius?«, fragte Abel.

»Nein, nicht vom Gärtner. Hildegard von Bingen empfiehlt

diese Medizin. Reinigt vom Schleim und schädlichen Säften.«

»Vergelts Gott.« Abel nahm das Fläschchen und eilte damit zurück zum *Riesen*. Als er dort in die Küche trat, sperrte die Wirtsfrau Mund und Augen auf. Abel überreichte ihr die Medizin und erklärte deren Anwendung. Die Wirtin, die gerade das Herdfeuer schürte, legte das Holzscheit zurück und machte einen Knicks. Dann murmelte sie ein »Gelobd sei Jesus Christus« und wandte sich sofort zur Treppe.

»In Ewigkeit! Amen«, antwortete Abel. Er fügte noch ein kurzes »Ich komme morgen wieder« hinzu und verließ das Gasthaus. Draußen rieb er sich die Hände. Er hatte die nächsten Tage einen wichtigen Grund, immer mal wieder im *Riesen* vorbeizuschauen.

Zurück in seinem Zimmer stellte Abel wieder den Stuhl an die Tür, warf sich aufs Bett und starrte zur Decke. Er ging noch einmal Lothars Brief durch. Half ihm das weiter, was der Freund ihm geschrieben hatte? Eigentlich nicht. Zwar war vieles, was Lothar erfahren hatte, für ihn neu, aber mit welchem Gift Salomon möglicherweise getötet worden war, dafür gab es keinen Hinweis. Abels Gedanken schweiften ab.

Marie war in Seligenstadt und sie hatten sich umarmt. Zum ersten Mal so, wie das Liebende tun. Das war mehr als das Händehalten bisher oder die flüchtigen Küsse auf die Wange. War das schon Sünde? Die Umarmung allein sicherlich nicht, aber das, was sich dahinter verbarg, die Gedanken, die er dabei hatte, das schon. Jedenfalls bei jemandem, der Keuschheit gelobt hatte. Diese Sünde könnte er zwar beichten und anschließend Buße tun. Doch würde es helfen? Würde er Marie dann vergessen können? Wie sollte das gehen, wenn er seinen Freund, ihren Vater, besuchte und ihr dabei begegnete? Würde er das überhaupt wollen, sie vergessen? Was aber blieb ihm dann übrig? *Apostasia a religione*, das schuldhafte Verlassen des Ordens, wurde mit der Exkommunikation bestraft. Das konnte auch Marie nicht wollen. Ein Austrittsindult des

Abtes, die Erlaubnis vorübergehend für eine gewisse Zeit das Kloster zu verlassen, war die einzige Möglichkeit. Abel drückte sein Gesicht in das Kissen. »Heilige Jungfrau Maria, hilf mir«, murmelte er. Dann begann er zu beten.

Plötzlich richtete sich Abel auf. Was hatte Lothar noch über den Eisenhut geschrieben? Abel holte den Brief aus seiner Brusttasche hervor. Da stand doch etwas von ... Abel überflog die erste Seite, wechselte zur zweiten. Sein Finger fuhr die Zeilen entlang. Hier: Übelkeit, Erbrechen, Gefühllosigkeit des Körpers seien die Folgen. Hatte nicht Binsack Ähnliches über den verstorbenen Novizen berichtet? Abel ließ den Brief sinken. Heiliger Benedikt, das würde ja bedeuten, dass auch Simon vergiftet worden war. Abel setzte sich auf die Bettkante. »Eisenhut«, flüsterte er, »die giftigste Pflanze überhaupt.«

Abel beschloss, den Apotheker zum Eisenhut zu befragen. Er war sich endgültig sicher, den Apotheker von der Liste der Verdächtigen streichen zu können. Hätte dieser den Novizen ermordet, er hätte sicherlich nicht so bereitwillig die Zeichen der Vergiftung geschildert.

Abel steckte den Brief Lothars unter sein Kopfkissen. Dann kroch er unter sein Bett. Dort hatte er ein paar Rosshaare und etwas Wagenschmiere verborgen, die er sich bei seinen Rundgängen im Pferdestall besorgt hatte. Er zog ein Rosshaar aus dem mitgebrachten Knäuel und nahm etwas Fett auf den Finger. Dann steckte er den Kopf aus der Zimmertür. Niemand war zu sehen. Rasch schlüpfte er hinaus und klebte mit dem Fett das Rosshaar oben zwischen Türblatt und Rahmen. Jetzt würde er bei seiner Rückkehr sehen können, ob jemand sein Zimmer in seiner Abwesenheit betreten hatte.

Abel traf Binsack auf der Krankenstation. Dieser versorgte dort mit Georg, Salomons ehemaligem Gehilfen, zwei Kranke.

»Aha, der neue Infirmarius«, neckte Abel.

Binsack knurrte. »Einer muss es ja tun. Was gibt's? Schon wieder ein Kranker?«

Abel lächelte. »Nein, das nicht. Aber ich würde Euch gerne sprechen.« Mit dem Kopf wies Abel zur Tür. Binsack hieß dem Jungen, bei den Kranken zu bleiben, und ging Abel voran hinaus auf den Gang.

»Ja?« Abel bat Binsack, ihm die Treppe hinab in die Apotheke zu folgen. Dort schloss er die Tür und lehnte sich von innen dagegen. Dann blickte er Binsack an. »Ich muss Euch etwas sagen.« Darauf begann er zu berichten, wie er zu der Auffassung gekommen war, dass Salomon sich nicht selbst getötet haben konnte. Immer wieder fragte Binsack nach, weil er nicht glauben wollte, was Abel ihm erzählte.

»Der Abt muss von unserem Gespräch nichts wissen«, sagte Abel am Ende.

Draußen auf dem Gang hallten Schritte. Abel senkte die Stimme. »Ohne Eure Hilfe komme ich nicht weiter.«

»Ihr seht mich immer noch sprachlos«, entgegnete Binsack. »Salomon ermordet?« Doch dann streckte er sich. »Ich stehe zur Verfügung«, sagte er.

Abel atmete auf. »Und der Cellerar? Er hat Euch doch verboten, mit mir zu reden!«

Binsack antwortete: »Ich behalte für mich, was Ihr sagt, und Ihr behaltet für Euch, was ich sage.«

Abel lächelte. »Ich wusste es, Ihr seid ein aufrechter Mann.« Es schien, als würde Binsack etwas größer werden. »Der Novize, von dessen seltsamer Krankheit Ihr mir berichtet habt, der ist auch vergiftet worden.« Abel erschrak, so rasch sank Binsack zusammen.

»Jetzt übertreibt Ihr aber.«

Abel schüttelte den Kopf.

»Wie kommt Ihr denn darauf?«

»Die Anzeichen, von denen Ihr berichtet habt. Alles deutet auf eine Vergiftung mit Eisenhut hin.«

»Das kann nicht sein«, sagte Binsack fest.

»Warum nicht?«

Binsack holte den Schlüssel zum *laboratorium* vom Türstock und schloss auf. Drinnen trat er vor das Gestell mit den Büchern, fuhr mit dem Zeigefinger die Buchrücken entlang, stoppte, zog einen Band hervor und begann zu blättern. »Mal sehen, was Tabernaemontanus in seinem Giftbuch schreibt.«

Abel stellte sich neben Binsack und versuchte mitzulesen.

»Da! Von Eysenhütlein.« Binsack hielt sich das Buch vor die Augen. »Es ist diss Kraut vor allen anderen Gewächsen das ärgste Gift, dass auch der beste Theriak nichts dagegen schaffen kann, derowegen diejenigen, so diss Kraut im Garten wachsen haben, fleißig Achtung geben sollen, damit das tödliche Kraut nicht unter anderen Kochkreutern genommen werde, dann es den Menschen in kurtzer Zeit umbs Leben bringt.« Binsack fuhr mit dem Finger die Zeile entlang. »Schon das Pflücken des Krauts kann eine Vergiftung verursachen, denn dero Saft dringet auch durch die Haut und ruft Ausschlag hervor.«

Binsack machte eine kleine Pause. Abel drängte sich an ihn heran. Dann endlich las der Apotheker weiter vor: »Isst man nur etwas von dem Kraut, so zeigt sich die Vergiftung allda nach kurtzer Zeit. Mund und der Rachen werden gefühllos, Übelkeit überkompt, Erbrechen und Durchfall folgen und der gesamte Körper thut gefühllos werden. Der Erkrankte wird kribblig, fühlet starke Kälte und herabgesetzte Temperatur.«

»War das nicht bei Simon auch so gewesen?«

Binsack hörte nicht hin. »Hier, das habe ich gesucht.« Dann las er langsam und betont: »Dero qualvoller Prozess kann dauern von einer halben Stunde bis zu drey Stunden.«

Der Apotheker klappte das Buch zu. »Jetzt kann ich es Euch gestehen«, fuhr er fort, »Salomon hatte selbst schon solche Vermutungen über Gift angestellt. Aber Simon ist nicht nach einer halben Stunde gestorben. Auch nicht nach drei oder fünf Stunden, sondern eine Woche später, nachdem er sich zum ersten Mal unwohl gefühlt hatte.«

»Vielleicht hat der Mörder die Dosis absichtlich gering gehalten, sie mehrmals verabreicht, um keinen Verdacht aufkommen zu lassen?«

Binsack schüttelte den Kopf. »Simon hat während seiner letzten Tage, wenn überhaupt, nur gegessen und getrunken, was Salomon ihm gegeben hat.«

»Ausgeschlossen, dass ein Dritter die Mahlzeiten vergiftet hat?«

»Ausgeschlossen!«

»Wie könnt Ihr da so sicher sein?«

»Weil …«, Binsack räusperte sich, »weil Salomon Tag und Nacht bei dem Jungen gewacht hat. Jedenfalls nachdem er diesen Verdacht mit dem Gift hatte und Simon auf die Krankenstation hatte bringen lassen.«

Abel zog Binsack am Rock: »Und Salomon selbst …?«

Der Apotheker wich zurück. »Pater, das dürft Ihr nicht einmal denken!«

»Schon gut, schon gut, Binsack.«

»Verzeiht, Pater, aber ich muss zurück auf die Krankenstation.«

Abel nickte und sagte: »Zwei kurze Fragen noch. Der Schlüssel zum *laboratorium*, liegt der immer auf dem Türstock?«

»Erst seit Salomon tot ist. Zuvor hatte er ihn immer bei sich«, antwortete Binsack.

»Und der Novize, wo hat er geschlafen?«, fragte Abel weiter.

Der Apotheker schaute Abel fragend an.

»Möchte mir nur einmal seine Zelle anschauen.«

»Kommt mit. Georg soll sie Euch zeigen.«

X

Zurück in der Krankenstation beauftragte Binsack den Gehilfen Georg, Abel zu Simons Zelle zu führen. Diese lag abseits der *clausur*, war klein und düster. Abel meinte, noch Erbrochenes zu riechen. Er ging zum Fenster, öffnete es und schaute hinaus. Unter ihm lag ein kleiner Innenhof.

Abel nahm Georg bei der Schulter und schob ihn zur Tür hinaus. »Vielen Dank. Du kannst zurück auf die Krankenstation.« Dann zog Abel die Tür zu.

Er dachte an seine eigene Zeit als Novize. Früh um halb sechs Uhr begann der Tag. Er und fünf andere wurden mit einem Hammerschlag an die Tür geweckt und mussten sich an einem gemeinsamen *lavatorium* waschen. Punkt viertel vor sechs Uhr wurde kniend ein kurzes Gebet verrichtet, um dann ab Sechs mit den übrigen Patres im Chor die *horae* zu singen, was bis sieben Uhr ging. Von Sieben bis Acht folgte geistlicher Unterricht, danach hatten sie sich mit dem Lesen heiliger Legenden zu beschäftigen. Um Neun ging es erneut in den Chor, wo wiederum die *horae* gesungen wurden. Danach war heilige Messe. Noch heute liebte er das Hochamt mit seiner festlichen Musik. Anschließend mussten sie für den Konvent den Mittagstisch richten. Von Elf bis Zwölf wurde unter dem Lesen von Psalmen zu Mittag gespeist. Hierauf war bis ein Uhr gemeinsames Gebet und Unterricht im Choral-Singen. Dann wurden sie in die Statuten des Ordens eingeweiht. Bis um halb Sechs zu Nacht gespeist wurde, hatten sie wieder zu lesen und die *vesper* zu singen. Schlag halb Acht erhielten sie schließlich vom Pater Instruktor den Segen und mussten sich schlafen legen. Aber schon gegen Mitternacht wurden sie wieder geweckt, um die *mette* zu singen und geistliche Betrachtung zu halten. Erst gegen halb Zwei durften sie dann wieder ins Bett. Diese Ordnung auf den Uhrenschlag, dieses immerwährende Beten und Singen, dazu das Schweigen, das alles hatte Abel mitgeholfen, die Abgeschiedenheit von der Welt zu vergessen.

Abel sog noch einmal frische Luft in seine Lunge, dann drehte er sich um. Genau genommen wusste er gar nicht, was er hier wollte. Einen Augenblick lang hatte er gehofft, hier in Simons Zelle irgendeinen Hinweis zu finden, an was dieser zunächst erkrankt und dann gestorben sein könnte. Jetzt aber, wo er hier stand, entdeckte er nichts, was ihn weiterbringen könnte. Er ging zum Spind und öffnete die Tür. Die Kleider waren ausgeräumt. Auch sonst fanden sich darin keine Gegenstände mehr von Simon.

Hatte es überhaupt Sinn, hier nach etwas zu suchen? Wenn ich schon einmal da bin, dachte Abel, und wischte mit seinem Arm über den Spind. Nichts als nur ein wenig Staub. Er klopfte seinen Ärmel wieder sauber und ging zum Bett. Handbreit für Handbreit drückte er die Bettdecke ab. Doch im Stroh war nichts Besonderes zu spüren. Auch nicht im Kopfkissen. Abel fuhr über das Bettlaken, drehte die Matratze um. Nichts war zu sehen. Er kroch sogar unter das Bett. Wie auf dem Spind fand er nur etwas Staub. Hätte mich auch gewundert, dachte Abel, richtete seine Kutte und ließ noch einmal seinen Blick durch die Zelle schweifen. Dann verließ er diese.

»Frische Luft wäre jetzt gut«, sagte Abel leise und trat in den Hof der Abtei. Als er die Frühlingsluft einatmete, bemerkte er, dass es an seiner rechten Hand juckte. Er begann die Handfläche zu kratzen. Plötzlich wurde ihm bewusst, dass es ihn schon die ganze Zeit über juckte. Er schaute auf seine vom Kratzen gerötete Haut. Das waren doch nicht Läuse? Auf jeden Fall sollte er sich waschen.

Da stand plötzlich Peter vor ihm. »Pfeifchen schnitzen, bitte«, bettelte der Junge. Abel wollte Peter schon wegschicken, doch dann besann er sich anders. Er konnte seine Hände auch im Mühlbach waschen. Dort würde er zudem ein passendes Stück Weide für ein Pfeifchen finden.

Nachdem er sich bei der Schmiede ein Messer ausgeliehen hatte, ging Abel mit dem Jungen zum Mühlbach. Dort wusch er sich zunächst gründlich die Hände. Dann suchte er eine Weide. Von einer fingerdicken Rute schnitt er mit dem Messer ein spannenlanges Stück herunter und zog mit zwei Schnitten eine Kerbe in das obere Ende. Dann ritzte er am hinteren Teil die Rinde rundherum bis zum Holz ein. Peter ließ ihn nicht aus den Augen. Unter ständigem Drehen begann Abel nun, das Holz mit dem Messerrücken zu klopfen. Dann war es soweit: Die Rinde hatte sich vom Holz gelöst und ließ sich abziehen. Abel gab acht, dass Peter genau verfolgen konnte, wie er die Hülse ganz herunterzog und von dem entrindeten Holz dort, wo sich die Kerbe befand, ein Stückchen abschnitt. Dieses Hölzchen flachte er ein wenig ab und schob es als Mundstück zusammen mit dem längeren Teil in die Rindenhülse zurück. Als er das Pfeifchen an seinen Mund hielt und ihm die ersten Töne entlockte, leuchteten Peters Augen. Wie Abel dann noch begann, die Rindenhülse auf und ab zu schieben und so dem Holzstück eine kleine Melodie entlockte, hielt es Peter nicht mehr aus und riss Abel das Pfeifchen aus der Hand. Lachend ließ Abel es geschehen. Dann streichelte er dem Jungen noch einmal über den Schopf und schickte ihn davon.

Die ganze Zeit über hatte nur Abels rechte Hand gejuckt. Jetzt spürte er den Juckreiz auch an der Linken. Abel wickelte die Ärmel seiner Kutte zurück und sah, dass sich die Handgelenke ebenfalls gerötet hatten. Er nahm vom Bachufer eine Handvoll sandige Erde und rieb die juckenden Stellen damit ab. Dann wusch er sich gründlich. Das kühle Wasser tat gut und der Juckreiz ließ nach. Abel richtete sich auf und betrachtete seine Hände. So konnte er nicht zu Marie. Er trat in den Sand. Das Jucken nahm wieder zu. Ständig musste er sich kratzen. Sollte er Binsack sagen, wo er sich das geholt hatte? Würde dieser schweigen? Abel betrachtete seine Unterarme. Jetzt hatten sich dort sogar Pusteln gebildet.

Plötzlich erstarrte er. Was hatte der Apotheker über die Vergiftung mit Eisenhut vorgelesen? War da nicht auch ein Hautausschlag beschrieben und dass der Saft auch durch die Haut eindringen kann? Abel betrachtete erneut seine Unterarme. Dann versteckte er diese in der Kutte und eilte hoch in sein Zimmer. Das aufgespannte Rosshaar an der Tür war unversehrt, wenigstens hatte niemand seine Zelle betreten. Abel klemmte den Stuhl unter die Türklinke und warf sich ins Bett. Halblaut begann er zu beten: »Gegrüßet seist Du, Maria …«

Nach einer Weile blickte er wieder auf seine Hände. Sie waren immer noch rot, juckten aber kaum noch. Er stand auf, ging zum Fenster und neigte den Kopf zur Mariensäule.

Abel überlegte. Wenn das an seinen Händen giftiger Eisenhut war, musste er sich den Ausschlag bei der Suche in Simons Zelle geholt haben. Die Giftpflanze selbst konnte nur aus dem Klostergarten stammen. Zu dieser Jahreszeit aber würde er sie dort nicht finden. Der Täter musste die Pflanze bereits vor dem Winter geerntet haben. Das hieße aber, er hatte den Mord schon lange geplant. Oder waren auch die abgestorbenen Teile noch giftig? Gemahlen und ins Bett gestreut, hatte Simon nichts von dem Gift bemerkt. Was hatte Simon sich zuschulden kommen lassen, dass ihn jemand ermorden wollte?

Es war nun später Nachmittag und etwas Zeit bis zur *vesper*. Abel beschloss, sich den Klostergarten etwas näher anzuschauen. Nachdem er das Rosshaar wieder an seine Zimmertür geklebt hatte, lief er hinab in das Höfchen und kam von da hinaus in den Garten. Sauber lagen die Beete vor ihm. Er sah Hortensius beim Umgraben des letzten verbliebenen Fleckens. Abel hätte sich lieber unbeobachtet umgesehen. Doch er wollte keine Zeit verlieren. Also betrat er den Hauptweg. Der Kies knirschte unter seinen Sandalen und Hortensius blickte auf. In seinem blauen Kittel sah der Bruder Gärtner aus wie ein gewöhnlicher Arbeiter. Hortensius hatte die Ärmel nach hinten gewickelt, sodass man seine sehnigen Unterarme sehen konnte. Der Gärtner stieg in Abels Achtung. Die meisten Mönche scheuten körperliche Arbeit. Doch sogleich mahnte Abel sich zur Vorsicht. Hortensius zählte zu den Verdächtigen. Er hatte, wie vielleicht kein zweiter, die Kraft, den schweren Körper Salomons über die Fensterbrüstung zu wuchten.

Eine Weile verfolgte Hortensius Abels Schritte, dann grub er weiter in der Erde. Abel schlenderte an der Buchseinfassung entlang auf einen Zierbrunnen zu. Das Wasser im Becken war abgelassen, die Brunnenfigur noch mit Stroh umwickelt. Abel umrundete das Becken, die Augen immer auf die Beete daneben gerichtet. Hier standen die ausdauernden Heilkräuter. Abel schloss es aus der Tatsache, dass auf diesen Beeten nicht umgegraben war und er Pflanzen sah, die er kannte. Den Salbei, zum Beispiel, der den Winter gut überstanden hatte und den es hier in verschiedenen Arten zu geben schien. Oder den Schnittlauch und den Rhabarber, die beide schon zu treiben begannen. Die Natur entwickelte sich am Main deutlich früher als im Odenwald. An anderer Stelle zeigten abgestorbene Stängel an, wo die Pflanzen im Boden den Winter überdauerten. Wenn Hortensius die letzte Scholle gewendet hatte, würde er hier sicherlich abräumen.

Abel versuchte, sich an die Zeichnung des Eisenhuts im Giftbuch des Tabernaemontanus zu erinnern. Nach der blauen Blüte musste er nicht suchen, die hatte den Winter bestimmt nicht überdauert. Aber einen verholzten Stängel, ein noch nicht ganz zersetztes Blatt sollte sich finden lassen. Sofern Hortensius überhaupt die Pflanze im Klostergarten hatte. Abel hielt Ausschau nach etwa handtellergroßen, geschlitzten Blättern.

»Kann ich Euch helfen?«

Abel fuhr herum. »Habt Ihr mich erschreckt, Hortensius.«

»Ihr sucht etwas Bestimmtes?«

»Eigentlich nicht«, log Abel. »Will mich nur umsehen.«

Hortensius blickte Abel an. »Ihr seid neugierig.«

»Ich habe einen Auftrag.«

»Ich weiß. Ihr sollt dem Erzbischof einen Bericht liefern. Doch abgestorbene Kräuter werden ihn kaum interessieren.«

Abel blickte dem Gärtner ins Gesicht. »Die Kräuter gehören sehr wohl zu meinem Auftrag. Ist schließlich ein gutes Geschäft, wie Ihr selbst gesagt habt.«

Hortensius schniefte. »Salomons Mittelchen haben sich gut verkauft. Was hier wächst, wird meist verschenkt.«

Abel ergriff die Gelegenheit. »Was wächst denn hier?«

Hortensius streckte sich. »Wollt Ihr das wirklich wissen?«

»Ich bitte darum.«

Hortensius räusperte sich. »Viel könnt Ihr jetzt nicht sehen. Es ist die falsche Jahreszeit. Aber wohlan denn. Also, die Heilpflanzen sind nach verschiedenen Krankheitsbildern geordnet. Hier zum Beispiel, wo wir gerade stehen, ist das Beet mit allem, was es gegen Hautkrankheiten gibt.« Hortensius zeigte auf Abels Hände. »Ihr solltet Euch vom Apotheker etwas geben lassen.«

Abel versuchte, seine Hände, soweit es ging, in den Ärmeln der Kutte zu verbergen.

Hortensius fuhr fort. »Dort haben wir, was bei Erkältungen hilft, daneben etwas gegen das Zipperlein und hier, hinter uns«, Hortensius drehte sich um, »gegen Gemütsleiden und Frauenkrankheiten. Da vorne, neben den Zwergobstbäumen, stehen im Sommer die Blumen für die Bienen und die Basilika. Weiter hinten seht Ihr …«

»Ein Freund von mir hat Herzleiden«, unterbrach ihn Abel. »Was empfehlt Ihr da?« Abel erinnerte sich, dass bei Tabernaemontanus stand, Eisenhut würde helfen.

»Herzleiden?« Hortensius kratzte sich am Hals. »Ihr meint nicht das Verliebtsein? Das gehört zu den Gemütskrankheiten.«

Zum ersten Mal sah Abel den Gärtner lächeln.

»Sicher nicht«, antwortete Abel.

»Dann muss ich Euch enttäuschen. Bei Herzzittern, Herzklopfen, Beklemmungsgefühlen und Altersherz hilft der Weißdorn am besten. Der wächst aber nicht hier. Der Apotheker lässt die roten Beeren draußen in der Flur ernten. Was ich hier habe …«, Hortensius ging einige Schritte weiter und deutete auf ein paar Pflanzenreste, »… ist Baldrian. Seht Ihr die Stängel? Oder dort, der Rosmarin, noch abgedeckt. Wer morgens schwer auf die Beine kommt, sollte Rosmarintee trinken. Oder hier, das Herzgespann. Sind ebenfalls nur die Stängel zu sehen. Wird schon im *Gart der Gesundheit* beschrieben.«

Abel kam der Buchtitel bekannt vor. »Und die vertrocknete Pflanze dort?« Abel hatte einige geschlitzte Blätter erkannt und deutete darauf.

»*Napellus*, der Eisenhut«, sagte Hortensius. »Der blaue. Hilft auch, ist aber auch giftig.«

»Wie giftig?«

Hortensius wackelte mit dem Kopf. »Schon das Pflücken der Pflanze kann eine Vergiftung verursachen. Der Pflanzensaft dringt nämlich auch durch die Haut und … Moment mal!« Hortensius ging auf das Beet zu und bückte sich. Abel trat neben ihn. Der Gärtner begann, mit den Händen in der Erde zu kratzen. »Merkwürdig«, murmelte er.

»Katzen?«, fragte Abel.

»Eher ein Kaninchen. Muss wieder Fallen aufstellen.«

Hortensius richtete sich auf. »Ihr müsst wiederkommen, im Sommer, wenn alles blüht. Dann seht Ihr mehr.«

»Das werde ich, Bruder Gärtner. Ganz bestimmt.«

Hortensius' Augen leuchteten. »Wollt Ihr noch mehr sehen? Das Bienenhaus vielleicht?«

»Vergelts Gott, Bruder, das reicht vorerst.«

Hortensius neigte den Kopf. »Ihr habt recht, ich habe noch Arbeit.«

»Geht nur. Und nochmals Vergelts Gott für Eure Mühe.«

Hortensius nahm seinen Spaten und ging davon. Abel tat, als würde er sich weiter umsehen. Doch als der Gärtner verschwunden war, eilte er zurück zu dem Beet mit dem Eisenhut. Er ging in die Hocke und legte die Pflanze frei. Er musste nicht lange graben. Deutlich war zu erkennen, dass ein Teil der knollenartigen Wurzel fehlte. »Von hier also stammt das Gift«, murmelte er. Abel war sich sicher: Der Mörder Simons hatte ein Wurzelstück vom Eisenhut ausgegraben. Das bedeutete aber auch, dass Hortensius nicht der Mörder des Novizen sein konnte. Hätte er ihn sonst auf die Pflanze und die aufgewühlte Erde aufmerksam gemacht?

Ein Gong ließ Abel aufhorchen. Jetzt wieder! Dazwischen wurde etwas gerufen. Die Tür, die vom Konventgebäude hinaus in den Garten führte, öffnete sich. Ein Mönch erschien und schaute sich um. Abel kniff die Augen zusammen. War das nicht Elias, der Sekretär des Abtes? Jetzt hob dieser mit seiner Linken eine runde Metallscheibe empor und schlug mit der Rechten einen Klöppel dagegen.

»Alle Brüder ins *refectorium!*«, rief er. »*Subito!*« Dann drehte er sich um und verschwand wieder im Gebäude.

Galt die Aufforderung des Sekretärs auch ihm? Was war so wichtig, dass es nicht bis nach der *vesper* warten konnte, wenn alle Konventualen sowieso beisammen waren? Abel stockte der Atem. Er raffte die Kutte, durchquerte auf kürzestem Weg den Garten und eilte ins *refectorium*.

XI

Abt Bonifatius stand an der gleichen Stelle, an der er vor drei Tagen Salomons Tod bekanntgegeben hatte. Er blickte ernst, aber sein Gesicht hatte nicht die Blässe vom Montag früh. Abel stellte sich in den Kreis der anderen Mönche. Ein paar Mal noch ging die Tür, dann schienen alle versammelt zu sein. Neben dem Abt und seinem Sekretär hatten sich jetzt auch Hilbert, der Cellerar, und der Speichermeister platziert. Der Abt gab das Zeichen, sich zu setzen.

»Brüder«, begann er mit feierlicher Stimme, »Erzbischof Friedrich Karl Joseph von Erthal beehrt sich, wieder einmal unser Kloster zu besuchen.« Ein Raunen ging durch den Saal. Der Abt hob die Hände: »*Silentium!*« Dann blickte er zum Cellerar. »Er wird noch heute eintreffen. Wie in der Vergangenheit auch, wird Seine Exzellenz im Wasserschloss Quartier nehmen. Sorgt dafür, dass es an nichts mangelt! Ihr, Speichermeister, setzt Euch mit dem Culinarius zusammen! Der Erzbischof wird bis Sonntag bleiben.« Der Abt wandte sich wieder an den Cellerar. »Und prüft die Waffen! Der Erzbischof wünscht auf Schnepfenjagd zu gehen. Gibt es schon welche?«

»*Oculi*, da kommen sie;
Lätare, das ist das Wahre;
Judica, sind sie auch noch da.«

Wie auf Kommando rezitierten die Mönche diesen Reim. Abel kannte jene volkstümlichen Zeilen, die besagten, dass um

Lätare, dem kommenden vierten Fastensonntag, die Jagd auf die Sumpfschnepfe besonders Erfolg versprechend wäre.

Mit einer energischen Handbewegung gebot der Abt Ruhe. »Ich habe dem Sekretär eine Liste gegeben, wer diesmal mit dabei sein darf. Ansonsten seht zu, dass alles in rechter Ordnung ist. Höre ich Klagen, wird auch Lätare gefastet.«

Unruhe machte sich breit. Der Abt hob erneut die Hände und rief sein »*Silentium!*«. Dann winkte er Abel zu sich heran. »Ihr werdet doch dem Erzbischof sein Jagdvergnügen nicht verleiden?«

Alle Augen blickten auf Abel. Er setzt mich unter Druck, dachte Abel. Er brauchte sich hier nicht mehr sehen zu lassen, wenn wegen ihm die Brüder auch kommenden Sonntag fasten müssten. Doch was befürchtete der Abt? Dass der Erzbischof schon vorab einen für die Abtei unvorteilhaften Bericht erhalten oder dass Abel von den Todesfällen erzählen würde?

Im *refectorium* war es auf einmal sehr ruhig. Der Abt und die Mönche blickten immer noch auf Abel. »Ich werde Euch keinen Anlass zur Sorge geben«, sagte er.

Das Gesicht des Abtes entspannte sich. Er klatschte in die Hände. »Jeder weiß, was er zu tun hat. Lasst uns nun für Erzbischof Karl Joseph beten.« Abt Bonifatius faltete die Hände und senkte den Kopf. Die Mönche standen auf und taten es ihm nach. »*Pater noster, qui es in coelis, sanctificetur nomen tuum* …« Die Blicke des Abtes suchten Abel. Ich verlasse mich auf Euch, sagten seine Augen. Abel deutete ein Nicken an. »… *in saecula saeculorum. Amen.*« Der Abt breitete seine Hände aus. »Gott halte seine schützende Hand über unseren Erzbischof Friedrich Karl Joseph von Erthal.« »*Amen*«, schallte es im Chor.

Kaum hatte der Abt die letzten Worte gesprochen, stürmten die Mönche nach vorne. Ein jeder wollte zuerst von dem Sekretär wissen, wer an der Jagd teilnehmen durfte.

Abel drängte sich durch die Traube der Brüder nach draußen. Er wollte seine Hände noch einmal im Bach waschen. Langsam schritt er über das Pflaster. Bis Sonntagabend würde sich hier im Kloster alles um den Erzbischof und die Jagd drehen. Seine Miene hellte sich auf. In diesem Trubel dürfte es kaum auffallen, wenn er Marie besuchte. Dann aber schaute er auf seine Hände. Konnte er ihr so gegenübertreten?

»Psst!«

Abel drehte sich um.

»Hier!«

An der Ecke des Handwerkerbaues sah Abel Peter winken.

»Du?«

Der Junge winkte noch heftiger. Abel ging zu ihm hinüber. Peter nahm Abels Hand und zog ihn fort, quer über den Wirtschaftshof zu dem Tor, das in den Garten führte. Nachdem sie das Tor passiert hatten, hielt Peter direkt auf die Orangerie zu.

Abel verlangsamte den Schritt. »Peter, was soll das?«

Doch der Junge zog Abel weiter. In der Orangerie war niemand zu sehen. Peter schleppte Abel zu der Ananaspflanze, die dieser vor zwei Tagen bestaunt hatte. Dort ließ er Abel los, schaute sich kurz um, ob sie wirklich alleine waren, hob die Pflanze von der Kiste und stellte sie daneben ab. Dann langte er unter die Kiste und reichte Abel einen Gegenstand, der in ein Tuch eingewickelt war.

»Für mich?«, fragte Abel.

»*Ita est.*« Peter strahlte. »Für des Peifsche.«

Abel wickelte sein Geschenk aus. Erstaunt schaute er auf. Was er in der Hand hatte, sah aus wie eine kleine griechische Statue. Etwa handspannengroß und bronzefarben. Unverkennbar ein Diskuswerfer. Nackt! Abel blickte zwischen Oleanderstöcken und Zitronenbäumchen ins Leere.

Dann sagte er zu dem Jungen. »Das ist aber eine schöne Figur.«

Peter lächelte Abel an.

»Wo hast du die denn her?«

Der Junge schlug die Augen nieder.

»Du willst es mir nicht sagen?«

Peter schüttelte den Kopf.

Abel drehte die Figur in seiner Hand und betrachtete sie von allen Seiten. »Wirklich schön, Peter.« Unter der Fußplatte war etwas eingeritzt. Abel schaute näher hin: »Von S für S«.

Er blickte wieder ins Leere. »Von Salomon für Simon«, flüsterte er dann.

Er beugte sich zu Peter hinunter. »Du hast es bei Pater Salomon gefunden, stimmt's?«

Peter riss die Augen auf. Sein rechter Arm begann zu zucken. Abel legte ihm die Hand auf die Schulter. »Du brauchst keine Angst haben, Peter. Ich weiß, dass du sie nicht gestohlen hast. Du hast sie zufällig gefunden, stimmt's?«

Peter nickte heftig. »*Ita est. Ita est*«, stammelte er.

»Wo?«

Peter schlug erneut die Augen nieder.

Abel versuchte es auf eine andere Weise. Er ging in die Hocke. »Schau mich an, Peter!«

Der Junge hob den Kopf.

»Du weißt, was das *laboratorium* ist?«

Peter nickte.

»Und du weißt auch, wo der Schlüssel dazu ist?«

Peter schwieg.

Abel schüttelte ihn. »Weißt du es?«

Peter nickte leise. Er hatte Tränen in den Augen.

»Und du warst schon öfters dort drinnen? Mit und ohne Pater Salomon?«

Peter heulte los.

Abel stand auf und drückte den Jungen an sich. »Musst nicht weinen«, sagte er. »Ich freue mich doch über dein Geschenk. *Summas gratias ago*, Peter.«

Peter lächelte wieder. Er fuhr mit dem Ärmel über seine Augen. »War scho dod«, sagte er.

Abel drückte ihn wieder an sich. Dann zeigte er dem Jungen die Figur. »Kennst du den, der das hergestellt hat?«

Ohne zu zögern antwortete Peter: »Pater Culinarius«.

Abel schaute den Jungen an. »Pater Severin? Hast du so etwas bei ihm schon einmal gesehen?«

Peter nickte und hatte wieder Tränen in den Augen.

Abel tätschelte ihm die Wange. »Ich glaube dir doch, Peter.« Dann gab er ihm einen Klaps auf den Hintern. »Und jetzt ab. Deine Mutter sucht dich bestimmt schon.«

Nachdem Peter verschwunden war, stellte Abel die Ananaspflanze zurück. Dann schaute er sich die Figur noch einmal in Ruhe an. Tatsächlich! Sie war aus Tragant, diesem Zuckergebäck aus Gummi arabicum, Rosenwasser, Eiweiß, Zucker, Mehl und Tragantpulver. Jeden Herbst standen die Zutaten auf seinem Einkaufszettel für die Frankfurter Messe. Abel war bislang nur bekannt, dass mit dieser Mischung in Modeln Zuckerzeug hergestellt wurde.

»Von S für S.« Der Grund des Geschenkes war eindeutig. Was aber verrieten die Initialen? Hatten sich Salomon und Severin geliebt? Das würde erklären, warum der Culinarius seinen Freund so bereitwillig mit Essen versorgt hatte.

Dann war der junge Novize im Kloster erschienen. Salomon hatte sich zu dem jungen Mann hingezogen gefühlt. Vielleicht hatten auch beide um Simon gebuhlt? Dieser hatte sich für Salomon entschieden. Es war zum Streit mit Severin gekommen und dieser hatte aus Hass Simon vergiftet. Weil Salomon dies herausgefunden hatte, musste er ebenfalls sterben. War dies eine Erklärung?

Abel wickelte die Figur wieder in das Tuch und versteckte sie in seinem Ärmel. Dann machte er sich auf direktem Weg zur Küche.

Unterwegs kam ihm ein weiterer Gedanke. Vielleicht war es ja auch ganz anders? Vielleicht hatte sich Simon für Severin entschieden und der Infirmarius hatte Simon ermordet? Die

Fürsorglichkeit für den jungen Novizen, von der Binsack gesprochen hatte, war möglicherweise nur vorgetäuscht. Der Küchenmeister hatte dies herausgefunden und nun seinerseits Salomon ermordet, indem er Gift unter das Essen mischte. Das würde auch erklären, warum beide, Simon und Salomon, auf unterschiedliche Art ums Leben gekommen waren. Und das könnte auch der Grund sein, warum Severin abgestritten hatte, am Sonntagabend Salomon bewirtet zu haben. »Wie auch immer«, murmelte Abel, »der Küchenmeister muss mir Rede und Antwort stehen.«

Kurz vor der Tür zur Küche hielt Abel inne. Da war ja noch das Gespräch des Händlers mit seinem Knecht vor dem *Riesen*. Er beschloss, nicht zu warten, bis diese morgen das Kloster belieferten. Wer weiß, wann zur Jagd aufgebrochen werden würde. Besser, er sprach Severin gleich jetzt darauf an. Fleischeslust wider die Natur! Abel schüttelte sich. Hatte der Abt davon gewusst? Abel konnte sich nicht vorstellen, dass der Küchenmeister von sich aus beschlossen hatte, dieses die Lust dämpfende Gewürz zu verwenden. Wusste der Abt von den Liebeshändeln unter seinen Patres? Waren gar auch noch andere Brüder betroffen? Hatte der Abt nur deshalb den Mord an Salomon bestritten, da er befürchtete, eine Untersuchung könnte noch mehr offenbaren?

Doch dann mahnte Abel sich zur Vorsicht. Durfte er etwas verurteilen, wovon er selbst träumte? Nein, bei ihm war das etwas anderes. Auch wenn er mit Marie gegen das Gebot der Keuschheit verstieße, so wäre es doch Liebe gemäß der Natur.

»Kann es sein, dass Ihr Liebe mit Lust verwechselt?«, hörte Abel seinen Beichtvater fragen. Einmal hatte er bisher mit ihm über Marie gesprochen — natürlich nicht namentlich, sondern nur allgemein über das Keuschheitsgebot. Er komme sich vor wie ein Geschöpf, das zwecklos dem Ruf der Natur entgegenlebe, hatte er dem Beichtvater gestanden. Die Antwort war so nichtssagend gewesen, dass Abel sich nicht mehr daran erinnerte. Fasten und noch mehr Beten sollten ihm helfen, der Versuchung zu widerstehen. Nach drei Tagen hatte er abgebrochen. Der Hunger und die Sehnsucht nach Marie waren größer gewesen. Danach hatte er die Frage nicht mehr in der Beichte angesprochen, und auch sein Beichtvater schien diese Angelegenheit vergessen zu haben.

In der Küche ging es hoch her. Severin stand wie ein Feldherr in der Mitte des Raumes und scheuchte seine Helfer. »Keine Zeit!«, rief er, als Abel sich bemerkbar machte.

»Nur einen Augenblick«, gab Abel zurück.

»Seht Ihr nicht, was hier los ist?«

»Draußen steht ein Händler. Sagt, er hätte Pfeffer für Euch.«

Severin stockte für einen Moment. Dann drehte er sich zu Abel hin. »Sagt ihm, ich komme!«

Abel lächelte und verließ die Küche.

Draußen im Gang lehnte er sich an die Wand gegenüber der Küchentür und wartete. Es dauerte nicht lange und Severin kam aus der Küche geeilt. Als er Abel sah, blieb er stehen. »Ihr? Immer noch hier?«

Abel trat zu Severin.

»Der Händler kommt erst morgen. Aber ich habe schon heute Fragen. Ich konnte keinen Mönchspfeffer auf den Einkaufslisten finden.«

Der Küchenmeister rieb sich das Kinn. »Mönchspfeffer? Weiß nicht, was Ihr meint.«

»Severin, lasst das. Draußen in der Stadt steht eine Ladung davon. Sie ist für Euch bestimmt.«

Der Küchenmeister legte seinen Zeigefinger auf den Mund. »Was wollt Ihr wissen?«

»Es stimmt also. Warum?«

»Der Abt hat es angeordnet.«

»Weiter! Lasst Euch nicht jedes Wort aus der Nase ziehen!« Severin blickte sich um.

»Können wir woanders reden?«

Abel hob die Hand. »Wo?«

»In Eurem Zimmer vielleicht?«

»Meinetwegen«, sagte Abel. Er hatte sowieso vor, nach diesem Gespräch wieder auf sein Zimmer zu gehen.

»Kommt mit!« Severin ging Abel voran. Als sie in der Prälatur den Gang betraten, der zu Abels Zimmertür führte, überholte Abel den Küchenmeister. Ein Blick auf das Haar sagte ihm, dass niemand in seiner Abwesenheit in seinem Zimmer gewesen war. Er öffnete die Tür und trat ein. Abel bot Severin den Stuhl an.

»Danke, ich muss gleich wieder weg.«

»Also, wie ist das mit dem Mönchspfeffer?«, begann Abel. Severin spielte mit seinen Fingern. »Ihr wisst doch auch, wie das ist, wenn man von …«, er blickte an Abel vorbei, »… wenn man von … nun ja … von unkeuschen Gedanken überwältigt wird.«

Abel schwieg.

»Also der Abt glaubte, er müsse handeln.« Severin räusperte sich. »Da hat er mich gefragt, ob es nicht etwas gäbe, was man in das Essen geben könnte. Ich habe Salomon gefragt — und der hat zum Mönchspfeffer geraten.«

»Aber ihn und Euch habt Ihr davon ausgenommen?«

Das Weiß von Severins Augen leuchtete auf. »Was … was soll das?«

»So!«, antwortete Abel. »Dann wisst Ihr auch nichts von dem Diskuswerfer?«

»Diskuswerfer?«

Abel zog die Figur aus seinem Ärmel und wickelte sie aus dem Tuch. »Von wem sonst stammt das hier?«

Severin richtete die Kutte über seinem Bauch. »Ach, das meint Ihr. Wo habt Ihr das her?«

Abel überging die Frage. »Also stammt die Figur von Euch?«

»Ja, den Diskuswerfer habe ich gemacht. Schön, oder?«

»Und die Initialen hier?« Abel drehte die Figur und zeigte auf die Fußplatte. »›S‹ und ›S‹? Was bedeuten die?«

Severin griff nach der Figur und hielt sie sich vor die Augen. »Davon weiß ich nichts.«

Abel hatte Severin fest im Blick. Entweder der Küchenmeister sagte die Wahrheit, oder er war ein Meister im Verstellen.

»Was könnten die Buchstaben denn bedeuten?«

»Die Figur habe ich für Salomon gemacht, ja. Von den Buchstaben aber weiß ich nichts. Wirklich!« Severin gab den Diskuswerfer zurück. Doch dann packte er Abel an den Oberarmen. »Ihr redet so eigenartig. Ihr glaubt doch nicht …?«

Abel streifte Severins Hände ab.

Severin keuchte. »Das könnt Ihr mir nicht antun.«

»Wer dann könnte mit dem anderen ›S‹ gemeint sein? Wer unter den Konventualen hat noch einen Namen, der mir ›S‹ beginnt?«

Severin ließ Abel los. »Pater Sebastian und Pater Servatius.«

Abel wickelte die Figur wieder ein. »Sonst noch jemand?«

Severin überlegte noch einmal. Dann schüttelte er den Kopf.

»Und Simon?«, fragte Abel.

»Simon? Aber das war doch ein Novize!«

»Na und?«

»Ihr wisst doch, wie das ist, im Noviziat. Man kommt kaum aus seiner Zelle heraus und der Instruktor hat einen ständig im Blick.«

Abel musste Severin recht geben. »Wie heißen die beiden anderen noch einmal?«, fragte er.

»Sebastian und Servatius.«

»Und, könnt Ihr Euch vorstellen, dass … ich meine, dass Salomon mit dem einen oder anderen …«

Severin schüttelte den Kopf. »Nein. Pater Sebastian ist alt und gebrechlich, und Pater Servatius, das ist der Blinde. Wir nennen ihn auch das Gespenst. Ihr könnt Euch denken, warum.«

Abel nickte. Der Mönch, der immer von einem anderen ins *refectorium* oder in die Kirche geführt wurde, war ein hoch aufgeschossener, magerer Mann mit bleichem Gesicht und einem wüsten, grauen Bart. Nein, Servatius nicht.

»Und den Mönchspfeffer, wie oft habt Ihr ihn verwendet?«

»Wann immer es ging.«

»Ohne Ausnahme?«

»Für die Tafel des Abtes natürlich nicht.«

»Natürlich«, murmelte Abel und begann im Zimmer auf und ab zu gehen. Sollte er diese Spur weiterverfolgen? Oder hatte der Mönchspfeffer gar nichts mit den beiden Morden zu tun? Hätte sonst nicht der Küchenmeister das Ziel der Giftanschläge sein müssen? Severin allerdings war immer noch verdächtig, auch wenn er abstritt, dass die Buchstaben unter dem Diskuswerfer etwas mit ihm zu tun hatten. Wer sonst hätte die Gelegenheit gehabt, im Garten ein Wurzelstück auszugraben, es zu trocknen und dann zu mahlen? Schwieriger war es, das Pulver dann Simon ins Bett zu streuen.

Severin erhob sich. »Ich muss in die Küche.«

Abel ging an ihm vorbei und stellte sich vor die Tür. »Ihr habt mich angelogen.«

Severin wich zurück. »Das muss ich mir nicht gefallen lassen. Fragt den Abt!«

»Ich meine nicht den Mönchspfeffer. Ich meine, dass Ihr am Sonntag Salomon doch etwas zu essen gegeben habt.« Abel sah, wie der Küchenmeister schluckte.

»Ich ein Lügner? Das ist dreist!«

»Man hat Euch beobachtet.«

»Wann?«

»Am Montag früh, als Ihr das Geschirr abgeholt habt.«

Severin schluckte er erneut. »Wer?«

»Das tut nichts zur Sache.«

Severin versuchte, nach der Türklinke zu greifen. Abel wich nicht zur Seite. »Sagt die Wahrheit, und Ihr könnt gehen.«

Severin ließ die Schultern fallen. Einen Augenblick noch schwieg er, dann sprach er mit leiser Stimme: »Es stimmt, Salomon hat auch am Sonntagabend von mir zu essen bekommen.«

»Wieso habt Ihr das geleugnet?«

Der Küchenmeister schaute auf seine Fußspitzen. »Es heißt, es sei seine Esssucht gewesen, die ihn ins Grab gebracht hat.«

»Und Ihr fühlt Euch jetzt daran mitschuldig?«

Severin nickte.

»Wie kommt's«, fragte Abel, »dass Eure Wohltaten Salomon gegenüber niemandem aufgefallen sind?«

»Er bekam immer nur, was von der Tafel des Abtes übrig geblieben war.«

Abel dachte nach. Konnte das Gift auf diesem Weg ins Essen gekommen sein?

»Wenn mehr zurückkam, als Salomon brauchen konnte, was geschah mit dem Rest?«

»Wurde weiterverarbeitet. Meist als Suppe für die Dienerschaft.«

»Auch am Montag?«

»Auch am Montag.«

»Und, gab es Klagen von dort?«

»Klagen? Warum? Nein!«

Abel hatte es sich gedacht. Wie sollte der Mörder es auch geschafft haben, nur den für Salomon bestimmten Teil zu vergiften? Das Gift kam ins Essen, nachdem Severin es für Salomon zurechtgemacht hatte. Abel fragte noch einmal nach. »Es wusste also wirklich niemand davon, dass Ihr Salomon die Reste überlassen habt?«

»Ich war vorsichtig. Mir war klar, was auf dem Spiel steht.«

»Aber Salomon, der könnte gesehen worden sein, als er sich das Essen holte.«

»Von wem? Salomon kam immer sehr spät. Die Bediensteten waren um diese Zeit schon lange weg und die Mönche in ihren Zellen. Nur Salomon hatte es sich herausgenommen, auch nachts außerhalb der *clausur* zu sein und in seinem *laboratorium* zu arbeiten.«

»Noch einmal zum Montag. Ihr habt in der Frühe das Geschirr zurückgeholt?«

»Salomon konnte es ja nicht mehr selber tun.«

»Und, ist Euch etwas aufgefallen?«

Severin schüttelte den Kopf. »Es war alles aufgegessen. Wie immer.«

Abel machte die Tür frei. Draußen drehte sich Severin noch einmal um. »Ihr behaltet das doch für Euch, das mit Salomon und dem Essen?«

»Vorerst, jedenfalls. Mehr kann ich Euch nicht versprechen.«

Abel packte Severin am Ärmel. »Eine letzte Frage noch! Simon — was könnt Ihr über ihn sagen?«

»Fragt den Bibliothekar. Er war sein Instruktor«, sagte dieser leise.

»Ich will aber Eure Meinung hören.«

Der Küchenmeister löste sich aus Abels Griff. »Was wollt Ihr wissen?«

»Nun, was war er für ein Mensch? Fröhlich, griesgrämig, einfältig, strebsam, so etwas.«

Severin blickte zur Decke. »Eigentlich habe ich ihn kaum gekannt.«

»Am Sonntag habt Ihr anders geklungen. Da wart Ihr recht betrübt gewesen über dessen Tod.«

»Weil er so gelitten hat. Das hat uns alle mitgenommen, so empfindsam und verletzlich, wie er war.«

XII

Abel ließ Severin laufen und ging in sein Zimmer. Dort verrammelte er die Tür und setzte sich auf sein Bett. Er musste nachdenken. Es war jetzt Donnerstagabend. Seit Montag wusste er von dem Mord an Salomon, seit heute Nachmittag, dass auch Simon ermordet worden war. Er war sich nun sicher: Bei Salomon kam das Gift ins Essen, nachdem Severin es in die Durchreiche gestellt hatte. Doch welches Gift war dies? Und wer mischte es ins Essen? War es Severin? Oder wusste jemand von Severins Freundschaftsdienst gegenüber Salomon und nutzte diese Gelegenheit? War das derjenige, der Simon mit Eisenhut vergiftet hatte? Und von wem wurde er, Abel, bedroht? Abel stützte seinen Kopf in die Hände. Und dann war da noch der Mönchspfeffer. Konnte er den außer Acht lassen? Wo waren in diesem Knäuel Anfang und Ende des Fadens?

Abel begann aufzuzählen, wen er aus dem Kreis der anfänglich Verdächtigen streichen konnte. Den Apotheker und den Gärtner zählte er nicht mehr dazu. Ersterer hatte ihn ausführlich mit Angaben über Salomon und Simon versorgt, Hortensius hatte ihn von sich aus auf das fehlende Stück Wurzel des Eisenhuts aufmerksam gemacht.

Verdächtig war in jedem Fall noch der Abt. Hatte er von der Liebschaft Salomons mit Simon gewusst? Alle Patres im Kloster waren dem Abt zum Gehorsam verpflichtet. Hatte er sein Amt missbraucht und diese missliebige Angelegenheit mit Hilfe eines Dritten gelöst? Elias, dem Sekretär, war einiges zuzutrauen. Dieser hatte überall seine Augen und Ohren.

Innozenz, der Bibliothekar, stand als Instruktor Simon sehr nahe. Er war auch dessen Beichtvater gewesen. Hatte sich Simon ihm anvertraut? War Innozenz zu einem Mord fähig?

Und Severin? Er hatte sehr lange abgestritten, Salomon am Sonntagabend bewirtet zu haben. Zumindest dabei hatte er die Möglichkeit gehabt, ihn zu vergiften. Doch war dies auch bei Simon der Fall?

Blieb noch Hilbert, der Cellerar. Ein alter Mann, gewiss, aber einer, der nicht zimperlich war. Hatte er von Salomon und Simon gewusst und das Problem auf seine Art beseitigt? Doch was sollte Hilbert zu einer solchen Tat treiben? Und wie hatte er es geschafft, Salomon aus dem Fenster zu stoßen? Der Speichermeister könnte Hilbert geholfen haben. Abel klang immer noch der Satz im Ohr, den ihm sein Nachbar im *refectorium* zugeflüstert hatte: »Manche meinen, sie wären der liebe Gott.« Hatten Hilbert und der Speichermeister Gericht gespielt?

Es klopfte an der Tür. Abel stellte den Stuhl beiseite und öffnete vorsichtig. Vor ihm stand Elias, der Sekretär, die Arme vollgepackt mit Kleidungsstücken. Abel bat ihn herein. Elias ging zum Bett und warf alles auf die Decke, sogar Stiefel waren darunter. »Für morgen«, sagte Elias. »Sucht Euch etwas Passendes aus.«

»Ich soll Jagdkleider anziehen?«

»Schnepfenjagd. Da geht's über Stock und Stein.«

Elias starrte auf Abels gerötete Hände.

»Ich habe nicht vor zu jagen«, sagte Abel und verschränkte seine Arme hinter dem Rücken.

»Müsst Ihr auch nicht. Es reicht, wenn Ihr ein Gewehr in der Hand habt.« Elias deutete auf das Bett. »Und Jagdkleider. Der Erzbischof will Jäger um sich haben, keine Mönche.«

»Ist er schon hier?«

»Seit einer Stunde. Drüben in der Wasserburg. Ihr fahrt mit uns nach der *vesper* hin.«

Abel griff mit spitzen Fingern nach einer Jacke und hob sie

an. »Muss ich mit?«, fragte er. Er hatte vor, noch einmal zum *Riesen* zu gehen.

»Der Abt wünscht es. Auch der Erzbischof wird sich freuen, seinen Revisor zu sehen.«

Abel ließ die Jacke fallen. Elias' Unterton war ihm nicht entgangen. Doch dann zwang er sich zu einem Lächeln. Elias verbeugte sich und verließ das Zimmer. Als Abel den Stuhl wieder vor die Tür stellen wollte, läutete es zur *vesper*.

Von seinem Sitz im Chorgestühl beobachte Abel den Abt. Dessen für gewöhnlich bleiches Gesicht war gerötet. Sicherlich nicht vor Freude, dachte Abel. Auf die Brüder aber schien die Ankunft des Erzbischofs belebend zu wirken. Versprach doch der Besuch ein wenig Abwechslung im Tagesablauf. Eifriger als sonst folgten sie dem Vorbeter mit ihrem Gesang.

Nach der *vesper* holte Abel seinen Mantel, versiegelte seine Zimmertür mit dem Rosshaar und ging in den Hof. Es begann dunkel zu werden. Der Abt hatte seine schönste Kutsche vorfahren lassen. Als der Kutscher mit einer Lampe in der Hand den Schlag öffnete, sah Abel die goldfarbenen Initialen des Abtes auf dem schwarzen Holz der Tür prangen. Darunter leuchteten die Wappen der Klostergründer Imma und Einhard.

Auf Wunsch des Abtes hatte Abel neben diesem Platz genommen. Ihnen gegenüber saßen Hilbert und Elias. Jeder der Insassen hatte sich in seinen Reisemantel eingemummt. Es wurde schnell kalt, wenn die Sonne untergegangen war. Gleich, nachdem die Pferde angezogen hatten, fragte Abt Bonifatius den Cellerar, ob alles gerichtet sei. Das Gefolge werde immer größer, antwortete Hilbert missmutig. Den größten Teil der Jagdgesellschaft habe er in der Stadt unterbringen müssen. Er habe sein Möglichstes getan, aber er sei nicht sicher, ob jeder mit seinem Quartier zufrieden sei.

»Ist ja auch nur eine Sommerresidenz«, murmelte der Abt. Danach zeigte niemand mehr Interesse an einem Gespräch. Schweigend lauschten sie dem Geholper der Kutsche.

»Schaut nicht so, Abel!«, sagte nach einer Weile unvermittelt der Abt, ohne den Blick von der dunklen Scheibe zu nehmen. »Wer Wild essen will, muss auch jagen wollen.«

Abel blickte auf Elias. Der Sekretär hatte also geplaudert. Abel warf den Kopf zurück. »Ich esse auch gerne Fisch. Muss ich deswegen Fischer sein?«

Der Abt richtete sich auf. »Diesmal ist die Jagd Mittel zum Zweck. Mir liegt viel daran, den Erzbischof zufriedenzustellen. Ihr wisst am besten, warum. Und Ihr kommt mir nicht dazwischen, ich habe Euer Wort!«

Abel spürte die Blicke von Hilbert und Elias. »Das habt Ihr«, antwortete er und zog den Mantelkragen noch etwas enger. Danach war wieder Schweigen.

Das Geschaukel in der Kutsche ermüdete Abel. Erst als sie plötzlich stehen blieb, wachte er wieder auf. Inzwischen war es dunkel geworden. Durch das Fenster sah Abel die Umrisse des Schlosses. Zwei Livrierte mit Fackeln in der Hand kamen ihnen über die Zugbrücke entgegen. Der Kutscher öffnete den Schlag und half dem Abt beim Aussteigen. Abel folgte. Er kannte den Weg. Hier hatte er am Montag mit Hilbert gespeist. Vor dem Portal standen zwei Wachen. Wie von Geisterhand geführt, neigten sie ihre Hellebarden, als der Abt an der Spitze seines Gefolges hindurchschritt.

Die Diener gingen weiter vorweg. Bereits im Vorraum des Speisesaals verbreiteten glühende Kohlebecken wohlige Wärme. Vor einer weiteren Tür standen ebenfalls Wachen. Abel wunderte sich über diesen militärischen Aufzug. Stimmengewirr und helles Lachen drangen durch die Tür. Einer der Diener öffnete, trat ein, machte eine Verbeugung und rief in den Raum: »Abt Bonifatius II. Merget aus Seligenstadt.«

Im Nu war Ruhe. Abel war aufs Äußerste gespannt. Zum ersten Mal würde er dem Erzbischof entgegentreten. Wie sollte er diesen eigentlich grüßen? Abel hatte keine Gelegenheit, sich weiter Gedanken zu machen. Hilbert gab ihm von hinten einen Stoß und bedeutete ihm, dem Abt zu folgen. Sie traten in einen etwa 20 mal 30 Fuß großen Saal. In der dort versammelten Gesellschaft fielen Abel zunächst die Damen ins Auge. Die Gesichter in rosigen Farbtönen leuchtend, wirkten sie mit ihren hochaufgewölbten Frisuren und breiten Röcken wie Statuen. Allein ihre Fächer vor den Dekolletés bewegten sich. Umgeben waren sie von Amts- und Würdenträgern jeglicher Art in bunten Röcken und glänzenden Uniformen. Langsam begann die Gesellschaft zurückzuweichen und ließ den Abt samt seinem Gefolge passieren.

Abel hatte sich den Erzbischof als einen korpulenten Herrn in einem purpurnen Gewand mit einem Hermelin auf den Schultern vorgestellt. Doch der Landesherr, auf den sie nun zugingen, hatte in etwa Abels Statur. Ganz weltlich trug er über einer golddurchwirkten Weste ein *Justaucorps*. Allein dessen verzierte Umschläge ließen erkennen, dass sein Träger von höherem Rang war. Abel fiel auf der weißen Kniehose des Erzbischofs ein kleiner, roter Fleck ins Auge. So wie dieser sein Bein nach vorne stellte und dem Abt die Hand zum Kuss reichte, schien er das Malheur noch nicht bemerkt zu haben. Abels Blick wanderte zu einem Glas seitlich auf dem Tisch. Portwein, dachte er sich. Der Abt hatte sich nach vorne geneigt und den ihm dargebotenen Rubinring des Erzbischofs geküsst. Abel war überrascht, welch lange Finger der Erzbischof besaß.

Nach der Ehrerbietung des Abtes lächelte der Landesherr ein wenig. Ein Buchhaltergesicht, dachte Abel und stellte sich vor, wie der Erzbischof, die lange, hakenartige Nase über seinen Bericht gebeugt, die Zahlen des Klosters Seligenstadt studierte. Hilbert gab Abel erneut einen Stoß. Abel trat vor und grüßte den Erzbischof, wie der Abt diesen gegrüßt hatte.

»Pater Abel aus Amorbach«, sagte der Livrierte neben dem Erzbischof. »Zurzeit auf Euren Wunsch in der Abtei.« Abel richtete sich wieder auf. Woher wusste der Diener von seinem Auftrag? Der Erzbischof blickte bereits mit seinen dunklen

Augen zu Pater Hilbert, der Abel gefolgt war. Abel verbeugte sich nochmals und machte Hilbert Platz. Dieser und Elias vollzogen die gleiche Prozedur wie er.

Dann klatschte der Erzbischof in die Hände. »*Voilà!*«, rief er mit erstaunlich kräftiger Stimme, »da wir jetzt alle zusammen sind, bitte ich zu Tisch. Wein!«

Sobald der Erzbischof am Kopf der Tafel Platz genommen hatte, begann ein Drängeln und jeder der Anwesenden strebte einem Stuhl zu. Ehe sich Abel versah, waren die Plätze belegt. Nur ein Stuhl rechts neben dem Erzbischof und drei Plätze am Ende der Tafel waren noch frei. Abt Bonifatius setzte sich neben den Erzbischof, Abel folgte Hilbert und Elias zu den restlichen freien Stühlen. Hilbert platzierte sich so, dass er den Saal und die Diener im Blick hatte. Abel kam neben einem jungen Adelsherrn von vielleicht 25 Jahren zu sitzen. Dieser stellte sich vor, doch Abel vergaß sogleich dessen Namen.

Der Küchenmeister erschien, gefolgt von fünf Livrierten, die silberne Tabletts geschultert hatten. Abel sah darauf Schweinsköpfe mit Bratäpfeln, eingemachten Pflaumen und Feigen garniert. Die Gäste klatschten Beifall. Der Erzbischof erhob sich. Sogleich war Ruhe. »*Mes amis*«, sagte er und breitete die Arme aus. »Willkommen hier in dem kleinen, aber feinen Reich unseres ehrwürdigen Abtes Bonifatius Merget.« Die Gesellschaft klatschte erneut. Der Abt neigte den Kopf. Dann deutete der Erzbischof auf das Essen. »Wie ihr wisst, ist Fastenzeit. Augustinus sagt: Das Fasten reinigt die Seele, erhebt den Geist und zerstreut die Nebel der Begierden.« Der Erzbischof drohte der Dame neben sich mit dem Zeigefinger. Alle lachten. »Aber der heilige Benedikt sagt auch, man dürfe die körperlichen Bedürfnisse nicht missachten. Dies würde nur die Entfaltung des Geistes beeinträchtigen. Stimmt das, ehrwürdiger Abt?« Abt Bonifatius neigte wieder den Kopf. »Wer hat jetzt recht?« Der Erzbischof lächelte in die Runde. »In Ehrfurcht vor unserem Gastgeber entscheide ich mich heute

Abend für den heiligen Benedikt. *Bon appétit.*« Erneut breitete der Erzbischof die Arme aus. Die Gäste erhoben sich und klatschten so lange, bis der Erzbischof gebot, sich zu setzen.

Abel stocherte in seinem Essen. Er hatte gehofft, näher beim Erzbischof zu sitzen. Mehrere Versuche, mit seinem Tischnachbarn ins Gespräch zu kommen, scheiterten. Dieser hatte sich von Abel leicht abgewandt, redete beständig auf die ihm gegenübersitzende Dame ein und fuhrwerkte mit Messer und Gabel auf seinem Teller herum, als wäre er in einer Schlacht. Wegen der Lockenpracht der Perücke seines Nachbarn konnte Abel von dessen Gesicht nur die spitze Nase und das zurückweichende Kinn erkennen. Abel hatte den Eindruck, die Dame gegenüber würde sich mehr für ihn als für den Adeligen interessieren. Immer wieder begegneten sich ihre Blicke. Sie war keine Schönheit, wie Abel feststellte. Ihre Nase hatte einen leichten Höcker und selbst der dick aufgetragene Puder konnte ihre unreine Haut nicht verbergen. Aber ihre schwarzen Augen glühten. Jetzt, wo Abel wieder einmal hinschaute, atmete sie so tief ein, dass sich ihr Busen im Mieder hob.

Abel senkte den Blick und dachte an Marie. Morgen sollte die Jagd sein. Wann würde er Marie wieder besuchen können? Er hatte noch nie an einer Schnepfenjagd teilgenommen. Er hatte auch noch nie auf ein Tier geschossen. Aber ähnlich wie der Cellerar hier hatte er in Amorbach dafür zu sorgen, dass bei einer Jagd die Gäste zufrieden waren. Das hieß, dass sie möglichst viel Wild erlegen konnten und sich dabei nicht allzu sehr anstrengen mussten. Deswegen hatte er sich auch gewundert, als der Sekretär sagte, es ginge über Stock und Stein. Abel kannte nur die eingestellte Jagd. Innerhalb eines abgezäunten Terrains wurde das Wild den in getarnten Unterständen weilenden Jägern direkt vor die Büchsen getrieben. Abel konnte nicht verstehen, wie man daran seinen Spaß haben konnte.

Doch einen Vorteil hatte diese Form der Jagd. Denn anders als bei den herkömmlichen Treibjagden gab es hier keinen

Streit mit den Bauern. Diese mussten bei der Stelljagd nicht zum Frondienst gezwungen werden und kein Jäger trampelte auf ihren Feldern herum.

Als sein eifriger Nachbar eine Pause machte, fragte Abel: »Wie jagt man eigentlich Schnepfen?«

Langsam wandte sich der Adelige ihm zu, währenddessen die Dame gegenüber Abel einen dankbaren Blick schenkte. »Schnepfenjagd ist etwas ganz Feines«, sagte der Adelige und blickte über Abel hinweg. »Am liebsten jage ich dabei mit einem Vorstehhund. Denn spannender noch als das Schießen selbst ist die Suche nach dem Wild.«

Der Adelige blickte wieder auf die Dame gegenüber, riss die mit Messer und Gabel bestückten Fäuste an seine Brust und drückte das Kreuz durch. »Ich schrecke dabei kein Dickicht, keine Hecke, keine Dornen«, sagte er. »Es gibt nichts Schöneres, als wenn man mit zerrissenen Kleidern oder zerkratztem Gesicht zurückkommt.« Nachdem der Adelige keine Antwort erhalten hatte, bemerkte er seinen Fauxpas und legte Messer und Gabel neben seinen Teller.

Stattdessen beugte er sich nun über den Tisch. »Und das Schießen! Ihr glaubt nicht, Gnädigste, welch unglaubliche Menge von Schrot die meisten Schützen in ihre Flinten stopfen!« Der Adelige hob die Hände und stieß beinahe sein Glas um. »Wenn man nichts hineintut, sagen sie, kommt auch nichts heraus. Und kriegen doch nur blaue Backen vom Rückschlag. Nur vierzehn Schuss holen diese Verschwender aus einem Pfund Schrot. Ich dagegen …«, der Herr warf sich in die Brust, »… ich lade nicht mehr als zwölf Schrote und mache so mit einem Pfund bis zu vierzig Schuss!«

Die Dame wedelte mit ihrem Fächer.

»Und die Tageszeit? Wann ist die Aussicht auf eine gute Jagdbeute am größten?«, fragte Abel.

»Mein lieber Herr Pater, das Jagen scheint nicht Euer Pläsier zu sein!«

»Kann man so sagen.«

»Dann passt mal auf!« Der Adelige vergaß die Dame und rückte seinen Stuhl so, dass er Abel direkt anschauen konnte. »Am besten ist die Abenddämmerung.« Der junge Herr schwenkte seinen rechten Arm über Abel. »Dann streichen die Hähne umher und rufen laut nach den Weibchen, die am Boden sitzen.« Dann tat er, als risse er eine Flinte hoch. »Man steht oder sitzt in Deckung und wartet auf die anstreichenden Vögel. Der gute Jäger versucht, ausschließlich die für die Aufzucht der Jungen entbehrlichen Hähne zu schießen.« Abels Nachbar setzte sich wieder an den Tisch. »Das wird den Erzbischof aber nicht interessieren«, sagte er weiter. »Die Jagd wird beginnen, nachdem er beliebt hat zu frühstücken.«

»Also ist er kein guter Jäger«, bemerkte Abel.

Der Adelige wackelte mit dem Kopf. »Wie man's nimmt. Man kann auch tagsüber, wenn die Weibchen mit umherfliegen, die Hähne herausschießen. Man erkennt sie an ihrem meckernden Balzruf.« Der Herr hob den Zeigefinger. »Bei mehreren anstreichenden Schnepfen nie auf die voranfliegende schießen. Das ist immer ein Weibchen.«

»Verstehe«, sagte Abel. »Ihr sagt, man erwartet die Vögel im Stehen oder Sitzen. Also keine Jagd über Stock oder Stein?«

Abels Nachbar seufzte. »Herr Pater, gründliche Nachsuche versteht sich von selbst. Getroffen oder nicht, jedem Schuss wird nachgegangen.«

Der Nachtisch, Reisbrei mit Birnenschnitz, wurde aufgetragen. Der junge Adlige wandte sich wieder der Dame zu. Dann spielte ein Streichquartett auf. »Mozart«, hörte Abel jemanden sagen. »Habe ich als Bub mal in Mainz erleben dürfen.« Abel hörte der Tafelmusik nicht zu. Er ärgerte sich. Er hätte sich eine Ausrede einfallen lassen und der Jagd fernbleiben sollen. So wenig wie an diesem Abend, so wenig würde er morgen Gelegenheit haben, in die Nähe des Erzbischofs zu gelangen.

Endlich hob dieser die Tafel auf.

XIII

Abel ignorierte den Ruf zur *prima* und blieb im Bett. »Schon Freitag«, murmelte er nach einer Weile. Marie war heute den zweiten Tag in der Stadt. Er musste zu ihr. Er stand auf und griff nach dem Stapel Kleider, die ihm der Sekretär vorbeigebracht hatte. Er lässt mir sogar die Wahl, dachte Abel, als er sah, dass außer den Stiefeln jedes Kleidungsstück mehrfach vorhanden war. Er entschied sich für eine hellbraune Lederhose, ein weißes Leinenhemd und ein ärmelloses Lederkoller. Darüber würde er den beigelegten schweren grünen Rock anziehen. Er hatte nicht vor, über Stock und Stein zu hetzen, und würde den wärmenden Mantel gut gebrauchen können. Als Abel in die Stiefel schlüpfte, musste er anerkennend nicken. Der Sekretär hatte auch hier die richtige Größe gewählt.

Nachdem er den Stuhl von der Tür entfernt hatte, machte Abel sich auf zum Minerva-Tor. Am Abend zuvor hatte der Abt bekanntgegeben, dass man gleich nach der *tertia* zur Jagd aufbrechen werde. Das war gegen neun Uhr. Er musste sich beeilen. Sollte man ihn nach seinem Ziel fragen, würde er einen Besuch bei dem Kranken vorgeben.

Die Arbeiter waren damit beschäftigt, die Wagen für die Jagd zu rüsten. Die Kutsche des Abtes, mehrere Leiterwagen und Karren standen bereits vor der Remise. Abel kam unbemerkt zum Tor und schlüpfte hindurch. Wie am Tag zuvor gelangte er auch dieses Mal durch den Hintereingang in den *Riesen*. Durch die halboffene Tür der Gaststube sah Abel, wie eine Magd dort den Boden fegte. Vorsichtig stieg er die Treppe hoch.

Hinter der Tür des Kranken war es ruhig. Abel ging eine Tür weiter und klopfte. Marie öffnete sogleich. Abel hatte gehofft, von ihr umarmt zu werden. Doch stattdessen trat sie einen Schritt zurück und presste ihre rechte Hand auf den Mund. Abel runzelte die Stirn und trat in das Zimmer. Erst jetzt fiel ihm ein, dass er Jagdkleidung anhatte.

Marie nahm die Hand vom Mund, packte Abel an den Armen und drehte ihn im Kreis. Abel bemühte sich, seine Hände vor ihr zu verbergen. Als sie sich wieder gegenüberstanden, sah Abel Marie strahlen. Dann machte Marie einen Knicks und senkte den Kopf. »Ehrwürdiger Herr, willkommen in meinem bescheidenen Heim«, sagte sie, richtete sich lachend wieder auf und warf sich ihm an den Hals. »Wie gut du aussiehst«, flüsterte sie ihm ins Ohr.

Abel spürte, wie er rot wurde. Er senkte den Kopf und drückte seine Wange an die ihre. »Ich habe nicht viel Zeit«, sagte er. »Ich muss mit auf die Jagd.«

»Du willst jagen?« Marie hatte sich wieder von ihm gelöst.

»Ich nicht, der Erzbischof«, sagte Abel und berichtete.

»So ein feines Essen unter lauter feinen Leuten würde mir auch gefallen«, sagte Marie, nachdem Abel geendet hatte. Dabei lächelte sie ihn an.

»Feine Kleider machen noch lange keine feinen Leute«, entgegnete Abel.

»Ach du!« Marie ging zum Tischchen und setzte sich. »Willst du?«, fragte sie, deutete auf den Napf und zog die Nase hoch. »Hirsebrei und eine Tasse Milch. Wenn du nicht wärst, ich wäre hier schon wieder fort.«

Abel lief es warm den Rücken hinunter. »Danke, ich bin noch satt von gestern Abend.« Dann hielt er inne. »Man hört ihn gar nicht mehr husten«, sagte er und schaute in Richtung des Zimmers, wo der Kranke lag.

Marie hob den Kopf. »Ja, er hustet kaum noch. Es scheint ihm besser zu gehen.«

Abel blickte zur Decke und dankte Rochus, dem Schutzheiligen der Ärzte und Kranken. Binsacks Mittel hatte geholfen.

»Was machst du?«, fragte Marie.

»Ich habe mich nur gerade beim heiligen Rochus und dem Klosterapotheker bedankt. Für die schnelle Hilfe.« Abel gab sich wortkarg. Er mochte es, wenn Marie ihn mit großen Augen anschaute.

»Ich verstehe nicht«, sagte Marie.

Dann berichtete Abel ihr, wie er am Vortag bei Binsack das Heilmittel für den Kranken besorgt hatte.

Marie stand auf und nahm Abel bei der Hand. »Du bist lieb«, sagte sie und schluckte. Auch Abel wurde verlegen. Doch dann stutzte Marie. »Was ist mit deinen Händen?«

»Ach nichts«, sagte Abel und verbarg sie in seinen Ärmeln.

Marie griff nach ihm und holte seine Hände wieder aus den Ärmeln hervor. »Ein Ausschlag?«, fragte sie.

»Ist schon wieder besser«, wich Abel aus.

Marie ließ nicht locker. »Woher?«

Abel seufzte. »Ich muss gehen«, sagte er.

Marie fragte weiter: »Hast du deswegen Papa geschrieben?«

Sie hat den Brief also gelesen, dachte Abel, ließ sich aber nichts anmerken. »Setz dich!«, sagte er, schob Marie zum Bett und holte sich den Stuhl. Dann berichtete er von seinen Nachforschungen. Die Drohungen verschwieg er.

Marie hörte schweigend zu. Dann betrachtete sie erneut seine Hände. »Du musst vorsichtiger sein, Liebster«, flüsterte sie und streichelte ihm über die gerötete Haut. »Tut das weh?«

Abel schluckte und schüttelte den Kopf. Dann riss er sich los und stand auf. »Ich muss jetzt gehen, Marie. Ich werde versuchen, nach der Jagd wieder vorbeizuschauen.« Abel ging zur Tür. »Und halte dich von dem Gesinde fern!« Er deutete hinab zur Straße, wo die ersten lauten Stimmen zu hören waren.

»Ja, ja. Papa lässt grüßen«, sagte Marie. Sie war ebenfalls aufgestanden und hatte Abel eingeholt. Sie umarmte ihn und legte ihren Kopf auf seine Schulter. »Pass auf dich auf«, sagte sie leise. Dann schob sie ihn zur Tür hinaus.

Abel wollte gerade die Treppe hinuntergehen, als sich eine Tür öffnete und eine Frauenstimme schroff fragte: »Wer seid Ihr?«

Abel drehte sich um. Es war die Wirtin. »Ei, erkennt Ihr mich nicht, gute Frau? Ich bin's, der Pater, der Euch gestern die Medizin vorbeigebracht hat.«

Die Frau runzelte die Stirn. Abel richtete den Rock und schaute an sich hinunter. »Jagdkleidung«, sagte er und senkte die Stimme. »Der Erzbischof ist im Land. Wollte nur kurz nach dem Kranken sehen.«

Die Frau zog Rotz durch die Nase hoch. »So, so, der Erzbischof. Zur Jachd, sachd Ihr? Arme Bauern. Is des Wedder nid Plaach genuch?«

Abel blickte die Wirtin an. »Was ist mit dem Kranken? Es scheint ihm ja besser zu gehen. Wusste gar nicht, in welches Zimmer ich schauen sollte. Er hustet gar nicht mehr.«

»Do isser doch drin«, sagte die Wirtin und deutete auf das Zimmer des Kranken. »Besuch für Euch«, rief sie, klopfte an die Tür und ging an Abel vorbei die Treppe hinab.

Ihr saurer Geruch stieg Abel in die Nase. »Vergelts Gott«, murmelte er ihr hinterher und öffnete die Tür.

Der Raum war ähnlich karg ausgestattet wie das Zimmer Maries. Im Bett saß ein unrasierter Mann mit hohlen Wangen und strähnigem Haar. Er hielt einen dampfenden Topf in der Hand und schaute auf Abel. Abel blieb an der Tür stehen. »Pater Abel aus Amorbach«, sagte er. »Zurzeit auf Besuch in der Abtei hier. Ich habe Euch gestern den Saft vorbeigebracht.« Abel deutete auf den Flakon, der auf dem Tisch stand.

In den trüben Augen des Mannes leuchtete es auf. »Dankschö der Herr!«, sagte er. »Ihr habt mers Lebn gredded.«

»Darf ich?« Abel durchschritt das Zimmer und öffnete das Fenster. Er hielt den Kopf hinaus und atmete mehrmals tief ein. Auf der Straße war es lebendig geworden. Fuhrwerke rollten über das Pflaster und ein Tross fahrender Leute neckte die Marktfrauen mit ihren Körben auf den Köpfen. Im Haus gegenüber wurden im Parterre Klappläden geöffnet und ein Mann in blauem Kittel begann, seine Korbwaren auszustellen.

Abel drehte sich um. »Dankt Gott. Und sauft nicht mehr so viel!«, sagte er.

»Scho recht«, sagte der Mann.

»Überlegt es Euch gut«, antwortete Abel und ging zur Tür. »Ein weiteres Mal helfe ich Euch nicht!«

»Die Wirdin had gsachd, en Bader hedd mer gholfn.«

»Bin ich doch«, sagte Abel, drehte sich noch einmal um und neigte den Kopf, damit der Kranke Abels Tonsur sehen konnte. Dann verließ er das Zimmer.

Als Abel in den Abteihof trat, war dort kaum ein Durchkommen. Bauernburschen hielten Pferde am Halfter oder trugen Gewehre über den Schultern. Mehrere Kutschen standen kreuz und quer auf dem Pflaster. Die Kutsche des Erzbischofs erkannte Abel an den geschmückten Pferden und dem Herold mit dem bischöflichen Banner. Der Abt stand vor deren offenem Schlag und schien sich mit dem Erzbischof zu unterhalten. In weiteren Kutschen saßen die Damen, während die Jäger bereits auf ihre Pferde gestiegen waren. Knechte versuchten, jene Pferde zu beruhigen, die vor den kläffenden Jagdhunden scheuten. Vom Wirtschaftshof her fuhr die Kutsche des Abtes vor. Leiterwagen folgten dieser. Dazwischen liefen die Mönche umher oder standen in Grüppchen beieinander, einige, so wie er, in Jagdkleidung. Nur die Tonsuren auf ihren Köpfen passten nicht recht ins Bild. Abel strich sich über den Kopf. Wie er wohl aussähe, wenn er die Tonsur nicht mehr rasieren würde?

Abel schob sich durch die Menge. »Wo bleibt Ihr nur!«, zischte es hinter ihm. Es war Elias, der Sekretär. Dieser hielt eine Flinte in der Hand. Ein Bursche neben ihm führte Abels Wallach mit sich.

»Guter Geschmack«, sagte Abel zu Elias und deutete auf seine Jagdkleidung.

Der Sekretär zeigte keine Regung. »Ihr reitet mit unseren Leuten«, sagte er und wartete, bis Abel im Sattel saß. Dann drückte er ihm die Flinte und den Schrotbeutel in die Hand und ließ ihn stehen. Abel betrachtete das Gewehr.

»Hüü!«, rief der Herold des Erzbischofs und hob seine Standarte. »Hüü, hüü!« riefen nach und nach alle Kutscher. Die Pferde zogen an. Ketten rasselten und Hufe schlugen auf das Pflaster. Die Hundeführer nahmen die Leinen kürzer und ließen die Kutschen passieren. Dann folgten sie ihnen, ständig bemüht, ihre Meute zu beruhigen. Abel blickte sich um. Die Seligenstädter Patres in Reitkleidung waren inzwischen ebenfalls aufgesessen und näherten sich ihm.

Abel zählte zwölf Brüder. Nur drei davon kannte er namentlich: Innozenz, den Bibliothekar, der mit erwartungsvollem Gesicht kerzengerade im Sattel saß, Hilbert, den Cellerar, der wie immer mürrisch dreinschaute, und Hortensius, den Gärtner. Dieser hob sein Gewehr zum Gruß. Abel grüßte zurück und schloss sich diesen an. Zu Fuß folgten Knechte und Treiber.

Die Jagdgesellschaft nahm den Weg, den der Cellerar am Montag mit Abel zur Besichtigung der Klosterländereien eingeschlagen hatte: vorbei an der Mauer der Abtei in Richtung Süden. Abel wusste aus den Seligenstädter Unterlagen, dass die Abtei einen etwa 2500 Morgen großen Wald besaß, der nach Abels Einschätzung aber weiter westlich liegen musste. Der Tross schwenkte dann jedoch nach Osten. Floss in dieser Richtung nicht der Main? Gleichviel, in wenigen Stunden würde die Jagd vorüber sein und sie würden wieder nach Seligenstadt zurückkommen.

Nach einiger Zeit hielt der Zug an. Abel blickte nach vorne. Er hatte es richtig eingeschätzt. Etwa eine halbe Meile vor ihnen schimmerte das Wasser des Mains. Das Gelände um sie herum war mit teils kniehohem Gras und vereinzelten Weidenbüschen bewachsen. Unvermittelt stand ein Jagdknecht bei ihm und nahm den Wallach am Halfter. Auch die Brüder vor ihm hatten jetzt alle einen Begleiter. Abel tat es diesen nach, stieg vom Pferd und folgte ihnen. Die Brüder liefen an den Kutschen der Jagdbegleiterinnen vorbei nach vorn. Einige Damen schauten aus den Fenstern, schoben aufreizend langsam ihre Hüte zurück und musterten die Mönche. Die Diener begannen, die mitgeführten Kisten abzuladen und Decken auszubreiten. Vor der Kutsche des Erzbischofs versammelten sich die Jäger. Abel schätzte die Gruppe auf 25 bis 30 Personen. Jetzt stieg auch der Erzbischof aus seinem Wagen und reckte sich. Dann ließ er sich ein Gewehr reichen.

»Geladen?«, fragte er den Diener. Dieser nickte. Der Erzbischof gab den Umstehenden ein Zeichen, eine Gasse zu öffnen. Dann hob er das Gewehr, zielte auf einen etwa 30 Schritte entfernten Weidenbusch und drückte ab. Abel zuckte zusammen. Die Zweigspitzen zitterten, einige brachen. Quakend flatterte eine Ente auf. Da riss der Abt seine Flinte, die einen auffällig kurzen Lauf besaß, hoch, folgte kurz dem Flug der Ente und drückte ebenfalls ab. Federn stoben in die Luft und das Tier taumelte zu Boden. Die Hunde, die zuvor gewinselt hatten, kläfften nun laut. Der Erzbischof gab einem Jagdknecht das Zeichen, einen der Hunde von der Leine zu lassen. Der Hund schoss durchs Gras und verschwand.

»Sauberer Schuss, Abt. Fängt ja gut an«, rief der Erzbischof und rieb sich die Hände. »Wohin müssen wir?« Einer der Hundeführer zeigte nach Osten. »Also, dann wollen wir mal. In einer Kette ausschweifen und in diese Richtung, Marsch!« Der Erzbischof deutete nach Osten und ließ sich ein neues Gewehr reichen. Abel wartete, bis sich die Reihe der Jäger auseinandergezogen hatte. Dann schloss er eine Lücke zwischen den Brüdern und stapfte mit ihnen durch das Gras.

Sie bewegten sich durch sumpfiges Gelände. Federnd gab

der Grasboden unter den Füßen nach. Abel wurde warm. Er blieb stehen und öffnete den Rock.

Er schaute zu dem Bruder, der ihm am nächsten stand, und sah zu, wie dieser sein Gewehr lud. Abel kannte ihn vom Sehen, nicht aber seinen Namen. Vielleicht sollte ich es doch einmal probieren, dachte er und nahm die Flinte von der Schulter. Nicht zu viel Schrot, hatte sein Tischnachbar gestern Abend empfohlen, und Abel wollte sich daran halten. Er tat es dem Bruder nach und stopfte Pulver und Schrot in den Lauf. Das Gewehr in der Hand schritt er weiter durch das Gras.

Aufmerksam beobachtete Abel den Horizont. Bald schon sah er aus der Ferne schwarze Punkte heranstreichen. Sie wurden größer und größer. Die ersten Rufe erschallten: »Da! Da! Schnepfen! Gott, sind das viele!« Die Jäger stellten sich in eine Reihe und legten die Gewehre an. Auch Abel hob die Flinte, spannte den Hahn und drückte den Kolben an die Wange.

Nicht auf die Ersten schießen, hatte der Adelige gesagt. Das sind immer Weibchen. Abel wartete. Der Schwarm schien auf sie zuzufliegen. Abel kannte die Reichweite seines Gewehrs nicht. Sein Herz schlug schneller. Er zwang sich, ruhig zu atmen. Die ersten Schüsse knallten. Unbeeindruckt flogen die Schnepfen weiter. Um ihn herum krachte es.

Abel schien es jetzt noch zu früh für einen Schuss. Einige Schnepfen waren bereits getroffen und begannen, unruhig zu flattern. Jetzt wirbelten einzelne Federn durch die Luft, die ersten Schnepfen stürzten zu Boden und die Jagdknechte ließen die Hunde von der Leine. Einige Jäger waren bereits beim Nachladen. Jetzt erst schien Abel der richtige Zeitpunkt gekommen. Er zielte in einen Schwarm, der seitwärts auf ihn zusteuerte, wartete noch einen Augenblick und drückte dann ab. Er verspürte den Schlag des Gewehrkolbens an der Wange. Zugleich riss es mehrere Schnepfen im Flug herum. Aus einer Wolke von Federn fielen drei Vögel.

Abel glühte. Hatte er richtig gesehen? Hatte er wirklich

drei Schnepfen mit einem Schuss erlegt? Er stürmte los. Dort hinter einer kleinen Erhebung waren die Vögel niedergegangen. Abel brauchte keinen Hund. Er wollte seine erste Jagdbeute selbst sichern. Die Stiefel quakten. Immer morastiger wurde das Gelände. Als er zu einem Sprung über einen Grasbüschel ansetzte, krachte hinter ihm ein Schuss.

Im gleichen Augenblick spürte Abel in seinem Rücken tausend Stiche. Er flog, die Flinte in der Rechten, mit ausgebreiteten Armen durch die Luft und schlug bäuchlings in den Sumpf. Dann wurde es dunkel um ihn. Er wollte atmen, schluckte aber Wasser und Gras. Weder Arme noch Beine gehorchten. Der Kopf dröhnte, alles begann sich zu drehen. Immer enger wurden die Kreise. Ein Meer von Farben zog an ihm vorüber. Von weit her hörte er seinen Namen rufen. Die Rufe wurden leiser und erstarben.

Klapp, klapp — Abel spürte heftige Schläge auf seinen Wangen und öffnete die Augen.

»Er kommt zu sich!«, sagte jemand.

»Gott sei Dank!«, bemerkte eine andere Stimme.

Abel hustete und spuckte. Er sah etliche Köpfe über sich gebeugt.

»Kommt, packt an! Wir müssen ihn hier herausschaffen!«, sagte die erste Stimme. Abel glaubte sie zu kennen.

Mehrere Jäger hoben Abel an und trugen ihn davon. Er wusste nicht, wie lange man ihn durch das unwegsame Gelände schleppte. Der Rücken schmerzte mit jedem Schritt, den die Träger machten, noch mehr. Endlich blieben sie stehen. Abel hörte Frauenstimmen, die plötzlich erstarben.

»Eine Decke! Schnell!«, rief der Mann, dessen Stimme Abel schon kannte. Dann wurde er bäuchlings abgelegt. Der Rücken brannte höllisch.

»Macht einen Wagen frei! Wir müssen ihn zurückschaffen!«, befahl die Stimme. Dann ging der Jäger neben Abel in die Hocke.

»Hortensius!«, stöhnte Abel.

»Ihr seid verletzt. Eine Ladung Schrot in den Rücken. Wir bringen Euch, so schnell es geht, ins Kloster zurück«, sagte Hortensius.

Abel versuchte zu nicken. »Schlimm?«, quetschte er hervor.

»Kann ich nicht sagen. Es sind einige Löcher im Rock. Aber wir lassen ihn besser an.«

»Etwas zum Draufbeißen, bitte«, sagte Abel.

Hortensius erhob sich und kam kurz darauf wieder zurück. Er ging erneut in die Hocke und schob Abel einen Stoffknäuel in den Mund. Abel biss auf Seide und roch das Parfüm der Dame, die ihr Halstuch gespendet hatte. Dann wurde er erneut angehoben und auf eine Karre gelegt. Die Fahrt ins Kloster erinnerte ihn an das, was er sich unter dem Fegefeuer vorstellte.

»Wen haben wir denn da?«

Abel erkannte die Stimme Binsacks. Er lag bäuchlings auf dem gleichen Gestell, auf dem er den toten Infirmarius untersucht hatte. Noch immer biss er auf das Seidentuch. Obwohl man ihm Rock, Weste und Hemd ausgezogen hatte, war es ihm heiß. Abel spürte die Finger des Apothekers auf seinem Rücken.

»Wir müssen ihn zunächst einmal waschen. Lauf in die Küche und hole warmes Wasser!«, sagte Binsack zu Georg. Als der Gehilfe verschwunden war, beugte sich der Apotheker an Abels Ohr.

»Stimmt es, dass es ein Unfall war?«

Abel war sprachlos. Trotz der Schmerzen hatte er sich seine Gedanken gemacht. Für ihn stand fest: Man hatte ihn beseitigen wollen. Nach einer Weile antwortete er: »Was sonst?«

Abel hörte den Apotheker tief durchatmen. »In einigen Wunden steckt noch das Schrot«, sagte dieser. »Ich gehe Pinzette und Arznei holen.«

Abel war alleine. Sein Rücken pochte. Ein Gutes hatte der Anschlag: Der Kreis der Verdächtigen war deutlich eingegrenzt. In Frage kamen der Abt und sein Sekretär, dann der Cellerar und der Bibliothekar. Den Gärtner hatte er schon zuvor ausgeschlossen. Aber auch die anderen neun Konventualen würde er sich näher anschauen. Irgendjemand musste den Schützen gesehen haben. Wie lange mochte es dauern, bis er wieder auf den Beinen sein würde? Zwei, drei Tage? Oder mehr? Er musste Marie benachrichtigen. Aber wie?

Abel hörte Schritte. Es war Georg. Dieser brachte einen Kübel warmes Wasser. Gleich darauf erschien Binsack. Abel krampfte Zehen und Hände zusammen, während der Apotheker den Rücken wusch. Als dieser dann die Schroten aus den Wunden pulte, wurde er beinahe ohnmächtig.

»Es sind nur Fleischwunden. Nicht allzu tief. Die Kleidung war Euer Glück«, sagte Binsack. »Rock und Lederweste haben das meiste abgehalten.«

Abel stöhnte.

»Schlimmer ist die Gefahr, dass sich die Wunden entzünden. Ich lasse sie kurz ausbluten.«

Abel spürte, wie es ihm warm an den Seiten herunterlief. Immer wieder tupfte Binsack den Rücken ab.

»So, das reicht«, sagte Binsack nach einer Weile. »Jetzt müsst Ihr noch einmal die Zähne zusammenbeißen!«

Abel versuchte ein Nicken. Im gleichen Augenblick schrie er auf.

»Nur ein Aufguss aus verschiedenen Kräutern«, sagte Binsack ruhig. »Schafgarbe gegen die Blutung und den Schmerz, Kamille zum Abtrocknen und Zaubernuss, damit sich die Wunden schneller schließen.«

Für Abel hörte es sich an, als wäre der Apotheker weit weg. Er hatte auch jedes Zeitgefühl verloren. Wie lange war es her, dass er in den Morast gestürzt war?

»Hier, nehmt!« Immer noch durch eine Nebelwand hörte Abel, wie der Apotheker mit ihm sprach. »Ihr müsst Euch ein wenig aufrichten, sonst geht es nicht!«

Abel drehte den Kopf zur Seite und öffnete die Augen. Er sah Binsack vor der Bahre knien, eine Schale in der Hand.

»Trinkt!«, sagte der Apotheker.

Abel spuckte das Tuch aus und richtete sich ein wenig auf. Erst jetzt spürte er den Durst. Binsack hielt ihm die Schale an den Mund. Gierig trank Abel sie leer. Es schmeckte eigenartig bitter.

»Was ist das?«, ächzte Abel.

»Theriak. Geheimer Restbestand. Vergesst, was sonst noch drinnen ist. Das Opium wird Euch schlafen lassen.«

Abel war zu erschöpft, um darauf zu antworten. Müde ließ er den Kopf fallen. Er spürte, wie der Apotheker ihn zudeckte. »Wir lassen die Wunden vorerst offen«, sagte dieser. »Sie heilen an der Luft besser.« Dann ging Binsack um die Bahre herum und blieb vor Abels Kopf stehen. »Ich muss jetzt in meine Apotheke«, sagte er. »Georg wird bei Euch bleiben und Acht geben, dass Ihr nicht von der Bahre fallt. Werde später noch einmal nach Euch schauen.« Abel spürte einen Lufthauch, dann fiel eine Tür ins Schloss.

Plötzlich wurde es Abel kalt. Georg breitete eine weitere Decke über ihn. Aber es half nichts. Abels Hände begannen zu zittern und seine Zähne klapperten. Mit einem Mal kamen die Tränen. Zunächst versuchte Abel, sie zu unterdrücken. Als es misslang, ließ er ihnen freien Lauf. Er schluchzte und heulte und merkte nicht, wie die Wunden wieder anfingen zu bluten. Doch der Schmerz, der ihn quälte, kam von innen. Er machte sich Vorwürfe. Er war doch gewarnt worden! Warum hatte er sich so vom Jagdfieber packen lassen? Warum überhaupt gab er sich mit Dingen ab, die ihn gar nichts angingen? Und er musste unbedingt Marie benachrichtigen! Was würde sie denken, wenn er sich nicht sehen ließ? Hoffentlich hielt sie sich von der Gaststube fern. Langsam ließen die Tränen nach und Abel schlief ein.

XIV

Als Abel die Augen aufschlug, war es dunkel. Er wusste nicht, wo er sich befand. Da hörte er Schritte. Jemand trat an seine Seite. Der Schein einer Kerze blendete ihn. Er lag immer noch auf dem Bauch, doch nun nicht mehr auf der Bahre, sondern in einem Bett. Als sich die Augen an das Licht gewöhnt hatten, erkannte er eine Kutte.

»Na, endlich!«, sagte Elias mit müder Stimme. »Ich dachte schon, Ihr wollt gar nicht mehr aufwachen.«

»Wo bin ich?«

»In Eurem Zimmer!«

»Warum ist es so dunkel?«

»Weil es Nacht draußen ist.«

»Welcher Tag?«

»Freitag.«

Abel dachte an Marie und wollte sich aufrichten. Doch die Schmerzen im Rücken hielten ihn davon ab.

»Das lasst besser bleiben!«, sagte der Sekretär. »Seid froh, so glimpflich davongekommen zu sein.«

Abel sagte nichts.

»Der Erzbischof lässt Euch die besten Genesungswünsche ausrichten.«

Immer noch schwieg Abel.

»Es war ein Jäger aus seinem Tross, der Euch versehentlich getroffen hat.«

Abel versuchte sich zu erinnern. Waren es nicht ausnahmslos Konventualen, die in seiner Reihe gelaufen waren?

»Wie heißt er?«, wollte Abel nach einer Weile wissen.

»Das kann ich nicht sagen.«

»Warum nicht?«

Elias knetete seine Finger. Abel hörte diese knacken. »Weil ich den Namen nicht kenne.«

»Und woher wisst Ihr, dass es einer von den Leuten des Erzbischofs war?«

»Weil es niemand von uns war. Innozenz hat jeden befragt.«

»Hat jemand den Vorfall beobachtet?«

»Alle haben nur gesehen, wie Ihr gestürzt seid.«

»Man könnte doch den Erzbischof bitten …«

»Der Abt will das nicht«, unterbrach Elias Abel schroff.

Was wurde hier gespielt? Wollte der Abt, wieder einmal darum bemüht, Ruhe zu bewahren, den Mordanschlag wie einen Unfall aussehen lassen? Er, Abel, würde dies nicht hinnehmen. Auch nicht zum Schein. Oder vielleicht doch? Abel schaute Elias an. Dieser würde ihm nicht helfen. Und einen Aufpasser brauchte er auch nicht.

»Ich habe Hunger und Durst.«

»Natürlich«, sagte Elias und stand auf. »Ich schicke jemanden vorbei.« Dann verschwand er mit der Kerze in der Hand durch die Tür. Im Zimmer war es jetzt ganz dunkel.

Abel versuchte sich zu drehen. Der Rücken schmerzte, aber es war auszuhalten. Sein ganzer Oberkörper war bandagiert. Er stützte sich mit dem linken Arm ab und schob die Hüfte zur Bettkante. Vorsichtig richtete er sich weiter auf und ließ die Beine zu Boden gleiten. Als er aufrecht saß, wurde ihm schwindelig. Er wartete, bis es aufhörte, sich zu drehen. Dann schob er sich hoch, mit beiden Händen am Bettrand abgestützt. Es zog und stach im Rücken. Er machte einen ersten Schritt. Noch wackelte er etwas in den Knien, doch es müsste gehen. Er trippelte zum Schrank und griff in seine Kutte. In der versteckten Innentasche spürte er Lothars Brief. Zufrieden setzte er sich wieder aufs Bett und kroch zurück unter die Decke.

Es dauerte nicht lange und Innozenz erschien mit einer Mahlzeit. Der Bibliothekar half Abel beim Aufsetzen. Abel erkannte im unruhigen Licht der Kerze Sülze, Weißbrot und einen Humpen Bier.

»Wart Ihr nicht in meiner Nähe, als es passiert ist? Ihr müsst doch etwas gesehen haben!«, fragte Abel und biss hungrig etwas von dem Weißbrot ab.

»Tut mir leid, aber ich hatte nur Augen für die Schnepfen, so wie die anderen auch.«

»Der Abt glaubt, derjenige, der mich getroffen hat, sei einer aus der Jagdgesellschaft des Erzbischofs gewesen.«

»Muss wohl so sein. Ich habe unsere Brüder befragt. Von denen war's keiner.«

»Wenn es jemand aus dem Gefolge des Erzbischofs war, warum weiß man nicht den Namen?«

Innozenz rückte den Stuhl zurecht. »Wisst Ihr, was das heißt, Jagdgäste des Erzbischofs zu beschuldigen?«

»Kann es sein, dass Abt Bonifatius Angst vor dem Erzbischof hat?«

Innozenz schwieg.

Abel hob den Kopf. »Warum?«

Innozenz rückte mit dem Stuhl näher zu Abel hin. »Das ist eine lange Geschichte. Wollt Ihr sie wirklich hören?«

Abel nickte. Jetzt hatte er ja Zeit.

»Gut. Wo soll ich anfangen? Vielleicht beim Klosteredikt des vorherigen Erzbischofs. Es hat Eure Abtei doch auch getroffen, oder?«

Abel nickte erneut, wenn er auch nicht wusste, wieso der Bibliothekar mit dieser alten Sache daherkam. Was Innozenz wahrscheinlich meinte, war eine Verordnung von Erzbischof Erthals Vorgänger, die den Mönchen in seinem Herrschaftsraum untersagte, außerhalb des Klosters Gottesdienste zu halten oder sonstige kirchliche Verrichtungen vorzunehmen. Bis dahin war es üblich gewesen, dass die Klöster oft mehrere Pfarreien versorgten. Die Mönche taten dies nicht für Gotteslohn allein. Vor allem durch das Spenden der Sterbesakramente war man immer wieder mit Erbschaften bedacht worden. Durch das neue Edikt hatte man nicht nur eine bedeutende Einnahmequelle verloren, sondern die Klöster mussten nun auch aus ihrem Zehnten die neuen Pfarrer unterhalten, die aus dem Mainzer Priesterseminar aufs Land geschickt wurden. Doch was hatte das alles mit dem jetzigen Erzbischof zu tun?

»Könnt Ihr mich aufklären?«, fragte Abel.

»Mainz macht weiter Stimmung gegen die Klöster.«

»Streitigkeiten gab es schon immer.« Abel dachte an die Burg Wildenberg vor den Toren Amorbachs und deren Ländereien, auf die sein Kloster Anspruch erhob.

»Das meine ich nicht«, sagte Innozenz. »Ich meine die Beschränkung der Selbstständigkeit der Kirche im Allgemeinen und die der Klöster im Besonderen.«

»Auch das ist nicht neu«, sagte Abel.

Innozenz ging nicht darauf ein. »Schon Erthals Vorgänger hat versucht, seine Doppelherrschaft zugunsten der weltlichen zu verändern. Er hat das Kabinett mit Ministern gestärkt und das Generalvikariat geschwächt. Er hat das Wallfahrtswesen erschwert und die Zahl der Feiertage reduziert. Er war sogar stolz darauf, dem arbeitenden Volk einen vollen Monat genommen zu haben. Statt Müßiggang zu pflegen, durfte es jetzt arbeiten. Sagt selbst, wem hat eine solche Reform genutzt?«

Abel schwieg. Er wusste, dass es in seiner Jugend noch weitaus mehr Feiertage gegeben hatte. Die Dienstage nach Ostern oder Pfingsten zum Beispiel.

Der Bibliothekar fuhr fort. »Klöster, verbreitet man, würden dem Staat und der Gesellschaft schaden. Mehr noch, sie seien der Religion eigentlich wesensfremd und eine Fehlentwicklung. Der Staat könne aus eigener Souveränität über ihr Wohl und Wehe entscheiden. Schuld an diesem ganzen aufklärerischen Getue ist übrigens auch Euer Kant.«

»Mein Kant?«

»Habt Ihr nicht nach ihm gefragt, am Mittwoch in der Bibliothek?«

»Es ist nicht mein Kant.«

»Aber er wird auch bei Euch in Amorbach gelesen. Wisst Ihr, was der Königsberger schreibt? Sagt nichts, ich seh's Euch an, Ihr wisst es nicht. Kant schreibt, das Recht auf Kircheneigentum bestehe nur als Volksmeinung und könne durch Volksaufklärung beseitigt werden. Damit falle die Gewalt des Klerus weg und der Staat könne sich zu Recht des Eigentums der Kirche bemächtigen. Auch des Eigentums unserer Klöster!«

Abel versuchte, sich auf die andere Seite zu legen.

»Dieses ganze aufklärerische Reformgeschwätz unserer landesherrlichen Regierung stiftet nur Unfrieden. Und zwar unter allen Klassen. Es verachtet die Diener der Religion und modelt unter dem Vorwand, Missbräuche zu beseitigen, so lange an der Religion herum, bis sie kaum noch kenntlich ist.«

Abel fragte sich, warum ihm der Bibliothekar das alles erzählte. »Übertreibt Ihr nicht ein wenig?«

Innozenz schnaubte. »Vergesst nicht, ich bin nicht nur Bibliothekar, sondern auch Archivar. Ich kenne sie alle, die Briefe, die unser hochlöblicher Abt und sein Vorgänger in dieser unsäglichen Angelegenheit geschrieben haben.«

»Die Feiertage reduzieren ist eine Sache, Klöster auflösen eine andere. Der Erzbischof wird dies nicht wagen, weil es gegen das Volk geschehen muss.«

»Täuscht Euch nicht. Auch die Feiertage und die Wallfahrten wurden gegen das Volk abgeschafft. Außerdem sind bereits Klöster geschlossen worden.«

Abel versuchte, sich aufzurichten. Der Rücken schmerzte wieder. »Das ist nicht wahr«, presste er hervor.

»Kartause, Altenmünster und St. Anna. Die drei reichsten Klöster in Mainz. Aufgelöst zugunsten der Universität des Erzbischofs.« Innozenz hörte nicht auf. »Warum glaubt Ihr, ist der Erzbischof in der Wasserburg abgestiegen, ohne uns zuvor in Seligenstadt seine Aufwartung zu machen? Man schätzt uns nicht mehr, Abel. Man schätzt nur unseren Besitz!«

Vielleicht hatte der Aufenthalt in der Wasserburg auch einen anderen Grund, dachte Abel und sah das Bild vor sich, als bei der Tafel am gestrigen Abend die Hofdame neben dem Erzbischof diesem mehrmals vertraut die Hand getätschelt hatte. Zu Innozenz sagte er: »Davor also hat Abt Bonifatius Angst?«

Der Bibliothekar nickte. »Der Erzbischof darf keinen Vorwand haben, gegen uns vorzugehen. Und er darf nicht verärgert werden. Unter keinen Umständen!«

Abel fragte sich, ob er dieser Forderung etwas entgegnen sollte. Es fiel ihm immer noch schwer, sich vorzustellen, wie ein unachtsamer Schütze aus dem Gefolge des Erzbischofs ihn hatte treffen können.

»Ich bin müde«, sagte Abel.

»Gewiss, gewiss.« Innozenz stand auf. »Ich wollte Euch nicht zu sehr anstrengen. Aber schlagt Euch das mit dem Erzbischof aus dem Kopf! Wir Benediktiner müssen zusammenhalten. Gute Nacht.«

An der Tür begegnete Innozenz dem Apotheker.

»Er ist müde und möchte schlafen«, sagte Innozenz.

»Ich will nur schnell nach den Wunden sehen, bevor ich nach Hause gehe«, sagte Binsack und ließ Innozenz stehen.

Abel richtete sich auf. »Seid gegrüßt, Herr Apotheker! Seht, Ihr habt ein kleines Wunder vollbracht!«

Binsack hielt seine Laterne hoch und schaute darunter hindurch auf Abel. »Vielleicht war's ja auch Hildegard von Bingens Kräuterextrakt oder Salomons Allheilmittel?«

»Oder diese Medizin hier.« Abel deutete auf das Fell in seinem Bett. »Was ist das?«

Der Apotheker lächelte. »Ein Stück von einem Bären.«

»Wenn es ebenfalls der Wundheilung dient, warum liegt es dann unter meiner Brust?«

»Ich habe es Euch nicht wegen der Wunden untergelegt.« Der Apotheker hob die Stimme: »Wenn der Mensch ängstlich ist, nehme er das Fell, das zwischen den Ohren des Bären ist, gerbe es, lege es so lange auf seine Magengegend und sein Herz, bis er davon warm ist. Sogleich wird er kühn sein und die Angst wird von ihm weichen.«

»Wer sagt das?«

»Hildegard von Bingen.«

»Ihr haltet viel von ihr?«

Binsack überhörte die Frage. »Lasst mich sehen!«, sagte er, schob Abels Nachthemd hoch und befreite ihn von den Binden. Dann sagte er, er solle sich aufs Bett legen, hielt die Laterne über seinen Rücken und untersuchte jede Wunde einzeln. »Scheint sich nichts zu entzünden«, sagte er.

»Wollt Ihr nicht zu uns nach Amorbach kommen?«, fragte Abel.

Binsack lachte. Dann begann er, einen Saft in Abels Wunden zu träufeln. Abel schossen die Tränen in die Augen. »Was ist das?«, presste er hervor.

»Hildegards Kräutermixtur. Das gleiche Mittel, mit dem ich Euch die Wunden ausgewaschen habe.«

Abel biss die Zähne aufeinander und drückte sein Gesicht in das Kopfkissen. Erst als Binsack ihm bedeutete, dass er ihn wieder verbinden wollte, richtete sich Abel auf.

»Ich habe Euch schon einmal gefragt, wo Euer medizinisches Wissen herkommt. Ich kann nicht glauben, dass Ihr das nur vom Zuschauen alleine habt.«

Binsack richtete sich auf. »Ich bin Apotheker. Das ist ein ehrenhafter Beruf seit dem Stauferkaiser Friedrich dem Zweiten. Ich war am Collegium Medico-Chirurgicum in ...«

Abel hob die Hand. »Binsack, ich glaube Euch. Wollte Euch nur loben wegen Eurer Kenntnisse der Heilkräuter.«

Binsacks Haltung entspannte sich. »Das habe ich von meiner Mutter, Gott habe sie selig. Wusste schon als Junge, was in die Kräuterbüschel zu Mariä Himmelfahrt kommt und für was Labkraut, Eberwurz und wilde Malve gut sind.«

Abel lächelte gequält. Im Rücken zog es wieder. »Wollt Ihr das mit Amorbach nicht doch noch einmal überlegen?«

Binsack schwieg und begann Abel zu verbinden.

»Was sprechen die Konventualen?«, wechselte Abel das Thema. »Wegen des Unfalls.«

Binsack schnaufte. »Also, gehört habe ich nichts. Die waren mit Essen und Trinken beschäftigt.«

Abel räusperte sich. »Binsack«, sagte er, »ich glaube nicht an einen Unfall. Man wollte mich ermorden.«

»Warnen, nicht ermorden«, kam prompt die Antwort. »Mit Schrot kann man keinen Menschen töten. Jedenfalls nicht so, wie es Euch passiert ist. Nicht nahe genug, und dann auch noch durch Rock und Weste, das bringt niemanden um.«

Abel verzichtete auf weitere Fragen.

»Hier ist noch etwas von Salomons Allheilmittel, falls Ihr nicht schlafen könnt«, sagte Binsack, nachdem er fertig war, und übergab Abel einen Flakon mit einer trüben Flüssigkeit. »Ich werde morgen wieder vorbeischauen. Gute Nacht.«

»Gute Nacht. Und Vergelts Gott!«

Abel grübelte. Hatte der Bibliothekar ihn von sich aus oder im Auftrag des Abts so umfassend in den Streit mit Mainz eingeführt? Die Botschaft jedenfalls war klar. Aber es gab nicht nur zwei tote Mitbrüder, jetzt gab es auch den Anschlag auf ihn. Abel schaute zur Tür. Dann quälte er sich aus dem Bett und klemmte den Stuhl unter die Klinke. Bevor er sich wieder hinlegte, nahm er ein Schlückchen Theriak. Nein! Er war nicht bereit, die Schüsse auf ihn als einen leidigen Unfall abzutun. Mit diesem festen Vorsatz schlief er ein.

Abel hörte nicht den Ruf zur *laudes* und auch nicht den zur *prima*. Es war schon hell, als er vom Knallen einer Peitsche auf dem Hof aufwachte. Mühsam stand er auf und machte die Tür wieder frei. Auf dem ganzen Rücken zog und stach es.

Aber er war froh, nicht mehr auf dem Bauch liegen zu müssen. Sein Blick fiel auf die Hände. Er hatte sie ganz vergessen. Die Pusteln waren verschwunden und auch die Rötung hatte deutlich nachgelassen.

An der Tür klopfte es. Noch ehe er »Herein« sagen konnte, stand Elias im Zimmer. Dieser zog die Augenbrauen hoch. »Ihr seid aufgestanden? Dann scheint es Euch ja besser zu gehen.«

Abel verzichtete auf eine Antwort.

Elias hatte eine Suppe und einen Humpen Bier dabei. Abel musste lächeln. *Liquida non frangunt ieiunium.* Was flüssig ist, bricht kein Fasten. Abel bat Elias, beides auf den Tisch zu stellen. Dieser tat, was ihm geheißen wurde, und verließ grußlos das Zimmer. Abel war es recht. Er wollte nachdenken.

Wie nur könnte er Marie eine Nachricht zukommen lassen? Es wollte ihm nichts einfallen. Peter könnte er vielleicht schicken, der würde sich am wenigsten wundern. Aber wäre Peter zuverlässig? Nichts Schlimmeres, als wenn ein Brief von ihm in falsche Hände gelangen würde. Selber zum *Riesen* zu gehen, traute sich Abel noch nicht zu.

Abel schnupperte an der Suppe. Ein kräftiger Geruch von Beiwurz, Knoblauch und Pfeffer stieg ihm in die Nase. Abel schaute genauer hin. Wie sah Mönchspfeffer aus, wenn er gekocht war? An der Fleischeinlage erkannte Abel, dass Severin Reste der Jagdbeute verarbeitet hatte. Es waren wohl mehr Schnepfen geschossen worden, als die Jagdgesellschaft und die Konventualen verspeisen konnten. Drei davon waren von mir, dachte Abel, und es gelang ihm ein Lächeln.

In diesem Augenblick klopfte es erneut. Abel drehte sich langsam zur Tür. »Wer da?«

»Ich bin's, Augustin!«

»Kommt herein!«

Der Pförtner trat ein und machte verlegen eine Verbeugung. »Draußen vor dem Tor steht ein Mann. Der will unbedingt zu Euch.«

»Ein Mann? Was will er?«

»Sagt er nicht. Will es nur Euch sagen.«

»Woher?«

Augustin hob die Arme.

»Holt ihn hoch«, sagte Abel.

Er musste nicht lange warten. Bald schon öffnete Augustin erneut die Tür und ließ den Besucher eintreten. Dieser hatte eine Mütze von seinem hageren Schädel gezogen und wusste nicht, wo er hinschauen sollte.

»Ja, bitte?«, sagte Abel.

»Kennt Ihr mich ned?«, fragte der Mann. »Ich bin's, der Kranke ausm *Riesn.*«

Abel versuchte sich aufzurichten. Da sah er das neugierige Gesicht des Pförtners. »Augustin. Es ist gut. Ihr könnt uns alleine lassen.«

Der Pförtner machte ein mürrisches Gesicht und schlich davon.

Abel streckte dem Fuhrmann die Hand hin. »Helft mir hoch!« Dieser grinste.

»Habt wohl noch nie einen Pater im Nachthemd gesehen?«, fragte Abel. Als er stand, schob er den Besucher zur Seite und stakste zur Tür. Der Rücken tat weniger weh als erwartet. Abel öffnete die Tür einen Spalt und schaute auf den Gang. Der Pförtner war tatsächlich verschwunden. Dann ging Abel zum Tisch zurück und setzte sich auf den Stuhl.

»Wollt Ihr Euch aufs Bett setzen?«

»Dankschö. Ich brauch ned lang.«

»Wie heißt Ihr eigentlich?«

»Deobald Sommer. Fuhrmann aus Bamberch.«

»Man hört's.«

Der Händler richtete seinen Hosenbund.

»Donnerkeil. Wenn Ihr ned gwesn wärd, mich hädds erwischd.« Abel winkte ab. Er wollte wissen, ob Sommer von Marie geschickt war.

»Und?«, fragte er.

Sommer drehte seine Mütze in den Händen. »Also, die Sach is die. Da is e Fräulein im *Riesn*. Die sachd, Ihr wärd ihr Onkl und ich soll Euch frochn, wie's Euch gehd.«

»Wie es mir geht? Das heißt, sie weiß, dass ich ... mich schonen muss?«

»Die ganze Stadd red davoo.«

Abel wollte sich aufrichten, doch ein Stechen im Rücken hielt ihn davon ab. Er stöhnte. »Man spricht über mich?«

Der Fuhrmann trat von einem Bein auf das andere. Abel blickte ihn an. »Sagt die Wahrheit! Man lacht über mich?«

»No ja, wenn's mich so frochn, Bader. Abber edsädla kummd mers erschd, Ihr sidzd ja!«

»Warum sollte ich nicht sitzen?«

»Weil ... weil es haasd, mä häd Euch in den ... Bobbes gschossn.« Der Fuhrmann griff sich an den Hintern.

»Sommer, Ihr könnt den Leuten sagen, es war der Rücken. Tut mir Leid, wenn ich ihnen den Spaß verderbe.«

Sommer zog an seinem Gürtel. »Des is gud, Ihr nemmds mit Humor.«

Abel fragte vorsichtig: »Meine Nichte, hat sie noch mehr wissen wollen?«

»Nur, was Sie für Euch dun kann.«

»Das gute Kind. Sorgt sich um ihren Oheim. Sagt ihr, es ginge mir gut und sie könne augenblicklich nichts für mich tun.«

Abel dachte kurz nach. Ihm war ein Gedanke gekommen. Sollte er, oder sollte er nicht? Dann gab er sich einen Ruck. »Aber Ihr könntet etwas für mich tun.«

»Ich für Euch? Ich hab mich ned gedraud, zu frochn. Is des wecha dem Madla? Sie is gar ned Euer Nichde, gell!«

»Was soll das, Sommer?« Abels strenger Ton ließ den Fuhrmann zurückweichen. »Natürlich ist sie meine Nichte. Es geht um den Unfall. Ich hätte gerne, dass Ihr Euch im *Riesen* und in der Stadt ein wenig umhört. Vor allem unter den Treibern. Fragt sie, ob ihnen etwas Besonderes aufgefallen ist!«

Der Händler machte ein ernstes Gesicht. »Des wor gar kaa Unfall?«

Abel beugte sich nach vorne und legte den Zeigefinger auf den Mund. »Ich bin in einem besonderen Auftrag unterwegs und muss wissen, was hier wirklich passiert ist.« Dann lehnte er sich wieder zurück. »Wenn Ihr versteht, was ich meine.«

Der Fuhrmann kratzte sich am Kopf. »Ich glebb scho.«

Abel legte erneut den Zeigefinger auf den Mund.

Der Fuhrmann grinste und machte eine Verbeugung. »Bader, ich bin Euer Mo.«

Abel stand auf, ging zum Schrank und öffnete ihn. Er holte aus seiner Kutte ein paar Kreuzer. »Hier, nehmt. Es soll Euch helfen, den Leuten den Mund zu öffnen.«

»Ihr dürft aber nicht mehr hierherkommen. Ich werde Euch im *Riesen* besuchen.«

»Wie Ihr des wünschd.« Der Fuhrmann verbeugte sich und wollte gehen.

Auf dem Weg zur Tür blieb er noch einmal stehen und bückte sich. »Hier lichd en Zeddl«, sagte er und reichte diesen Abel. Dann ging er.

Abel nahm das Blatt. In der bekannten sauberen Schrift stand darauf: *Te mortuum esse cupio*. Dass Du doch tot wärest!

Abel starrte noch lange auf den Zettel. Seit wann lag dieser schon dort am Boden? Und von wem stammte er? Elias war gestern Abend der erste Besucher. Dann kamen der Bibliothekar und der Apotheker. Heute Morgen noch einmal Elias, dann Augustin. Konnte es sein, dass der Zettel schon vorher unter der Tür hindurchgeschoben worden war, als er, Abel, noch schlafend im Bett lag? Und alle, bis auf den Fuhrmann, hatten ihn übersehen? Abel wunderte sich, wie ruhig er war. Er schaute zu dem Bärenfell. Hatte der Apotheker gewusst, dass er es brauchen würde?

XV

Bis zum Nachmittag wälzte sich Abel im Bett. Dann stand er auf. Er hatte beschlossen, Marie nach der *vesper* zu besuchen. Im Schutz der Dunkelheit könnte er vielleicht unerkannt bleiben. Als er sich die Kutte überzog und der Rücken wieder zu schmerzen begann, kamen ihm Zweifel, ob es richtig war, was er vorhatte. Er stützte sich mit einer Hand am Tisch ab und wischte sich den Schweiß von der Stirn. Es war schlimmer als tags zuvor. Als die Schmerzen ein wenig nachließen, ging er langsam zum Fenster und öffnete es. Wenn er aufrecht ging und keine unbedachte Bewegung machte, war es auszuhalten. Abel schaute über den Hof zu den Stallungen und der Scheune. Bis dahin musste er es schaffen.

In der Prälatur war es ruhig. Lediglich auf dem Weg zur Scheune begegnete ihm ein Arbeiter. Abel sah, wie dieser sich grinsend wegdrehte. An der Scheunenwand fand Abel, was er suchte: Leitern in unterschiedlichen Längen. Abel merkte sich die Leiter, die ihm lang genug schien, um damit über die Mauer zu klettern. Dann machte er sich wieder auf den Weg in sein Zimmer. Das Rosshaar hing lose am Türrahmen. In dieser kurzen Zeit? Er war doch nur wenige Schritte über den Hof gegangen! Abel öffnete vorsichtig die Tür und schaute ins Zimmer. Auf dem Tisch stand etwas zu essen. Sonst schien alles unberührt. Er ging zum Tisch und betrachtete den Teller mit der Gerstensuppe und dem Hering. Es wurde also wieder gefastet. Aber solange er nicht wusste, wer ihm das Essen aufs Zimmer gebracht hatte, würde er nichts anrühren.

Vor Einbruch der Dunkelheit erschien Binsack und sah noch einmal nach Abels Wunden. Kurz überlegte Abel, ob er dem Apotheker etwas von dem Zettel sagen sollte. Doch dann verwarf er den Gedanken wieder. Stattdessen bat er Binsack, das Essen abzutragen. Nachdem der Apotheker sich verabschiedet hatte, stand Abel auf, holte den Rest von Salomons Allheilmittel unter der Matratze hervor, trank das Fläschchen leer und zog sich wieder an. Dann ging er zum Fenster und schaute hinunter in den Hof. Von den Gebäuden waren nur noch die Umrisse zu erkennen. Er öffnete einen Fensterflügel und horchte. Endlich schloss Augustin das Tor. Abel ging zur Zimmertür, öffnete sie leise und lauschte. Als unten im Treppenhaus ein Schlüssel im Schloss gedreht wurde, lächelte er zufrieden. Er wartete noch einen Augenblick. Dann ging er zurück in sein Zimmer und griff unter das Bett, wo er die Wagenschmiere und die Rosshaare versteckt hatte. Er nahm etwas Fett auf eine Fingerspitze und verließ das Zimmer. Im Kloster war es ruhig. Er zog die Tür zu und klebte das dort noch vorhandene lose Haar mit dem Fett wieder in die obere Ecke des Türstockes. Wenn jetzt noch jemand nach ihm schauen wollte, würde er es bei seiner Rückkehr wissen. Dann schlich er die Treppe hinunter. Abel dachte an Marie. Wenn sie ihn jetzt sehen würde, wie er sich steif und ungelenk die Treppe hinunterbemühte, würde sie lachen oder weinen? Immerhin, Salomons Wundermittel wirkte. Es machte zwar etwas müde, aber er verspürte auch kaum noch Schmerzen.

Wie erwartet, war die Portaltür der Prälatur abgeschlossen. Also ging Abel an den Ritterstuben und der Küche vorbei hinüber in die Alte Abtei, wo sich die Tür zum Hof befand, die auch Salomon nachts benutzt haben musste.

Es fiel Abel schwerer als gedacht, die Leiter abzuhängen, zur Klostermauer zu schleppen, sie dort anzustellen und über die Mauer zu klettern. Zu allem Unglück fing es auch noch an zu nieseln. Beinahe wäre Abel abgerutscht, als er auf der

Mauer sitzend die Leiter hochziehen und an der Außenseite wieder abstellen wollte. Endlich stand er draußen auf der Straße. Die Leiter legte er am Fuß der Mauer ab. Am ganzen Körper lief ihm Schweiß herunter.

Bedächtig, es ging auch gar nicht anders, näherte sich Abel dem *Riesen*. Aus der Gaststube drang Lärm. Abel schaute erst gar nicht durch die Fenster, sondern tastete sich im Dunkeln über den Hof zum Hintereingang und stieg die Treppe hoch. Hinter Maries Tür war es ruhig. Als er auch nach mehrmaligem Klopfen keine Antwort bekam, drückte Abel die Klinke nach unten. Die Tür war zu. Abel überlegte. War Marie zum Essen in die Gaststube hinuntergegangen? Sollte er Sommer, den Fuhrmann, bitten, sie zu benachrichtigen? Doch auch dessen Tür war verschlossen. Abel überlegte. Sollte er selbst in die Gaststube gehen? Wie würden sich die Leute verhalten, wenn sie ihn erkannten? Abel schüttelte den Kopf. Doch hier auf dem Gang warten wollte er auch nicht.

Er tastete sich wieder hinaus auf die Straße. Dort wandte er sich einem der Fenster des Wirtshauses zu. Abel drückte die Nase an die Butzenscheiben und versuchte, in die Gaststube zu blicken. Die Stube war ähnlich prall gefüllt wie vorgestern, als er Marie zum ersten Mal besucht hatte. Abel begann, unter den Gästen nach ihr zu suchen. Kurz zuckte er zusammen, als er an einem Tisch den Fuhrmann Sommer entdeckte. Einen Bierkrug in der Rechten prostete dieser einem Zechkumpan zu.

Dann sah Abel Marie. Sie saß an einem kleineren Tisch in einer ruhigeren Ecke und schien sich gut zu unterhalten. Lachend warf sie ihren Kopf in den Nacken. Abel sah ihre Grübchen in den Wangen und schluckte. Marie saß mit mehreren Kaufleuten am Tisch. Einer von ihnen hatte seine Hand auf Maries Arm gelegt. Sie ließ es geschehen. Der Kaufmann war deutlich älter als Marie. Seine Kleidung wies ihn als wohlhabend aus. Auch sonst machte er einen gepflegten Eindruck.

Abel presste die Lippen aufeinander. In diesem Augenblick drang Lärm an sein Ohr. Die Tür des Wirtshauses wurde geöffnet und Licht fiel auf das Pflaster. Abel löste sich rasch vom Fenster und kehrte in die Abtei zurück.

Das Haar klebte wie zuvor an der Tür. Wie gewohnt schob Abel im Zimmer den Stuhl unter die Klinke. Seine Gedanken kreisten um Marie. Wie konnte sie ihm das antun?

Er zog die Kutte aus und legte sich ins Bett. Doch er fand keine Ruhe. Immer wieder wälzte er sich herum. Die Schmerzen, die dies hervorrief, kannte er mittlerweile. Viel stärker quälte ihn der Gedanke, warum Marie so vertraulich mit dem fremden Kaufmann war. Hatte sie ihn ganz vergessen? Dann wieder schalt er sich einen Narren. Er kannte Marie doch. Nie und nimmer würde sie sich so schnell mit einem anderen Mann einlassen. Dennoch ließ ihn die Vorstellung daran nicht los. Gegen Morgen endlich schlief er dann ein. Der Ruf zur *laudes* weckte ihn. Abel biss die Zähne zusammen und stand auf. Dann zog er sich an. Er würde allen zeigen, dass er wieder auf den Beinen war.

Ein Raunen und Tuscheln ging durch die Reihen, als Abel im Chor der Basilika erschien. Aufreizend langsam nahm er im Chorgestühl Platz. Abt Bonifatius verzog keine Miene und der Cellerar schaute grimmig wie immer. Nur Innozenz nickte Abel freundlich zu. Abel hatte sich entschieden, das Spiel des Abtes mitzuspielen und so zu tun, als würde auch er an einen Unfall glauben. Nach dem Gottesdienst ging er hinaus in den Hof und schlenderte zum Minerva-Tor. Dort schaute er sich um. Niemand nahm Notiz von ihm. Warum nicht, dachte er, trat durch das Tor und eilte in die Stadt. Vor dem *Riesen* zögerte er. Konnte er so früh schon Marie besuchen? Er blickte hoch zu den Zimmern. Dann gab er sich einen Ruck und betrat das Gebäude.

»Den Weesch könnd Ihr Euch sparn!«

Erschrocken blieb Abel auf der Treppe stehen und drehte

sich langsam um. Unten im Gang stand die Wirtin und trocknete ihre Hände an der Schürze.

»Wieso?«, fragte er hastig.

»Vor Middach wacht der net uff.« Die Wirtin legte den Kopf zurück und führte den Daumen an den Mund. »Had uff emal wieder Geld gehabbd.«

Abel streckte sich. Woher sollte die Wirtin den Grund seines Besuchs wissen? Zugleich aber stieg ihm auch die Zornesröte ins Gesicht. Er konnte sich denken, wessen Geld Sommer auf den Kopf gehauen hatte.

»Vergelts Gott, Frau. Werde trotzdem nach ihm schauen. Jetzt, wo ich schon einmal da bin.«

»Wie Ihr meind.« Die Wirtin zog die Nase hoch und verschwand in der Küche.

Abel stieg die Stufen weiter hoch. Ohne zu klopfen öffnete er die Tür zu Sommers Zimmer. Er prallte zurück. Der saure Geruch von Erbrochenem schlug ihm entgegen. Die Fensterläden waren geschlossen, aber das Licht, das durch die Tür fiel, genügte ihm. Sommer lag angezogen und wie leblos auf dem Bett. Über der Lache davor kreisten Fliegen. Abel zog die Tür zu und ging den Gang leise weiter.

An Maries Zimmertür blieb er stehen und lauschte. Dahinter war es ruhig. Ob er doch zu früh war? Bestimmt war Marie gestern spät ins Bett gekommen. Vorsichtig schlug Abel mit dem Knöchel des rechten Zeigefingers an die Tür. Er hörte ein Knarzen, dann vernahm er ein dünnes »Wer da?«.

Abel legte die Stirn auf das Türblatt und flüsterte: »Ich bin's, Abel.«

Stille. Abel dachte zunächst, Marie hätte ihn nicht gehört, und er wollte sich etwas lauter melden. Doch dann wurde drinnen ein Stuhl gerückt.

»Einen Augenblick«, hörte er Marie sagen. Dann öffnete sie die Tür.

»Schau mich bitte nicht an«, flüsterte Marie, als Abel im

Zimmer stand. Sie hatte sich einen Morgenmantel übergeworfen und blickte zu Boden. Ihr Haar hing wild durcheinander und bedeckte ihr Gesicht. Dann hob sie langsam den Kopf.

Abel erschrak. »Du hast geweint?«

Marie verzog den Mund. »Kopfschmerzen.« Dann deutete sie zur Schüssel auf dem Tisch. »Ich dachte, kaltes Wasser würde helfen.«

Abel versuchte, sich unauffällig umzuschauen.

»Also doch!«, hörte er sich sagen.

»Was?« Marie schlurfte zum Tisch, setzte sich, schlug die Haare zurück und hielt ihr Gesicht ins Wasser.

»Du warst doch in der Gaststube. Gestern Abend. Ich habe dich gesehen.«

Statt einer Antwort hörte Abel nur das Blubbern des Wassers.

»Mit einem Mann«, setzte er nach.

Marie hob den Kopf und tastete nach einem auf dem Tisch abgelegten Handtuch. Abel machte einen Schritt zu ihr hin und schob es ihr zu. Marie drückte das Tuch auf ihr Gesicht und richtete sich ganz auf. Dann sah sie Abel an.

»Du warst hier? In der Gaststube?«

Abel schüttelte den Kopf.

»Hast du nicht eben gesagt, du hättest mich gesehen?«

»Durchs Fenster.«

»Warum bist du nicht hereingekommen?«

Abel schluckte.

Marie schaute ihn an und fuhr hoch. »Gütiger Gott. Ich hab's ganz vergessen.« Sie stand auf und umarmte Abel. Als sie merkte, wie er zusammenzuckte, hielt sie inne. »Was ist?«

»Du weißt doch, was passiert ist.«

»Dein Rücken auch?«

Abel zögerte einen Augenblick. »Nur mein Rücken«, sagte er dann.

Marie schlug sich mehrmals an die Stirn. »Entschuldige,

Abel, das verdammte Kopfweh.« Dann ließ sie sich wieder auf den Stuhl fallen und begann zu weinen.

Abel stand da und sah auf ihre zuckenden Schultern. Erst nach einer Weile traute er sich, sie anzufassen. Marie schluchzte noch lauter. Als Abel sie dann an sich drückte, wurde sie ruhiger.

»Ist nicht so schlimm«, sagte er. »Hat der Fuhrmann dir nicht berichtet?«

Marie setzte sich ein wenig auf und trocknete mit dem Handtuch ihre Tränen. »Er muss gleich nach dem Besuch bei dir in der Gaststube verschwunden sein. Ich habe gewartet und gewartet. Immer wieder habe ich an seine Zimmertür geklopft. Vergebens. Als er bis zum Abend nicht aufgetaucht ist, bin ich hinunter in die Gaststube. Da war er gesessen mit ein paar anderen Burschen und hatte wohl schon kräftig getrunken. Hat nicht gleich gewusst, was ich von ihm wollte. Dann erinnerte er sich doch. Dem Oheim geht es gut, hat er gelallt, und sein Zechkumpan hat versucht, mich anzufassen. Da habe ich dem eine Ohrfeige gegeben. Der Kerl ist aufgesprungen und wollte auf mich los. Plötzlich war Bartholomäus neben mir gestanden und der Kerl hat sich brav wieder gesetzt.«

»Bartholomäus?«

Marie nickte. »Ein alter Bekannter Vaters aus früheren Tagen. Tuchhändler. Er ist auf dem Weg nach Frankfurt. Ich kannte ihn schon als Mädchen. Onkel Barthel hat mich zu sich an seinen Tisch eingeladen.«

Abel blickte auf den Boden. Marie griff nach seinem Arm. »Stell dir vor, was ich erfahren habe. Es war spät, ich wollte gerade gehen, als man am Nachbartisch über dich redete.«

»Ich weiß. Die halbe Stadt tut das.«

»Dein Name ist nicht gefallen. Aber sie unterhielten sich über einen Pater, dem bei der Jagd in den …« Marie presste die Hand auf den Mund.

»… in den Hintern geschossen worden ist«, ergänzte Abel.

Marie nickte. »Deswegen habe ich mich vorhin auch so gewundert.«

»Haben sie sonst noch etwas erzählt?«

»Das will ich dir ja gerade sagen. Der eine wollte alles gesehen haben. Er hat behauptet, es wäre mit Absicht geschehen.«

Abel ließ Marie los. »Mit Absicht? Was hat er noch gesagt?«

»Weiß nicht. Sie haben dann begonnen, über das Kloster zu lästern.« Marie hob die Hand und streichelte Abels Wange. Abel hielt still, doch seine Gedanken waren woanders.

»Ist es schlimm?«, fragte Marie.

»Die Verletzung? Es geht. Du siehst es ja.« Abel streckte sich.

»Ich hatte Glück. Die Jagdkleidung hat das meiste abgehalten.«

Jetzt stand Marie auf, zog mit beiden Händen Abels Kopf zu sich hin und küsste ihn. Abel schloss die Augen. Wie weich ihre Lippen waren. Ein Schauer lief über seinen Rücken. Er legte seine Arme um Marie und drückte sie an sich. Abel spürte seine Wunden nicht mehr. Stattdessen fühlte er durch den Stoff seiner Kutte, wie sich Maries Brüste hoben und senkten.

Atemlos löste sich Abel plötzlich von Marie und schob sie ein wenig von sich weg.

»Marie, wir dürfen das nicht«, sagte er.

»Ich weiß«, flüsterte sie.

Dann umschlangen sie sich erneut.

XVI

Abel schlich die Treppe hinunter. Lange waren Marie und er sich in den Armen gelegen. Erst als Marie sich ihr Haar aus dem Gesicht gestrichen hatte, war er wieder zu Sinnen gekommen. Marie hatte gelöst und glücklich gewirkt, während er ein wenig verlegen dagestanden war.

Zugleich musste Abel auch an ihre letzten Sätze denken. Ein Zecher hatte behauptet, der Schuss auf ihn, Abel, sei kein Unfall gewesen. Marie kannte weder den Namen dieses Gastes, noch konnte sie sagen, wo dieser herstammte. Sie beschrieb ihn als wohl aus Seligenstadt kommenden einfachen Bauer oder Tagelöhner. Abel vermutete, dass es ein Bauer aus der Stadt sei, den man zur Mithilfe bei der Jagd verpflichtet hatte.

Marie hatte sich sogleich bereit erklärt, nach dem Unbekannten Ausschau zu halten. Doch Abel war dagegen gewesen, sie noch weiter in diese Angelegenheit hineinzuziehen. Es sei schon genug, dass er, Abel, gefährdet war.

Nach einem weiteren Kuss jedoch hatte Abel nachgegeben. Sie hatten vereinbart, dass Marie sich am Abend erneut in die Gaststube setzen würde. Entweder der Unbekannte wäre wieder da, oder wenigstens einer seiner Zechbrüder. Marie war sich sicher, den gesuchten Zeugen wiederzuerkennen. Abel würde solange in ihrem Zimmer warten und alles Weitere dann selbst in die Hand nehmen.

Zurück im Kloster konnte er am unversehrten Rosshaar feststellen, dass niemand in seinem Zimmer gewesen war. Abel sicherte sodann die Tür von innen und lag noch lange mit offenen Augen, das Bärenfell fest umschlungen, im Bett. Wie sollte es weitergehen mit ihm und Marie?

Das Mittagessen im *refectorium* wollte ihm nicht schmecken. Nachdem der Abt die Tafel aufgehoben hatte, ging Abel zurück auf sein Zimmer. Er wünschte sich, es wäre schon Abend und Marie könnte ihm den Bauern zeigen, der behauptete, es sei bewusst auf ihn geschossen worden.

Die Stunden schienen nicht zu vergehen. Abel saß am Tisch und versuchte, den Bericht für den Erzbischof aufzusetzen. Gelegentlich musste er Pausen machen und sich aufs Bett legen, da der Rücken schmerzte. Später am Nachmittag suchte er Binsack auf und ließ sich von diesem die Wunden versorgen. Auf dem Rückweg lief ihm Elias über den Weg. Abel bat den Sekretär, ihn aufgrund seiner Verletzungen beim Abt zu entschuldigen, falls dieser ihn zum Abendessen einladen wollte.

Endlich brach die Dämmerung herein. Abel wartete, bis nach der *komplet* die Tore und Türen geschlossen wurden, dann machte er sich auf den Weg. Problemlos kam er an die Leiter und gelangte über die Mauer. Das Jucken auf dem Rücken verriet ihm, dass die Wunden bereits heilten.

Durch ein Fenster im *Riesen* sah Abel, wie Marie in der gleichen Ecke saß wie tags zuvor. Sie war alleine an ihrem Tisch, trug ein feines Tuch um die Schulter und nippte an einem Glas Wein. Abel beobachtete sie eine Weile, dann riss er sich los und ging über den Hof in das Gebäude. Hier schaute er zuerst in das Zimmer des Händlers. Er hatte sich vorgenommen, sein Geld zurückzuverlangen. Doch das Zimmer war leer und aufgeräumt. »Ausgeflogen«, flüsterte Abel und schlug auf den Türstock. Dann zog er sich in Maries Zimmer zurück. Er setzte sich ans Fenster und begann zu warten.

Endlich hörte er Schritte. Licht fiel durch den Spalt unter der Tür ins Zimmer. Dann trat Marie ein. Wie selbstverständlich fielen sie sich um den Hals.

»Er ist da«, flüsterte Marie.

»Wie kann ich ihn erkennen?«

»Langes, schwarzes, verlaustes Haar, Bartstoppeln und ein blauer Kittel. Etwa dreißig Jahre alt, kräftig. Sitzt am Tisch gleich neben der Theke.«

»Alleine?«

»Nein. Drei andere sind dabei. Sie spielen Karten.«

»Ich werde ihn draußen abpassen, wenn er nach Hause geht.«

Marie stellte ihr Licht auf den Tisch, nahm das Tuch von den Schultern und setzte sich aufs Bett. »Vor Mitternacht werden sie bestimmt nicht fertig«, sagte sie und lächelte Abel an. Abel nahm vor ihr auf dem Stuhl Platz. Sie schwiegen.

»Erzähl mir von dir«, sagte Marie nach einer Weile.

»Was willst du wissen?«

»Alles. Ich weiß so wenig von dir, kaum mehr als dein Alter und woher du kommst.«

Abel dachte nach. Marie hatte recht. Sie kannten sich seit — Abel begann zu rechnen — elf Jahren. Abel hatte schon viele Stunden mit Marie verbracht, aber kaum alleine, sondern meist gemeinsam mit ihrem Vater und Waldemar Wolf, dem Miltenberger Schultheiß. Von sich hatte er bei diesen Zusammenkünften tatsächlich nicht viel erzählt und für Marie hatte sich auch keine Gelegenheit zum Austausch ergeben. Meist ging es in Miltenberg um die Weinpreise, das Wetter oder die Politik.

»Wo soll ich anfangen?«

»Am besten bei deiner Geburt.«

Abel schmunzelte. »Wie du willst. Also gleich nach meiner Geburt habe ich beschlossen, Cellerar im Kloster Amorbach zu werden ...«

»Abel!« Marie, die sich mit dem Rücken an die Wand gelehnt hatte, setzte sich auf. Abel gefiel diese gespielte Strenge.

»Also gut. Eigentlich wollte ich nie ins Kloster.«

»Schon besser.« Marie lehnte sich wieder zurück.

»Vergiss nicht, wäre ich nicht Benediktiner geworden, wir wären uns nie begegnet.«

Marie blieb still.

»Aber mein Vater und unser Pfarrer haben es anders bestimmt.«

»Und deine Mutter?«

»Ist gestorben, bei der Geburt meiner jüngsten Schwester.«

»Oh!«

»Wir waren zwei Buben und drei Mädchen. Vater dachte, als er ohne Frau dastand, dass die Geistlichkeit gut isst und trinkt, hohes Ansehen genießt und keine Sorgen hat. Also sollte einer der Söhne Pfarrer werden. Das wäre auch ein Esser weniger. Mich traf es, weil das Lesen und Schreiben mir keine Mühe gemacht hat. Trotzdem, Pfarrer wollte ich eigentlich nicht werden.«

»Was dann?«

»Schultheiß. So einer, wie wir ihn in unserem Städtchen hatten, einer, der sonntags hoch zu Pferde ausreitet und sich von allen Seiten grüßen lässt.«

»So einer wolltest du werden?«

»Als Kind, Marie!«

»Und dann bist du doch ins Kloster!«

»Zunächst wollte ich nicht, wie gesagt. Der Pfarrer hat aber nicht aufgehört, mich zu locken. Wie schön es doch sei, das Zusammenleben mit Gleichgesinnten, die prachtvollen Messgewänder, das Spazierengehen in wunderschönen Gärten und so weiter. Aber zunächst warfen mich die wilden Blattern nieder und es dauerte, bis ich wieder auf die Beine kam.«

»Warum lächelst du?«

»Ich habe gerade an meine erste Beichte gedacht«, antwortete Abel.

»War die so lustig? Wir hätten uns nicht getraut, in der Kirche zu lachen.«

»Wir auch nicht. Aber ich wollte etwas anderes erzählen.

Ein Großteil unserer Schulzeit bestand darin, uns über das Sakrament der Beichte zu unterrichten. Der Pfarrer kam einmal in der Woche vorbei, um nachzusehen, ob wir Kinder auch fleißig lernten. Wer nichts oder zu wenig wusste, bekam Prügel. Ich wurde nie geschlagen, als es aber mit der Beichte so weit war, wollten mir einfach keine Sünden einfallen. Ich betete und betete, sang für mich das Kirchenlied *Komm Heiliger Geist*, aber mir fiel nicht die kleinste Sünde ein.« Abel lächelte erneut. »Der Pfarrer saß im Beichtstuhl, die Reihe war bald an mir und ich wusste immer noch keine Sünde. In meiner Not fragte ich meinen Banknachbarn, was er beichten würde. Ohne zu zögern hat dieser geantwortet, morgens das Beten vergessen zu haben, den Eltern und Lehrern nicht gehorcht zu haben und während der Messe mit den Gedanken woanders gewesen zu sein. Das traf zwar auf mich nicht zu, aber ich wusste jetzt, was ich beichten konnte. Dann war ich doch enttäuscht, weil der Pfarrer gar nicht richtig hingehört hatte. Ich habe dann lange stets das Gleiche gebeichtet.«

»Wir Mädchen wussten immer, was die anderen beichten«, sagte Marie nach einer Pause.

»Ihr habt euch eure Sünden gegenseitig erzählt?«

»Warum nicht? Wir haben uns sogar gestritten, wer die meisten hatte. Manchmal haben wir auch getauscht.«

Abel griff nach Maries Händen. »Ihr habt eure Sünden getauscht?«

Marie lachte. »Natürlich nur solche, die nicht schlimm waren. Niemand wollte unnötig zur Strafe während der Messe auf einem Stück Holz knien.«

»Drei *Vaterunser* und drei *Ave-Maria*, das war meine Buße«, fuhr Abel fort. »Über Jahre. Bis ich zu den Benediktinern kam. Aber zunächst einmal musste ich auf das Gymnasium. Zuvor habe ich schon beim Pfarrer Latein lernen müssen. Er hat mich auch auf die Aufnahmeprüfung vorbereitet. Die Professoren am Gymnasium waren Geistliche des ansässigen Benediktinerklosters gewesen. Dorthin brachte mich der Pfarrer, weil der Abt mir die Prüfung abnehmen sollte.«

Abel spielte mit Maries Fingern. Seine Gedanken waren weit weg. »Damals«, sagte er, »damals habe ich zum ersten Mal ein Kloster von innen gesehen.

»Wie alt warst du da?«, fragte Marie.

Abel nahm seine Finger zu Hilfe. »Zwölfeinhalb«, sagte er.

»Und schon im Kloster?«

»Nein, noch nicht. Der Pfarrer hat mich zunächst bei einer frommen Familie untergebracht. Morgens um sieben Uhr traf ich mich mit anderen im Gymnasium und wir zogen von da aus klassenweise in die Klosterkirche. Nach dem Gottesdienst ging es zurück zur Schule. Beten, lernen, beten. Tagein, tagaus. Aber mir hat es nichts ausgemacht.«

»Und Mädchen?«

Abel rutschte auf seinem Stuhl hin und her. Dann setzte er sich gerade auf. »Natürlich hat es auch Mädchen gegeben. In der Stadt und auch in der Kirche. Aber nicht bei uns im Gymnasium.«

»Das weiß ich doch. Ich meinte, ob ihr euch nicht mit Mädchen getroffen habt. Wenn schulfrei war, zum Beispiel.«

Abel räusperte sich. »Meine Wirtsleute hatten eine Tochter.«

»Und?«

»Was und?«

»Wie hieß sie?«

»Elise.«

»Wie alt?«

»Etwas älter als ich. Ich habe ihr gelegentlich bei den Schreibarbeiten geholfen.«

»Sonst nichts?« Marie hatte sich auf dem Bett aufgerichtet.

»Was meinst du mit ›sonst nichts‹?«

Marie schmunzelte. »Nun, hat es vielleicht etwas zwischen euch gegeben, das du beichten musstest?«

Abel ließ Maries Hände los. Da stand Marie auf, ging zu ihm hin, setzte sich auf seinen Schoß und schlang die Arme um ihn. »Komm, erzähl's mir«, flüsterte sie ihm ins Ohr.

Abel spürte die Wärme Maries. Er legte seinen rechten Arm um ihre Hüfte und erzählte weiter. »Ich musste einige Tage das Bett hüten. Elise setzte sich zu mir und vertrieb mir die Zeit. Das heißt, sie hat mich ausgefragt, so wie du.«

Marie biss Abel ins Ohrläppchen.

»Was ich einmal werden wolle, hat sie mich gefragt, und ich habe ihr erklärt, dass ich zu den Benediktinern gehen werde. Das hatte ich ihr aber schon öfters gesagt. Sie meinte, ob ich mich wirklich in eine raue Kutte stecken lassen wolle. Warum ich nicht wenigstens Pfarrer werden wolle, wo ich nicht ganz so von der Welt abgeschieden wäre und ich mir eine schöne Köchin halten könnte und so weiter. Seitdem haben wir uns heimlich getroffen und uns viel erzählt.«

»Und weiter?«

»Nichts weiter.«

Marie zwickte Abel in die Seite. Abel seufzte.

»Also gut. Eines Tages, ihre Eltern waren nicht zu Hause, ich ging in die Küche, etwas Brot holen. Da stand Elise in einer Wanne und wusch sich. Ich wollte gleich wieder gehen, doch Elise bat mich, ihr das Tuch zu reichen. Ich habe versucht, nicht hinzusehen.«

»Das glaube ich nicht.«

»Was glaubst du nicht?«

»Dass du nicht hingesehen hast.«

Abel richtete sich so schnell auf, dass Marie beinahe von seinem Schoß gerutscht wäre. »Ich schwör's«, sagte er und erschrak selbst, wie laut er geworden war.

»Ich glaub's ja«, flüsterte Marie ihm ins Ohr.

»Sie hat gelacht, ist aus der Wanne gestiegen und hat sich das Tuch selbst geholt. Und ich habe schleunigst die Küche verlassen.«

Marie kicherte.

»Ich habe lange mit mir gerungen, ob das eine Sünde war und ob ich es beichten soll. Dann habe ich es doch getan. Ich hatte größte Mühe zu versichern, dass nichts Unrechtes geschehen sei. Kurz darauf musste ich im Auftrag des Pfarrers das Haus verlassen und mich bei einem alten Paar ohne Kinder einquartieren.«

»Und Elise?«

»Sie hat geweint, als ich gehen musste. Wir haben uns danach nie mehr gesehen.«

»Wie traurig«, sagte Marie und drückte ihr Gesicht an Abels Hals.

Die Glocken der Abteikirche schlugen elf Mal. Abel schob Marie von seinem Schoß und stand auf. »Ich muss jetzt gehen«, sagte er und umarmte sie noch einmal. »Und das nächste Mal erzählst du von dir!«

»Das wird weniger spannend sein«, sagte Marie und drückte ihm einen Kuss auf die Wange.

Abel sog den Duft von Sandelholz ein. Dann riss er sich los. »Ich muss, Marie«, sagte er, ergriff noch einmal ihre Hände und drückte sie an seinen Mund. »Bis bald.«

Dann verließ er das Zimmer.

Auf der Straße sah Abel durch ein Fenster der Gaststube, dass der Gesuchte noch mit den drei anderen Bauern Karten spielte. Die Stube war fast leer. Sicher würde sein Zeuge bald aufbrechen. Vor einem Nachbarhaus erkannte Abel die Umrisse eines Leiterwagens. Er ging darauf zu, setzte sich auf die Deichsel des Wagens und wartete.

Mehrmals öffnete sich die Tür des *Riesen* und Zecher traten heraus. Das Licht, das dabei auf die Straße fiel, reichte aus, diese zu erkennen. Kein Mann in Holzschuhen und mit auffallend langem Haar war darunter.

Abel spürte noch Marie auf seinem Schoß. Er dachte daran, was Augustinus über die Liebe gesagt hatte. *Liebe und tue was du willst!* Konnte er, Abel, das für sich gelten lassen? Bevor er sich entschlossen hatte, Marie mit zur Messe nach Frankfurt zu nehmen, hatte er in der Amorbacher Bibliothek bei dem Kirchenlehrer nachgeschlagen. Dieser hatte erstaunlich viel zu dem zu sagen, was Abel bewegte. *Lass Liebe in deinem Herzen wurzeln, und es kann nur Gutes daraus hervorgehen,* war auch so ein Satz, den er sich gemerkt hatte.

In Maries Zimmer erlosch das Licht. Auf dem Marktplatz war es ruhig. Abel begann zu frösteln. Als es vom Turm der Abtei Mitternacht schlug, kam der Nachtwächter vorbei. Ohne Abel zu bemerken, streifte dieser über den Platz. Abel schaute dem Nachtwächter noch eine Weile nach, dann blickte er zum Himmel. Das Sternbild des Großen Wagens war ihm bekannt. Abel zählte dessen Sterne. Sieben waren es an der Zahl. Ob er ihre Namen noch zusammenbrachte? Dubhe, Merak, Phegda fielen ihm sofort ein. Doch dann stockte er. Megrez hieß der vierte. Und die anderen? Vergebens forschte er in seinem Gedächtnis. Da öffnete sich erneut die Tür. Zwei Männer erschienen. Sie wechselten noch ein paar Worte, der eine lachte laut auf, dann hoben beide die Hand zum Gruß und gingen in entgegengesetzte Richtungen davon. Abel hörte Holzschuhe auf dem Pflaster klappern.

Endlich, dachte er und folgte dem einen Bauern in einigem Abstand. Nach einer Weile schloss er zu diesem auf. Der Bauer hatte bemerkt, dass er verfolgt wurde, und beschleunigte seine Schritte. Abel hielt mit. Plötzlich blieb der Bauer stehen, brach von einem Zaun ein Stück Latte ab und machte einige schnelle Schritte auf Abel zu.

»Was willsdn du?«

Abel riss die Arme hoch. »Haltet ein, ich tue Euch nichts!«

»Würd dir aach schlechd bekomme.«

»Will nur mit Euch reden.«

Der Bauer ließ die Hand mit dem Lattenstück sinken und beugte sich vor. »Des gibds doch ned! En Paff?«

»Benediktinerpater.«

»Wenn scho. Was willsdn du?«

»Ich bin derjenige, den sie bei der Jagd angeschossen haben.«

Für einen Moment war der Bauer still. Dann drehte er den Kopf zur Seite und spuckte in die Gosse. »Na und?«

»Ich habe gehört, Ihr hättet gesehen, wie auf mich geschossen worden ist.«

»Von wem?«

»Tut nichts zur Sache.«

Der Bauer spuckte erneut, sagte aber nichts.

»Wer war's?«, fragte Abel.

»Wisst Ihr des ned?«

»Man hat mir gesagt, es wäre ein Unfall gewesen.«

Der Bauer lachte los. Er lachte und lachte und hieb sich immer wieder auf die Oberschenkel.

Im Haus nebenan ging im oberen Stockwerk ein Fenster auf. »Ruh wird gehalde!«, brüllte eine Männerstimme. Dann schlug das Fenster wieder zu.

Abels Gegenüber begann sich zu beruhigen. »Des is lusdisch«, prustete er. »Der hat Euch abgeknalld wie Ihr die Schnepfe.«

»Wer?«

Der Bauer wurde still. »Hab ihn mir ned so genau ogeguggd.«

»Aber Ihr würdet ihn wiedererkennen?«

»Vielleischd?« Der Bauer legte den Kopf schief.

Abel griff in seine Innentasche, ließ die Hand aber stecken. »Es soll Euer Schaden nicht sein«, sagte er.

»Wie viel?« Der Bauer streckte seine Hand aus.

»Drei Kreuzer.«

»Zehn!«

»Also fünf!«

»Abgemachd.«

»Und Euer Name?«

»Toni.«

»Wie noch?«

»Des langd!«

»Gut. Wer war's?«

»Waaß isch ned. Geh ned in Euer Kersch. Abber es war en Pater.«

»Wie sah er aus?«

Toni streckte Abel erneut die Hand hin. »Erscht des Geld!«

Abel gab ihm drei Kreuzer. »Den Rest gibt es, wenn Ihr vor dem Abt aussagt. Und nochmals drei dazu, wenn Ihr das mit dem Geld für Euch behaltet.«

»Der war e bissje größer.«

»Etwas genauer, bitte.«

»Er hat mit dere englische Flint geschosse.«

»Verstehe nicht.«

»Mit der Flint vom Abt. Die is aus England. Die hat en kürzere Lauf.«

»Der Abt soll geschossen haben?« Abel packte Toni am Kittel. »Ihr nehmt mich auf den Arm.«

Toni drückte Abel weg. »Ned de Abt. Abber es war sei Flint. Ich schwör's.«

Abel richtete seine Kutte. Also nicht der Abt, aber jedenfalls einer der Konventualen, dachte er. Laut sagte er: »Wenn ich Euch brauche, wo finde ich Euch?«

Toni zeigte in der Dunkelheit die Straße entlang. »Dort! Do hinne, des ledsde Haus.«

»Gut. Ich werde mich melden.« Abel reichte Toni die Hand, der widerwillig einschlug.

»Alioth, Mizar und Alkaid«, flüsterte Abel, als er sich der Klostermauer näherte. Er war erleichtert, sich doch noch an alle Namen der Sterne des Großen Wagens erinnert zu haben.

XVII

Nachdem er über die Klostermauer geklettert war, ging Abel direkt in die Prälatur zum Rittersaal, dorthin, wo die Waffen standen. Als er die Klinke der Saaltür in die Hand nahm, hörte er im ersten Stock Schritte. War da jemand in seinem Zimmer? Er schlich zur Treppe und lauschte nach oben. Alles war ruhig. Gut möglich auch, dass Innozenz noch in der Bibliothek war. Abel wartete eine Weile. Dann betrat er den Rittersaal. Vorsichtig tastete er die Reihe der an einem Gestell an der Seitenwand angeketteten Gewehre ab. Dabei achtete er besonders auf die Läufe. Erst bei der letzten Flinte wurde er fündig. Gerne hätte er diese in die Hand genommen, aber die Sicherungskette hinderte ihn daran. Er konnte die Flinte lediglich im Ständer ein wenig hin und her bewegen. Aber es war deutlich zu spüren, ihr Lauf war kürzer als der der übrigen Gewehre. Und ihr Verschluss war aufwendiger verziert. Abel nahm ein weiteres Gewehr in die Hand und versuchte, beide ein wenig anzuheben. Kein Zweifel, das Gewehr des Abtes war leichter. Für einen alten Mann, dem die Kräfte schwanden und der dennoch weiterhin auf die Jagd gehen wollte, sicherlich ein Vorteil. Nur warum hatte ein anderer diese Waffe getragen? Gleichviel, es sollte herauszufinden sein, wer es war.

Abel verließ leise den Rittersaal und schlich zu seinem Zimmer. Das Haar klebte im Türkreuz. Er spürte weder Müdigkeit noch Wunden. Morgen würde er den Täter überführen und vielleicht schon kommenden Montag mit Marie abreisen.

Zur *laudes* stand Abel auf. Auf dem Weg zurück von der

Morgenandacht suchte Abel die Nähe von Innozenz. Der Bibliothekar begriff, dass Abel ihn etwas fragen wollte, und verlangsamte den Schritt. Als sie nebeneinanderstanden, hakte Innozenz sich bei Abel unter und berührte dessen Hand. Abel zuckte zusammen. So pflegte Marie nach seiner Hand zu greifen, wenn sie sich unbeobachtet fühlten.

»Ihr habt eine Frage?«

Abel schob Innozenz' Hand weg. »Die Jagdgewehre, wer hat die Aufsicht über sie?«

Der Bibliothekar blickte Abel mit zusammengekniffenen Augen an. »Was habt Ihr jetzt wieder vor?«

»Die Kosten, Bibliothekar. Ich habe siebzehn Gewehre im Rittersaal gezählt!«

Innozenz' Züge entspannten sich. »Fragt den Speichermeister.«

Abel suchte die Reihe der Mönche vor ihnen ab. Da vorne lief Melchior. Ob er von diesem das Gewünschte erfahren würde? Abel folgte dem Speichermeister in den Wirtschaftshof. Er sah ihn am Waschhaus vorbei in den Eiskeller gehen. Abel zögerte, doch dann trat er ebenfalls dort ein. Kühle Luft schlug ihm entgegen. Der Speichermeister stand bei zwei Arbeitern vor von Stroh bedeckten Eisblöcken.

Abel ging auf Melchior zu. Dieser zog die Stirn in Falten. »Was wollt Ihr hier?«, herrschte er ihn an.

Abel zog die Kutte vor seiner Brust zusammen. »Ganz schön kalt hier.«

»Ich habe Euch nicht hierher gebeten.«

Abel bemühte sich, freundlich zu sein. »Nur ein paar Fragen zu den Jagdgewehren. Sie unterstehen doch Eurer Aufsicht?«

»Und wenn?«

»Ich habe siebzehn Stück gezählt. Etwas viel, meint Ihr nicht auch?«

Melchior blies die Backen auf. »Da müsst Ihr den Abt fragen. Ich habe sie nicht angeschafft.«

»Was kostet so eine Flinte eigentlich?«

»Fragt den Cellerar. Der bezahlt die Rechnungen.«

Abel versuchte ein Lächeln. »Ihr habt doch die Waffen zur Jagd ausgegeben?«

Statt zu antworten, scheuchte der Speichermeister die beiden Arbeiter nach draußen. Dann wandte er sich Abel zu. »Was genau wollt Ihr wissen?«

Abel stemmte die Arme in die Seite. »Die englische Flinte, wer schießt damit?«

»Der Abt«, antwortete Melchior.

»Nur der Abt? Es wurde doch einer von uns mit diesem Gewehr gesehen.«

Im Gesicht des Speichermeisters rührte sich nichts. »Was geht das Euch an?« Sprach es und ließ Abel stehen.

»Dann muss ich eben zum Abt«, rief Abel ihm nach.

Für einen Augenblick blieb der Speichermeister stehen. »Tut das«, sagte er dann, ohne sich umzudrehen, und ging weiter.

Abt Bonifatius war in seiner Wohnung. Mit ausgebreiteten Armen empfing er Abel. »Seid gegrüßt, lieber Abel. Es freut mich, Euch wieder wohlauf zu sehen.«

»Danke, ehrwürdiger Abt.«

»Was führt Euch zu mir?«

»Ich will meinen Auftrag zum Abschluss bringen und hätte noch einige Fragen.«

Bonifatius deutete auf einen Stuhl und setzte sich selbst.

»Ihr habt eine englische Flinte, wird gesagt. So eine mit kürzerem Lauf?«

»Wie kommt Ihr denn jetzt darauf?«

»Ihr gebt viel Geld aus für die Jagd.«

Der Abt streckte seinen Arm Abel entgegen. »Um dem Erzbischof zu gefallen. Schreibt das in Euren Bericht!«

»Wer außer Euch hat noch so eine Flinte?«

»Was habt Ihr nur mit dem Gewehr? Ja, es war teuer, sündhaft teuer sogar.« Abt Bonifatius schob die Ärmel seiner Kutte zurück. »Seht meine dürren Arme. Ich bin nicht mehr der Jüngste und meine Kräfte lassen nach. Da habe ich von einem gewissen Engländer Namens Nock gehört, dem es gelungen sei, das Zündsystem so zu verändern, dass die Pulverladung trotz kürzerem Lauf vollständig verbrennt. Das macht die Waffe leichter. War gar nicht so einfach, an so eine Flinte zu kommen. Aber wir haben hier ja recht gute Beziehungen.« Darauf schob der Abt die Ärmel wieder nach vorne. »Das ist eine sehr schöne Flinte, und ab und an schieße ich auch damit, aber, wie gesagt, meine Kräfte lassen nach.«

»Und der Erzbischof. Hat der auch so eine Waffe? Oder einer aus seinem Tross?«

Die Augen des Abtes leuchteten auf. »Das hat ihn geärgert, dass er nicht einmal wusste, dass es diesen Engländer gibt.«

Toni hatte also recht, dachte Abel. Es musste einer von den Konventualen gewesen sein.

»Ihr sagtet, Ihr schießt nicht mehr so oft mit dieser Flinte. Wer benutzt sie denn dann?«

Bonifatius drohte Abel mit dem Zeigefinger. »Das hat nichts mit Eurem Auftrag zu tun. Ihr habt Blut geleckt mit der Jagd, stimmt's? Wollt selbst einmal mit dem Gewehr schießen.«

Abel lächelte. »Ihr habt mich durchschaut, ehrwürdiger Abt.«

»Ist aber nicht so einfach, damit zu schießen.«

»Wer kann mich einweisen?«

»Pater Hilbert. Der kam auf Anhieb mit dem Gewehr zurecht.«

Der Cellerar also! Abel war sprachlos.

»Abel, was ist?« Der Abt zupfte Abel an der Kutte.

»Ach, nichts.« Abel starrte auf den Boden. Er musste nachdenken. »Ich werde Pater Hilbert fragen«, sagte er. »Was den Erzbischof angeht, könnt Ihr beruhigt sein. Mein Bericht wird Eure Verpflichtungen berücksichtigen.«

Bonifatius stand auf und legte Abel seine rechte Hand auf die Schulter. »Ich wusste es, mit Euch kann man reden.«

Auch Abel erhob sich. Er schwieg.

Der Abt segnete Abel, dann entließ er ihn.

Im Treppenhaus musste sich Abel zunächst einmal an die Wand lehnen. Hilbert! War das wirklich möglich? Hat er nur auf ihn geschossen oder hat der Cellerar auch Simon und Salomon ermordet? »Ich werde ihn zur Rede stellen«, flüsterte Abel und machte sich auf die Suche.

Abel fand den Cellerar im *lavatorium*. Dieser war alleine und beugte sich gerade über ein Waschbecken. Abel stellte sich neben Hilbert und tat, als wollte er sich ebenfalls die Hände waschen. Hilbert beachtete ihn nicht.

Ohne Hilbert anzuschauen, begann Abel. »Ihr wart es, der mir die Drohungen geschrieben hat ...«, Abel machte eine kurze Pause, »... und Ihr wart es auch, der auf mich geschossen hat.«

Hilbert schwieg.

»Ein Treiber hat Euch gesehen.«

Hilbert schüttelte das Wasser von seinen Händen und drehte sich zu Abel hin. Das geschah so entschieden und fest, dass Abel erschrak.

Kalt blickte Hilbert ihn an. Seine Lippen zuckten. »Ja, ich war's«, sagte er laut und deutlich. »Ich habe auf Euch geschossen!« Dann drehte sich Hilbert um und wollte gehen.

Abel hielt ihn am Ärmel zurück. »Warum? Was habe ich Euch getan?«

»Was Ihr mir getan habt?« Hilbert fing an zu schreien. »Seit über dreißig Jahren bin ich Cellerar in diesem Kloster. Nie eine Klage, nie eine Beschwerde, auch nicht vom Erzbischof. Und jetzt kommt Ihr, mich zu überprüfen! Warum immer noch die Dreifelderwirtschaft, warum nicht Klee und Kartoffeln, warum so wenig Erlös aus dem Holz, warum keine Seidenraupenzucht? Ach!« Hilbert machte eine wegwerfende

Handbewegung. Dann sah er zwei Konventuale in der Tür. »Verschwindet!«, blaffte er sie an.

Abel staunte. Er hatte doch immer nur Fragen gestellt. Spielte Hilbert nur den Entrüsteten, um ihn von anderen Taten abzulenken?

Jetzt gilt es, dachte Abel.

»Bleibt stehen!« Erneut packte er Hilbert an der Kutte. »Ihr wolltet mich loswerden, das glaube ich Euch. Aber aus einem anderen Grund.«

Hilberts Augen verengten sich. »Einen anderen Grund? Welchen?«

Abel ließ Hilbert los und schaute ihm direkt in die Augen. »Ihr habt das Leben von zwei Mitbrüdern auf dem Gewissen, und ihr hattet Angst, ich würde dies herausfinden.«

Der Cellerar wich zurück und wedelte mit der Rechten vor seinem Gesicht. »Ihr seid verrückt!«

Jetzt wurde auch Abel laut. »Ihr habt Simon, den Novizen, ermordet und dann Salomon, weil der Infirmarius dies herausgefunden hat.«

»Was soll der Unsinn? Der Novize war krank und der Infirmarius hat sich ...«, Hilbert fuhr sich über den Bauch, »Ihr wisst schon. Außerdem, warum sollte ich das tun?«

Abel zögerte. Doch dann sprach er es aus. »Aus Liebe vielleicht. Oder aus enttäuschter Liebe, wie immer Ihr es nennen wollt.«

»Ihr seid wirklich verrückt.« Der Cellerar packte Abel am Arm. Abel spürte durch die Kutte dessen Fingernägel. Abel packte Hilberts Hand und wollte sie wegziehen.

Nun schlug Hilbert nach Abel. Aus seinen Mundwinkeln tropfte der Speichel. »Fragt Innozenz, er war der Instruktor. Und lasst mich damit in Ruhe!«, zischte Hilbert, ließ Abels Arm los und verschwand durch die Tür.

Abel hielt sich an einem Waschbecken fest. Er dachte an den Bibliothekar, wie dieser heute Morgen nach der Andacht seine Hand berührt hatte. Plötzlich passte alles zusammen. Salomon und Innozenz waren es, die sich geliebt hatten. Bis Simon aufgetaucht war. Salomon hatte an dem jungen Novizen Gefallen gefunden, aber Innozenz hatte die Zurückweisung nicht verwunden und den Nebenbuhler ermordet. Als Instruktor verfügte er über ungehinderten Zugang zu dem Novizen. Salomon hatte herausgefunden, dass Innozenz der Mörder war, und musste ebenfalls sterben. Doch wie war dies nachzuweisen?

Abel begann, sich Wasser über die Hände zu schütten. Mehrere Gedanken gingen ihm durch den Kopf. Er könnte den Abt einweihen. Dieser müsste Innozenz zur Rede stellen. Doch was wäre, wenn der Bibliothekar alles abstritt? Der Abt könnte auch Hilbert befragen. Möglicherweise wusste dieser mehr, als er soeben preisgegeben hatte. Doch würde der Abt überhaupt etwas unternehmen? Während Abel sich die Hände abtrocknete, fasste er einen Plan. Er ging zunächst hinüber zur Apotheke. Dann suchte er nach Peter.

Als zwei Stunden später die Glocken zum Mittagsmahl läuteten, ging Abel nicht ins *refectorium*, sondern erneut zur Apotheke. Binsack stand schon bereit. Gemeinsam betraten sie den Konventbau. In der *clausur* war es ruhig. Die Konventualen waren beim Essen. Abel ging den Gang entlang und zählte die Zimmertüren. Peter hatte ihm gesagt, wo er Innozenz' Zelle finden würde. »Hier!«, sagte Abel zu Binsack und blieb an einer Zellentür stehen. Er drückte den Griff herunter. Wie alle anderen Türen hier war auch diese nicht verschlossen.

»Meint Ihr wirklich, wir werden etwas finden?«, fragte Binsack leise.

Doch Abel stand bereits in der Zelle. Ein Spind, ein Betstuhl, ein Regal voller Bücher, das war neben Tisch, Stuhl und Bett die ganze Einrichtung. Auf dem Tisch lagen Folianten und Schreibzeug. Alles sah auffallend ordentlich und sauber aus. Auf den gewachsten Dielen lag kein Stäubchen. Abel ging zum

Fenster. Auf einem gehäkelten Deckchen stand eine Pflanze, die er nicht kannte.

Abel schaute hinunter in den Garten. Dann drehte er sich um. »Nehmt Ihr den Spind«, sagte er zu Binsack. »Ich beginne bei den Büchern.«

Abel hoffte, dass Innozenz noch Reste von dem Eisenhut besaß. Das wäre der Beweis. Der Apotheker wusste am ehesten, wie die Wurzel oder das Pulver, das man daraus machen konnte, aussah. Außerdem brauchte er ihn als Zeugen.

Binsack hatte bereits die Wäsche aus dem Spind genommen und aufs Bett gelegt. Abel begann, die Bücher herauszuziehen und zu schauen, ob in oder hinter ihnen etwas versteckt worden war. Nirgendwo fand sich eine Spur. Je länger sie suchten, umso angespannter wurden sie. Binsack hatte den Spind wieder eingeräumt und begonnen, das Bett zu untersuchen. Abel nahm sich den Tisch vor. Nichts! Er richtete sich auf und begann sich umzusehen. Wo würde er etwas verstecken? Wände und Decke waren kahl, der Fußboden nackt. Der einzige Schmuck war das Kruzifix über dem Bett. Abel ging zum Betstuhl und untersuchte auch diesen. Nichts!

Da erinnerte er sich an seine Zeit als Novize, als er tagelang zum Fasten in der Zelle eingeschlossen war und immer damit rechnen musste, vom Pater Instruktor durch die Türklappe beobachtet zu werden. Es war ihm dort gelungen, ein Brett im Boden anzuheben und darunter einen kleinen Vorrat mit Brot anzulegen. Abel begann, die Augen nach unten gerichtet, Schritt für Schritt den Boden abzugehen. Mehrmals blieb er stehen, weil eine Diele sich etwas bewegte. Aber keine ließ sich anheben. Er ging in die Hocke und krallte seine Finger in die Ritze zwischen den Dielen. Doch kein einziges Brett ließ sich lösen.

Abel stand auf. Er schlug mit der Faust auf den Tisch. Nichts von dem erhofften Beweis. Der Apotheker legte ihm die Hand auf die Schulter. »Kommt, wir müssen gehen.« Abel nickte. Ein letztes Mal schaute er sich um. Dann folgte er Binsack aus der Zelle.

Kurz überlegte Abel, ob er doch noch zum Mittagessen gehen sollte. Sie werden bestimmt schon beim Nachtisch sein, dachte er und beschloss, später bei Severin in der Küche nachzufragen.

Zurück in seinem Zimmer stützte sich Abel auf die Fensterbank und lehnte den Kopf gegen die Scheibe. Er war müde. Und er wusste nicht weiter. Auch seine letzte Hoffnung, in Innozenz' Zelle das gesuchte Gift zu finden, war zerstoben. Sollte er nicht seinen Misserfolg eingestehen, seine eigentliche Aufgabe hier möglichst rasch beenden und dann mit Marie abreisen? Marie würde es sicherlich gefallen, dachte er und richtete sich auf.

Unten im Hof bewegte sich etwas. Abel wischte die vom Atem beschlagene Scheibe blank. War das nicht Innozenz, der dort über den Hof lief? Warum hatte er es so eilig? Innozenz war alleine. Abel sah, wie er in seine Brusttasche griff. Kurz darauf hatte Innozenz etwas Weißes in seiner linken Hand. Abel versuchte, genauer hinzusehen. Es sah aus wie ein Stück Leinen. In diesem Augenblick war Innozenz hinter dem Handwerkerbau verschwunden. Abel starrte auf die Stelle, wo er den Bibliothekar soeben noch gesehen hatte. Was hatte das zu bedeuten? Doch schon tauchte Innozenz wieder auf. Gemessenen Schrittes, das Haupt erhoben, ging er auf die Prälatur zu. Sein Blick ging hoch zu Abels Fenster. Erschrocken wich Abel einen Schritt zurück. Dann hörte er, wie die Portaltür ins Schloss fiel.

Abel lief in seiner Zelle auf und ab. Hatte er es richtig gesehen, dass Innozenz auf seinem Rückweg das Leinenstück nicht mehr in der Hand hatte? Was hatte dieser damit hinter dem Handwerkerbau gemacht? Abel ging zur Tür und öffnete sie einen Spaltbreit. Im Treppenhaus waren Innozenz' Schritte zu hören. Sie kamen näher. Oben im Treppenhaus angelangt, hielt Innozenz einen Augenblick inne. Schließlich aber ging er weiter Richtung Bibliothek.

Abel wartete kurz. Dann trat er aus seinem Zimmer, zog die Tür hinter sich zu und eilte die Treppe hinab. Unten wäre er beinahe mit Elias zusammengestoßen. Der Sekretär runzelte die Stirn und verschwand in der Abtswohnung.

Ich muss mich zusammenreißen, ermahnte sich Abel, ging etwas langsamer auf die Portaltür zu und trat hinaus in den Abteihof. Er war noch immer leer. Nur unten am Hauptportal stand Augustin, der Pförtner, und sprach mit einem Fremden.

Abel nahm den gleichen Weg, den kurz zuvor Innozenz genommen hatte. Als er, so wie dieser, um die Ecke des Handwerkerbaues bog, blieb er überrascht stehen. Jetzt war er schon fünf Tage hier im Kloster, hatte sich stundenlang umgesehen und sich die Orangerie, die Scheune und den Speicher zeigen lassen; auch die Mühle. In dem Bach dahinter hatte er sich sogar gewaschen. Aber den Mühlbach, der hier in einem etwa fünf Fuß breiten und ebenso tiefen ebenerdigen Trog aus Sandstein den Handwerkerbau entlang zum Mühlrad floss, den hatte er bisher nicht bewusst wahrgenommen.

Abel schaute in das kristallklare Wasser. Dort, wo sich die Zufahrt vom Abteihof hinüber zu den Wirtschaftsgebäuden befand, verschwand es unter Sandsteinplatten, um an der anderen Seite direkt in den hölzernen Einlaufkanal zu münden, der es auf das Mühlrad leitete. Abel griff sich an den Hals. Hatte Innozenz hier das Gift verschwinden lassen? Abel starrte in den Trog. So schnell, wie das Wasser floss, sah er keine Möglichkeit, jetzt noch … Abel richtete sich auf. Es sei denn … Er drehte sich um und eilte zur Mühle.

Die Hauptsorge eines jeden Müllers galt der Wassermenge und dem Treibgut, das ein Bach mit sich brachte. Deswegen war auch hier, wie gewöhnlich, vor dem Einlaufkanal ein Rechen angebracht, der das Mühlrad von störendem Geäst und anderen Dingen frei halten sollte.

Vor diesem Rechen stand jetzt Abel und suchte mit den Augen nach etwas Weißem. Er konnte nichts erkennen. Er bückte sich nach einem Ast, der sich im Rechen verfangen hatte, und stocherte in der wabernden Masse aus Laub, Gras und Zweigen. Nichts. Abel blickte sich um. Niemand war zu sehen. Er prüfte mit dem Ast die Wassertiefe, nickte und stieg in den Trog. Das Wasser war eiskalt. Abel begann in dem Schwemmgut zu wühlen. Als ihn eine Ratte aus toten Augen anschaute, musste er würgen. Doch dann sah er am Grund des Wasserlaufs etwas Helles schimmern. Abel stieß die Hand in die Brühe, bekam etwas Weiches zu fassen und zog es heraus. Es war ein Leinensäckchen. Sein Blick ging zum Portal der Prälatur. »Gottes Mühlen mahlen langsam«, murmelte Abel und stieg aus dem Wasser.

Sobald er sich umgezogen hatte, suchte er den Abt auf. In knappen Worten schilderte er diesem seine Erkenntnisse über die beiden Morde und den Täter.

Nun saß Abt Bonifatius zusammengesunken an seinem Schreibtisch. Schweigend warteten sie darauf, dass die Tür aufging. Der Abt hatte seinen Sekretär nach Innozenz geschickt. Endlich steckte Elias seinen Kopf herein.

»Pater Innozenz ist da!«

Der Abt gab seinem Sekretär einen Wink. Elias trat zur Seite und ließ den Bibliothekar ein. Dann schloss er wieder die Tür. Als Innozenz Abel sah, verengten sich seine Augen. Abt Bonifatius deutete auf Abel. »Bitte!«

Abel machte dem Abt gegenüber eine Verbeugung, dann begann er umherzugehen.

»Wie Ihr wisst«, sagte er, ohne Innozenz oder den Abt anzuschauen, »ist Bruder Salomon in der Nacht von Sonntag auf Montag auf tragische Weise ums Leben gekommen. Er soll sich selbst gerichtet haben.« Innozenz blickte zu Boden. »Aber das stimmt nicht«, fuhr Abel fort. »Pater Salomon ist ermordet worden!« Innozenz hob den Blick und schaute Abel teilnahmslos an. Abel blieb vor ihm stehen. »Die Frage ist, von wem, wie und warum?« Innozenz sah zum Abt. Doch dieser blickte auf seinen Schreibtisch. Abel nahm seinen Rundgang wieder auf. »Salomon ist unterhalb seines Zellenfensters auf der Gartenterrasse tot aufgefunden worden. Seine Lage, der geringe Blutverlust und fehlende tödliche Verletzungen deuten darauf hin, dass er aus dem Fenster geworfen wurde, … nachdem er bereits tot war.«

Abel blieb stehen und blickte auf Innozenz. »Salomon ist vergiftet worden!« Innozenz versuchte, Abels Blick auszuweichen. »Der Täter hat ihn aus dem Fenster geworfen, um Selbstmord vorzutäuschen.« Abel sprach Innozenz jetzt direkt an. »Pater Innozenz, habt Ihr uns etwas zu sagen?«

Dieser reckte das Kinn nach vorne. »Ich? Wieso ich?«

»Weil Ihr der Mörder seid!«, sagte Abel scharf.

Innozenz holte tief Luft und schaute auf Abel herunter.

»Was fällt Euch ein«, sagte er laut. Dann wandte er sich an den Abt. »Ehrwürdiger Abt, das müssen wir uns nicht gefallen lassen!«

Abt Bonifatius winkte müde ab. Da packte Innozenz Abel an der Kutte und zog ihn zu sich her. Seine Augen blitzten.

»Reicht es nicht, dass Ihr mit der Untersuchung unseres Wirtschaftsbetriebes Unruhe ins Kloster bringt? Heraus mit der Sprache: Was genau habt Ihr gegen mich vorzubringen?«

Vergebens versuchte Abel, sich frei zu machen. »Ihr habt Salomon und auch Simon ermordet«, presste er hervor.

Innozenz umklammerte Abel. »Ihr Elender«, zischte er.

Ein scharfer Ruf des Abtes ließ Innozenz innehalten. Dieser stieß Abel von sich. Abel taumelte und suchte an der Wand hinter sich nach Halt. Innozenz strich seine Kutte glatt.

»Warum hätte ich das tun sollen?«, fragte er überraschend ruhig.

Abel drückte sich von der Wand ab. »Weil … weil Ihr Simon geliebt habt.«

»Wie man einen Bruder liebt, na und?«

Abel bemühte sich um eine feste Stimme. »Nicht, wie man einen Bruder liebt, sondern so, wie sich Mann und Frau lieben.«

Innozenz zeigte mit seiner Rechten auf Abel und schaute den Abt an. »Was soll das?«

Der Abt seufzte und deutete auf den Diskuswerfer, der vor ihm auf dem Schreibtisch stand. »Der wurde bei Salomon gefunden!«

Abel ging hin und hob die Figur hoch. Innozenz zuckte mit der Schulter. Abel zeigte auf die Bodenplatte: »›Von S für S‹. Von Salomon für Simon. Die beiden waren ein Paar.«

»Wie jetzt?« Innozenz lächelte. »Ich dachte, ich soll Simon geliebt haben?«

Abel wurde ruhiger. »Es stimmt beides. Salomon hat Simon geliebt, und Ihr auch. Deswegen habt Ihr den Novizen umgebracht.«

Innozenz lächelte immer noch. »Also, nur dass ich Euch richtig verstanden habe. Ich soll Simon umgebracht haben, weil ich ihn geliebt habe? Wo ist da der Sinn für ein solches Tun?«

»Aus Eifersucht!«, sagte Abel mit klarer Stimme.

Der Abt klopfte auf den Tisch.

Abel zeigte erneut auf die Figur aus Tragant. »Ihr habt es nicht ausgehalten, dass Simon den Infirmarius Euch vorgezogen hat. Ihr wart rasend vor Eifersucht. Doch der Novize hat Euch ausgelacht. Schert Euch zum Teufel, hat er gesagt. War es nicht so?«

Innozenz ließ sich nicht reizen. Er verschränkte seine Arme. »Und das alles könnt Ihr sicherlich auch beweisen.«

Abel hielt für einen Augenblick die Luft an. Dann nickte er.

»Ja, das kann ich«, sagte er. »Da ist zum einen die Figur hier.« Abel deutete auf den Diskuswerfer. »Und dann habe ich hier dieses …«, Abel griff in seine Innentasche, »… Säckchen.«

Er hielt das Leinensäckchen Innozenz vors Gesicht. »Vor nicht mal einer Stunde aus dem Mühlbach gefischt«, sagte er. »Noch nass. Wie es dorthin gekommen ist, wisst Ihr ja. Und«, Abel wedelte mit dem Säckchen, »mit Resten eines Pulvers, wenn man genau hinschaut. Was meint Ihr, was der Apotheker …«

Innozenz riss Abel das Säckchen aus der Hand und stürzte zur Tür. Abel versuchte ihn aufzuhalten, kam aber zu spät.

Als Innozenz die Tür erreichte, trat rasch Elias hinter dieser hervor. Gemeinsam mit Abel rang er Innozenz zu Boden. Elias entwand Innozenz das Säckchen und warf es auf den Schreibtisch des Abtes.

Dort nahm der Abt es an sich. Seine Miene war bleich. »Also stimmt es«, sagte er fast tonlos zu Innozenz. »Ehrwürdiger Abt«, stammelte Innozenz, »verzeiht, ich erkenne mich selbst nicht wieder.«

»Ihr habt Euer Amt als Instruktor missbraucht! Pfui!« Für einen Augenblick befürchtete Abel, Abt Bonifatius würde vor Innozenz ausspucken.

»Ich habe ihn doch geliebt!«, wimmerte Innozenz. »Ich wollte das nicht, ehrwürdiger Abt. Ihr müsst mir glauben.«

»Ich Euch glauben?« Der Abt erhob seine Stimme. »Ihr habt mich schimpflich hintergangen! Ihr habt Schande über mich und das ganze Kloster gebracht!« Mit einem Ruck drehte sich der Abt um und ging zurück zu seinem Schreibtisch. Innozenz rutschte ihm auf Knien hinterher. Vor dem Schreibtisch hielt er an, erhob die Hände und blickte zwischen Abel und dem Abt hin und her.

»Ich habe ihn doch geliebt. Ich habe ihn doch geliebt.« Immer wieder sagte er diesen Satz, bis er zu schluchzen anfing und unter Tränen zusammenbrach.

»Schließt ihn in seiner Zelle ein«, sagte der Abt kalt zu Elias und ordnete seinen Schreibtisch.

Abel stand am Fenster von Maries Zimmer im *Riesen* und blickte hinunter auf den Marktplatz von Seligenstadt, ohne wirklich etwas zu sehen. Seine Gedanken waren bei Innozenz. Ausgerechnet Innozenz. Wie konnte jemand mit solch sanften, melancholischen Augen so etwas tun? Mord aus Eifersucht! Und das in einem Kloster! Abel waren einige Fälle bekannt, wo sich junge Leute aus unerfüllter Liebe umgebracht hatten. Doch aus Eifersucht einen geliebten Menschen zu töten, das konnte er sich nicht vorstellen. Andererseits, gab es einen stärkeren Liebesbeweis, als wenn man bereit war, für seine Liebe zu töten?

Abel dachte daran, wie er hier im *Riesen* Marie und den Tuchhändler, den sie Onkel Barthel nannte, beobachtet hatte. War er da nicht auch eifersüchtig gewesen? Wie hätte er sich verhalten, wenn es nicht ein alter Geschäftsfreund ihres Vaters gewesen wäre, sondern wenn Marie wirklich …

Abel strich sich über die Stirn. Er weigerte sich, den Gedanken zu Ende zu führen.

»Wie genau eigentlich hat der Bibliothekar den Infirmarius umgebracht?« Marie saß barfuß mit angezogenen Knien auf ihrem Bett.

»Es war das Essen, das sich Salomon vom Culinarius hat geben lassen. Innozenz wusste davon. Ausreichend Eisenhut darunter zu mischen, war nicht schwer.«

»Wird man ihn hängen?«

Abel zuckte mit den Schultern. »Das wird das Gericht entscheiden.«

»Und der Mönchspfeffer, hilft der wirklich?«, fragte Marie und lächelte.

»Vielleicht, wenn man daran glaubt.«

»Hast du davon gegessen?«

Abel spürte, wie ihm die Röte ins Gesicht stieg. Dann gab er sich einen Ruck und ging zur Tür. Ihm war eine Stelle aus dem *Neuen Testament* eingefallen, wo sich Paulus, ähnlich wie Augustinus, mit der Liebe beschäftigte. In seinem Brief an die Korinther, dem *Hohen Lied der Liebe*, hatte der Apostel ge-